读客彩条外国文学文库

熊猫君激发个人成长

大松鸡

[法]米歇尔·图尼埃 著

黄荭 译

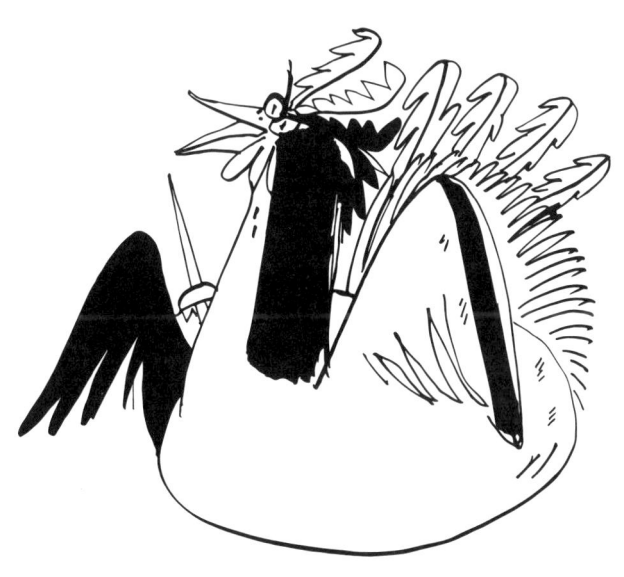

河南文艺出版社
·郑州·

LE COQ DE BRUYÈRE by Michel Tournier
Copyright © Éditions Gallimard, Paris, 1978.
Simplified Chinese edition copyright © 2023
by Dook Media Group Limited
All rights reserved.

中文版权 © 2023读客文化股份有限公司
经授权，读客文化股份有限公司拥有本书的中文（简体）版权
豫著许可备字：2023-A-0068

图书在版编目（CIP）数据

大松鸡 /（法）米歇尔·图尼埃著；黄荭译. —— 郑州：河南文艺出版社，2023.5
（读客彩条外国文学文库）
ISBN 978-7-5559-1519-5

I. ①大… II. ①米… ②黄… III. ①短篇小说 - 小说集 - 法国 - 现代 IV. ①I565.45

中国国家版本馆CIP数据核字（2023）第056652号

大松鸡

著　者	［法］米歇尔·图尼埃
译　者	黄　荭
责任编辑	王　宁
责任校对	李亚楠
特约编辑	孙宁霞　高　洁　夏文彦
策　划	读客文化　021-33608320
版　权	读客文化
封面插画	樊煜钦
封面设计	陈艳丽
内文插画	梁剑清
出版发行	河南文艺出版社
印　刷	河北中科印刷科技发展有限公司
开　本	880mm×1230mm 1/32
印　张	10.25
字　数	213千
版　次	2023年5月第1版　2023年5月第1次印刷
定　价	68.00元

如有印刷、装订质量问题，请致电010-87681002（免费更换，邮寄到付）
版权所有，侵权必究

在万事万物深处，有一条鱼在游。
鱼啊，我担心你赤裸裸地跳出来，
于是给你披上我五光十色的大氅。

——兰查·德尔·瓦斯托*

* 兰查·德尔·瓦斯托（Lanza del Vasto，1901—1981），意大利哲学家、诗人、艺术家、非暴力活动家。（本书注释，如无特殊说明，均为译注）

目录

亚当家族	001
鲁滨孙·克鲁索的结局	011
圣诞老妈	017
阿芒迪娜或两个花园	021
小布塞出走	035
倪扎仁	053
愿欢乐常在	069
红色侏儒	083
特里斯丹·沃克斯	103
维罗妮卡的裹尸布	131
少女与死亡	153
大松鸡	181
铃兰空地	233
拜物者	273
附录	303
在万事万物深处,有一条鱼在游 ——译后记(黄荭)	309

亚当家族

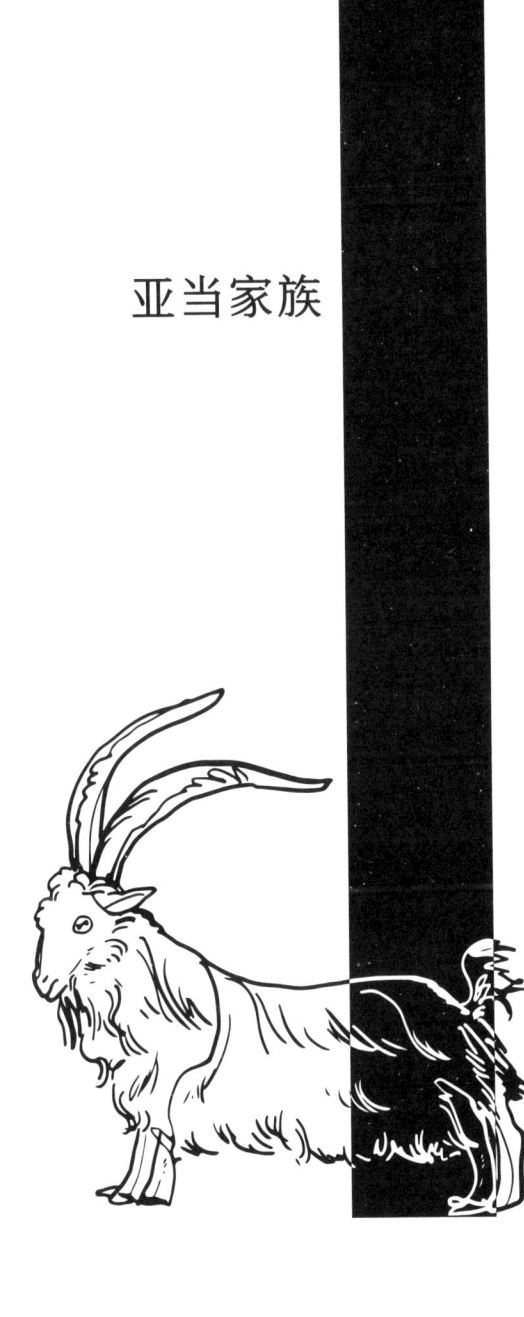

起初，地上没有花草也没有树木，到处是一望无垠的荒原，只有尘土和砾石。

耶和华用尘土捏了第一个人的泥像，之后对着它的鼻孔吹了一口生命之气，于是泥像活了，站起身来。

第一个人长什么样？他长得像耶和华，因为耶和华按照自己的样子造就了他。耶和华既不是男人也不是女人，他是雌雄同体。因此他创造的第一个人和他一样，既是男人也是女人。

他有女人的乳房。

在肚子下面，有一个男孩的小鸡鸡。

双腿之间，有一个女孩的小洞洞。

这样其实很方便：当他走路的时候，他把男孩的小鸡鸡塞进女孩的小洞洞里，就像把刀插进刀鞘。

因此，生孩子这件事亚当不需要任何人。他自己就可以生儿育女。

耶和华本该对自己的儿子亚当很满意，如果亚当也生一个儿子，从此就可以子子孙孙无穷尽。

可惜亚当并不同意。

耶和华想要孙子,但亚当并不想生儿子。

亚当自己也很矛盾。因为他也想躺下来,怀孕,生孩子。但在他周围只有荒原。荒原不适合坐下来,更不适合躺下来。荒原是一个斗兽场,一个竞技场,一个奔跑的赛道。但肚子里怀着一个孩子,或手上抱着一个孩子,那还怎么去斗,怎么去比,怎么去跑?他同时也得给孩子喂奶,给他调糊糊呀。

亚当对耶和华说:"你把我放在了一片并不适合家庭生活的土地上。那里只适合长跑。"

于是耶和华决定打造一片让亚当愿意安顿下来的土地。

那就是人间天堂,或者说伊甸园。

湖边草木森森,树上满是鲜花和果实,湖水暖暖的,清澈见底。

"现在,"耶和华对亚当说,"你可以生孩子了。躺在树下睡吧,做梦吧。一切自然而然就有了。"

亚当躺下来。但他睡不着,更没办法生育。

当耶和华回来的时候,他发现亚当正在一棵红树下焦虑地踱步。

"是这样,"亚当对他说,"我身上有两个自我。一个想在花下休息。所有的工作都在他的肚子里完成,那里会孕育孩子。另一个在同一个地方待不住。待久了他的腿会发麻。他需要走啊,走啊,走。在砾石遍地的荒漠,前者很不幸福,而后者很幸福。在这里,在天堂,情况恰恰相反。"

"那是因为，"耶和华对他说，"你身上有两个你，一个喜欢定居，另一个喜欢出去游牧。你要把这两个词添加到你的词汇表里去。"

"定居和游牧，"亚当乖乖地重复道，"那现在呢？"

"现在，"耶和华说，"我要把你一分为二。睡吧！"

"把我一分为二！"亚当欢呼。

但他的笑容很快就黯淡了，他倒下睡着了。

于是耶和华从他身上把所有女人的东西取了出来：乳房、小洞洞、子宫。

这些器官，他把它们放到另一个他用天堂湿润肥沃的泥土塑造的人身上。

他称另一人为：女人。

当亚当醒来，他跳起来，身子是那么轻盈，他差点儿要飞起来。所有让他感到沉甸甸的东西都没有了。他不再有乳房了。他的胸现在就像盾牌一样坚硬。他的肚子也变得像石板一样平坦。两腿中间只有一个男孩的小鸡鸡，虽然不再有小洞洞可以把它放进去，但也不是很碍事。

他忍不住像兔子一样在天堂的墙上窜来窜去。

当他回到耶和华身边时，耶和华拿开挡住视线的枝叶，对他说："看啊！"

于是亚当看到了熟睡的夏娃。

"这是什么？"他问道。

"这是你的另一半。"耶和华回答。

"我真美啊！"亚当赞叹道。

"她真美啊，"耶和华纠正道，"从今往后，当你想做爱的时候，你就来找夏娃；当你想奔跑的时候，你就让她留下休息。"

然后耶和华悄悄离开了。

一定要弄清楚事情的开头才能理解它之后的发展。

亚当和夏娃，众所周知，后来被赶出了耶和华的天堂。于是他们开始在故事一开始的那片尘土飞扬、遍地砾石的荒漠中长途跋涉。

当然，被逐出天堂对亚当和夏娃而言感受是全然不同的。亚当回到了熟悉的家园。他就出生在这片荒原上。他的肉身就是用这尘土造就的。尤其是耶和华把他身上女性的器官都去除了，他现在跑来跑去就像羚羊一样轻盈，像骆驼一样不知疲倦，他的双脚坚硬得就像钉了马蹄铁一样。

可是夏娃，可怜的夏娃孩子他妈！她是用天堂湿润的沃土造就的，她只喜欢甜甜地睡在棕榈树摇曳的树影里，她多么忧伤啊！她金色的皮肤受到太阳的炙烤，她柔嫩的双足被砾石划破，她呻吟着落在健步如飞的亚当身后。

天堂才是她的故乡，她念念不忘，但她甚至都不能跟亚当聊她的思乡之苦，因为亚当好像已经把天堂全忘光了。

他们生了两个儿子。

长子该隐活脱脱就是他母亲的翻版：金发，圆润，文静，很爱睡觉。

不管他是睡着还是醒着，夏娃不停地在他耳边轻轻诉说着一个美丽的故事。在这个故事里,有的只是玉兰树下柔软清凉的星状海葵靠垫,藏在金雀花丛中的蜂鸟,飞翔在黑黢黢的雪松高高的树梢上的灰鹤。

该隐,可以说他是一边吮吸着母亲的乳汁一边听着她对天堂的思念长大的。这些在他耳畔的呢喃在这个只见过贫瘠的荒原和连绵不绝的沙丘的可怜孩子脑海中建了一座座美妙的岛屿。因此,他很早就有志向要当一个农人、园艺师甚至是建筑师。

他的第一个玩具是一把小锄头,第二个玩具是一把可爱的小镘刀,第三个玩具是一盒圆规,他不停地用它画各种草图,显露出未来景观设计师和建筑设计师的天分。

他的弟弟亚伯和他截然相反。弟弟完全就是喜欢奔走的爸爸的翻版。他在一个地方待不住。他做梦都想着出发、游走、旅行。

所有需要恒心和待在一个地方的工作都让他感到厌烦和不屑一顾。相反,没有什么比几脚踢倒耐心又勤劳的该隐砌的花坛和用沙子堆的城堡更爽了。

不过做大哥哥的就应该对小弟弟宽容大度,因此一有争执,受到责罚的总是该隐,他只好强忍悲愤的泪水,等弟弟走后重新孜孜不倦地修建他的王国。

两兄弟长大了。

亚伯成了牧人,在草原、荒漠和高山上跟在羊群后面奔跑。他精瘦、黝黑、玩世不恭,浑身散发出公山羊一样的膻味。

他很骄傲自己的孩子们从来没有吃过蔬菜,不会读书也不识字,因为牧民没有学校。

相反,该隐和他的孩子们生活在耕地、花园和漂亮的房屋中间,他热爱并悉心操持他的家业。

但耶和华对该隐并不满意。他把亚当和夏娃赶出了天堂,让几个基路伯[1]拿着燃烧的剑守在伊甸园门口。而如今,他的孙子,沉浸在母亲对天堂的思念和回忆中,用自己的劳动和智慧重建了亚当因为愚蠢而失却的家园!该隐在种不出东西的荒原上复制了一个伊甸园,耶和华认为这是一种傲慢和反抗。

相反,耶和华很喜欢越过岩石和沙地、不知疲倦地跟在羊群后头奔忙的亚伯。

正因如此,当该隐把自己花园中的鲜花和水果献给耶和华时,耶和华拒绝了他的献礼。

相反,他感动地收下了亚伯献上的几头小羊羔的祭品。

一天,酝酿已久的悲剧终于爆发了。

亚伯的羊群闯进了该隐的领地,践踏了成熟的小麦和果园。

两兄弟约了面谈。该隐表现得温和谦让,而亚伯对他冷嘲热讽。

于是这么多年对弟弟的积怨如潮水涌上心头,该隐举起铁锹,打破了亚伯的头。

---

[1] 基路伯(Chérubin),又名智天使,一种带有翅膀与人首,服从上帝的超自然生命体,常在《圣经》中被提及。

耶和华怒气冲天。他把该隐从眼前赶走,罚他和他的家人流离失所,在世上飘荡。

但该隐,这个已经习惯了宅在家中的人并没有走远。他自然而然地朝母亲跟他念叨了很多次的天堂走去。最后他在闻名遐迩的伊甸园东边的挪得之地[1]安顿下来。

在那里,这个天才建筑师建造了一座城。这是人类历史上第一座城,该隐按他长子的名字,将那城叫作以诺。

以诺是一座桉树成荫的梦幻之城,处处繁花似锦,泉水汩汩,斑鸠咕咕。

城中央矗立着该隐的杰作:一座宏伟的神庙,用粉红色的斑岩和碧绿的大理石建成。

神庙里空荡荡的,还不知道有什么用途。当有人问起,该隐在大胡子下露出神秘的微笑。

最终,有天晚上,一个老人来到城门口。该隐好像在等他,因为他马上就把老人迎进了城。

那是耶和华,风尘仆仆,筋疲力尽,这么多年和亚伯的子孙过着漂泊的游牧生活,蜷在一个破旧、弥漫着羊膻味的藏经柜里被人扛着一路颠簸。

孙子拥抱了爷爷。接着他跪下来请求原谅和祝福。然后耶和华——仍是一副有点不情不愿的样子——被庄严地引到以诺城神殿的宝座上,从此再也没有离开。

---

[1] 挪得之地(pays de Nod):"Nod"来自希伯来文中一个词根,意为"徘徊中(迷茫彷徨)"。《圣经》中该隐被永世流放到地球上一处迷惘徘徊之地。

鲁滨孙·克鲁索的结局

"它原来就在那里!那里,你看啊,在特立尼达茫茫的海上,北纬9°22'。不可能搞错的!"

醉鬼用黑乎乎的手指敲着一张残缺不全、油渍斑斑的地图,情绪激动,信誓旦旦,但他每说一次,就被围在我们桌边的渔民和码头工人哄笑一次。

大家都认识他。他身份特殊,已经成了当地的传奇人物。我们请他和我们一起喝酒,就是想听他用沙哑的嗓音讲几件他陈年往事。说起他的冒险经历,那可真是既精彩又悲惨——这类故事通常都是这样。

四十年前,他在海上失踪,在他之前也有很多人出海后就没再回来。大家把他和船上其他船员的名字都刻在教堂里,之后就把他忘了。

谁承想,二十二年过去,他蓬头垢面、胡子拉碴、活蹦乱跳地又出现了,还带回来一个黑人。不过大家还不至于把他忘得一干二净认不出来。他逮着机会就滔滔不绝地讲他的历险,让人听得瞠目结舌。他是那条船遇险后唯一的一个幸存者。要是没有那个黑人,在那个遍地山羊和鹦鹉的岛上真的就只有他一个大活人，他说黑人是他从一群食人族手里救下来的。最终，一艘英国双桅船收留了他们，于是他回来了，还不失时机地做了几桩好买卖，发了一笔小财，那年头加勒比海一带的生意好做。

大家热烈欢迎他回来。他娶了一个年纪轻轻的老婆，都可以做他女儿了。从表面上看，如今平淡无奇的生活把那段因为命运捉弄而经历的不可思议的插曲、那些充满绿树浓荫和鸟鸣啁啾的日子遮住了。

那也只是从表面上看，因为一年年过去，确实有什么东西无声无息地从内部腐蚀着鲁滨孙的家庭生活。最初是礼拜五，他的黑人奴仆受不了了。开始的几个月他行为检点、无可挑剔，之后就开始喝酒——先是偷偷地喝，之后越来越明目张胆，借酒撒泼。后来又闹出两个未婚妈妈的事情，两个姑娘被圣灵救济院收留，几乎同时生下两个小杂种，长得和他一模一样。这不明摆着他犯下了双重的罪行吗？

但奇怪的是，鲁滨孙拼命为礼拜五辩护。他为什么不打发他走人呢？有什么秘密——或是有什么说不出口的隐情——把他和那个黑人紧紧地连在一起？

最后，他们的邻居失窃了一大笔钱财，甚至大家还没来得及怀疑这件事是谁干的，礼拜五就溜得无影无踪了。

"笨蛋！"鲁滨孙评论说，"如果他想拿钱走人，跟我要不就完了吗？"

他还冒冒失失地补充了一句：

"况且，我很清楚他去哪儿了！"

被偷的苦主抓住了话柄,硬要鲁滨孙赔钱,不然就要他把小偷交出来。鲁滨孙推托不掉,只好赔钱了事。

但从那以后,人们看到他越来越阴郁,在码头和港口晃荡来晃荡去,有时还喋喋不休地说:

"他回去了,是的,我敢肯定,那个浑蛋现在一定就在那里!"

的确有一个说不清道不明的秘密把他和礼拜五维系在一起,这个秘密就是他回来后让港口绘图员在地图上蓝色的加勒比海域画的一个绿色小点。不管怎么说,这个小岛,那里有他的青春,他奇妙的历险,他华美而孤独的花园!在这个阴雨绵绵、湿漉漉的城市里,在这些商人和退休老人中间,他能有什么盼头?

他年轻的妻子很善解人意,第一个猜到他的心思,看出他奇怪又不可救药的忧伤。

"你厌倦了,我看得出来。说吧,承认你想它了!"

"我?你疯了!我想谁,想什么?"

"当然是想你的荒岛了!而且我知道是什么牵绊你,不让你明天就走,我知道,我说,就是我!"

他嚷嚷着反驳,但他叫得越凶,她越肯定自己想的是对的。

她对他一往情深,百依百顺。她死了。他立刻就卖掉了房子和田地,租了一条帆船,前往加勒比海。

又过了好多年。人们又渐渐把他淡忘了。但当他再次回来,他比第一次回来时变化更大。

他是在一艘旧货船上做帮厨才漂洋过海回来的。成了一个老态龙钟、疲惫不堪、半截身子泡在酒里的糟老头。

他说的话引起哄堂大笑。找——不——到！尽管发疯似的找了几个月，他的小岛还是找不到。这一徒劳无功的探寻让他筋疲力尽，绝望透顶，他耗尽精力和钱财去寻找这片幸福自由的乐土，而它却仿佛被大海吞没，永远消失无踪了。

"但是，它原来就在那里呀！"那天晚上他又用手指敲着地图，重复着这句话。

这时，一个老舵手推开众人，走过来拍拍他的肩膀。

"鲁滨孙，想听我说说吗？你的荒岛，它当然一直都在那里，甚至我可以向你保证，你的的确确已经找到它了！"

"找到？"鲁滨孙差点儿喘不过气来，"可我刚才跟你说……"

"你找到它了！你可能在它面前都路过十次了。可是你没认出它来。"

"没认出来？"

"没认出来，因为你的岛，它和你一样：也老了！就是这样，你瞧，花变成了果实，果实变成了树，绿树又成了朽木。在热带，一切都变化很快。你呢？看看镜子中的你自己，傻瓜！告诉我，你的岛，当你在它前面经过，它还能认出你吗？"

鲁滨孙并没有看镜子中的自己，这个建议是多此一举。他那张无比忧伤、无比凄惶的脸在所有人面前晃过，人群又爆发出一阵更猛烈的哄笑，但笑声戛然而止，这闹哄哄的地方刹那间阒寂。

圣诞老妈

（圣诞故事）

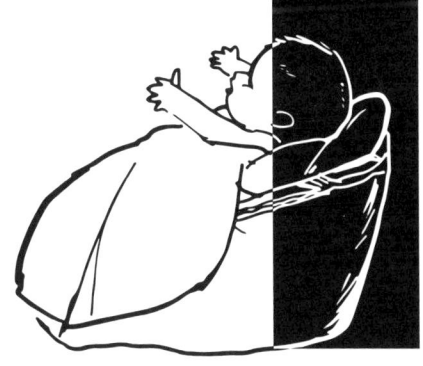

普尔德勒济克村会迎来一段和平时期吗？很久以来，村里的教权派和激进派、基督学校修士会和世俗公立学校、本堂神父和小学老师之间就一直势同水火。敌对的色彩随着季节变换，到了年末过节，更是沾染了传奇的色彩。为方便起见，12月24日的圣诞午夜弥撒在傍晚六点就举行了。与此同时，装扮成圣诞老人的小学老师给世俗学校的孩子们分发玩具。这样一来，圣诞老人就成了一个激进的、反教权的异教英雄，而本堂神父反击的方式就是找一个小孩扮作真人马槽场景里的小耶稣——这在村里家喻户晓——就像冲魔鬼脸上泼了一瓢圣水一样。

那么，现在普尔德勒济克村是不是要休战了呢？因为之前的小学老师已经退休，接替他的是一个外地来的女老师，大家都想看看她是何方神圣。这位女老师就是瓦瑟林女士，两个孩子的母亲——其中一个才三个月大——她离婚了，看来应该是世俗派的。但是实际上，教权派第一个礼拜日就赢了，人们看到这位新来的女老师堂而皇之地走进了教堂。

似乎大局已定。估计今后的"午夜"弥撒再也不会出现跟它唱反调的圣诞树了，这一带恐怕将是神父的天下。所以当瓦瑟林女士向学生宣布，今年将保持传统习俗，圣诞老人会像往常一样按时给大家分发礼物时，大家都惊讶万分。她在搞什么把戏啊？谁来扮演圣诞老人呢？人们都以为会是邮递员或是警察，但他们说自己什么都不知道。尤其是，当得知瓦瑟林女士把小儿子借给神父扮演马槽里的小耶稣时，大家简直都惊呆了。

起初一切顺利。小瓦瑟林正睡得香。牛和驴——是一头真牛和一头真驴——在神奇地变成救世主的世俗小孩面前，也仿佛被感化了。

不巧的是，刚开始诵读福音书，小耶稣就躁动不安起来，等神父一登上讲台，小耶稣就哇哇乱叫起来。人们从来没有听过这么洪亮的婴儿嗓门儿。扮演圣母玛利亚的小姑娘把他抱在瘦削的怀里轻声哄着，但没有收到任何效果。婴儿气得脸蛋通红，又是挥手又是蹬脚，哭喊声响彻教堂，害得神父一个字也说不下去。

最后神父不得不找来唱诗班的一个男孩，悄悄对他耳语了几句。男孩连白色法衣都来不及脱就急匆匆跑了出去，人们只听到他木底鞋啪嗒啪嗒的声音越来越远。

几分钟之后，聚在教堂的占村里一半人数的教徒，都见证了这注定要载入布列塔尼地区史册的奇特一幕：圣诞老人匆忙赶到教堂，他大步迈向马槽，拨开白色棉花做的大胡子，解开红色外套的扣子，露出一个丰满的乳房，把乳头塞进小耶稣的口中，小耶稣立马就安静下来了。

阿芒迪娜或两个花园[*]

(启蒙故事)

致奥莉维娅·克莱尔格

---

* 本书收录了关于此篇的作者访谈,详情见附录。

星期日 我有蓝色的眼睛，殷红的嘴唇，粉嘟嘟的脸颊，波浪一样的金色鬈发。我叫阿芒迪娜。当我照镜子时，发现自己是一个十岁女孩的模样。这也没什么好奇怪的。我原本就是一个十岁的小姑娘。

我有爸爸妈妈和一个名叫阿芒达的布娃娃，还有一只猫。我猜它是一只母猫，但它叫克洛德，所以我们也不是很肯定它是母的。后来它肚子大得不得了，持续了有半个月的样子，一天早晨，我发现它和四只小猫在窝里，小猫崽只有老鼠那么大，挥舞着小爪子，在克洛德的肚子上吃奶。

至于克洛德的肚子，它又变得平平的了，想必四只小东西之前就关在那里面，刚刚才从里面生出来！克洛德显然是只母猫。

四只小猫分别叫贝尔纳、菲利普、埃尔内斯特和卡米夏。由此我知道前三只是公的，至于卡米夏，显然还有点吃不准。

妈妈对我说，家里不能养五只猫。我到现在还没想明白是为什么。但既然她这么说了，我就问学校里的小闺密们，她们谁想要一只小猫。

星期三 安妮、茜尔维和莉蒂来我家。克洛德打着呼噜过来蹭她们的腿。她们把小猫抱在手上,小猫的眼睛已经睁开了,可以颤颤巍巍地走路。因为她们都不想要母猫,所以留下了卡米夏。安妮带走了贝尔纳,茜尔维带走了菲利普,莉蒂带走了埃尔内斯特。留给我的只有卡米夏,既然另外几只小猫都走了,我自然对它疼爱有加。

星期日 卡米夏和狐狸一样是橘黄色的,左眼有一块白斑,就好像它的这个地方被……到底被怎么了呢?不是被打了一下,而是被亲了一下,被面包师亲了一下。于是卡米夏就有了一只像抹了白奶油一样的眼睛。

星期三 我很喜欢妈妈收拾的屋子和爸爸打理的花园。在家里,不论冬夏,温度都是一样的。在花园里,一年四季,草坪都是绿绿的,修剪得一丝不苟。仿佛妈妈和爸爸在比赛,看屋子和花园,哪个收拾得更干净。在家里,我们要踩在毛毡地毯上,以免弄脏地板。在花园里,爸爸放了几个烟灰缸,供抽烟的散步者使用。我觉得他们是对的。这样一来让人更安心,但有时候也会觉得有点麻烦。

星期日 我高兴地看着我的小猫一天天长大,在和猫妈妈的嬉戏中学会了所有本事。

今天早上，我到羊圈里去看它们的窝。空的！它们都不在！以前，当克洛德出去散步的时候，它会把卡米夏和它的几个兄弟留在窝里。但今天，它把卡米夏带走了。它应该是把它叼走了，因为我肯定小家伙还没能力跟在它后头跑。小猫才勉强会走路。克洛德究竟去哪儿了？

星期三　从星期日开始不见了踪影的克洛德突然回来了。我正在花园吃草莓，突然我感到有毛茸茸的东西蹭我的腿。不用看，我就知道是克洛德。我跑到羊圈里看小猫是不是也回来了。猫窝里还是空空如也。克洛德走过来。她看了看猫窝，又抬头看我，眯起它金色的眼睛。我问它："你把卡米夏弄哪儿去了？"它把头转开，没有回答。

星期日　克洛德不再像以前那样生活了。以前它整天都和我们待在一起。现在它经常出去。去哪儿了？这是我很想知道的。我曾经试图尾随它，根本不可能。当我盯着它的时候，它一动不动。它总是摆出一副无辜的样子："你干吗盯着我看？你瞧，我这不乖乖待在家里吗？"

但只要我一个不留神，嗖！克洛德就不见了。这下惨了，有我好找的！我遍寻不见。而第二天我又看到它在壁炉边上，用天真无辜的神情看着我，好像它溜出去只是我的幻觉。

星期三　我刚注意到一件有趣的事情。我一点也不饿，而且，既然谁都没在看我，我把我的那块肉丢了给克洛德。如果是狗——扔给它们一块肉或一块糖，它们会在半空接住，然后放心地大嚼起来。但猫不是这样。它们生性多疑。它们会让肉掉在地上，然后仔细查看。克洛德查看过后，并没有把肉吃掉，而是叼着它去了花园。这要是让我父母看见，我少不了又要挨骂了。

之后，它藏在一片灌木丛中——或许是想让别人不再注意它。但我盯着它。突然，它朝墙的方向一跃而起，然后沿着墙根一路贴地飞奔，然后跳了三下跳到墙头，嘴里一直叼着我给它的那块肉。它朝我们这边看了看，好像是为了确定没有人跟踪它，随后消失在墙的另一边。

我呢，一直有一个想法。我怀疑四只小猫被我们夺走了三只，这让克洛德伤透了心，所以它想把卡米夏挪到安全的地方。它把它藏在墙的另一边，每次它不在这里的时候都是去陪它的小猫了。

星期日　我猜得没错。我刚刚又见到了已经失踪三个月的卡米夏。它的变化真大啊！今天早上，我起得比平时早。透过窗户，我看到克洛德在花园的一条小径上慢慢走着。它嘴里衔着一只死田鼠。但奇怪的是，它发出一种极其温柔的呼噜声，就像带着小鸡出来转悠的肥硕的母鸡一样。这时，"小鸡"很快就现身了，不过这是一只四条腿的胖嘟嘟的"小鸡"，一身橘色的皮毛。它眼睛上的白斑，那只像抹了白奶油的眼睛，让我一眼就认出了它。它变得多么矫健啊！

它开始围着克洛德跳来跳去，试着用爪子去拍打田鼠，而克洛德把头抬得很高，不让卡米夏够到它的猎物。最终，它让田鼠掉到地上，但卡米夏没有当场就享用它的美食，而是很快地叼起田鼠，消失在灌木丛中。我很担心这只小猫会完全变成一只野猫。显然，它是在墙的另一边长大的，除了它的猫妈妈，它谁也没见过。

  星期三 现在，我每天起得比家人都要早。这也不难做到，天气那么好！因为起得早，我至少有一小时可以在家里做自己想做的事情。因为爸爸妈妈还在睡觉，我有一种独自一人活在世上的感觉。

  这让我有一点点害怕，但同时又让我感到很开心。这是挺奇怪的。当我听到父母的房间开始有动静时，我的心情一下子就低落了，美妙的时光结束了。我在花园里看到一堆新鲜事儿。尽管爸爸把花园修剪打理得井井有条，在那里感觉不会发生任何事。

  但爸爸还在睡觉的时候，花园里可以看到好多事情！就在太阳即将升起之时，花园里一阵忙乱。这是夜行动物入睡、昼行动物醒来的时刻。也只有在这一刻，它们都在那里。它们会打个照面，有时还会彼此撞上，因为这个时候既是夜晚也是白天。

  猫头鹰要在阳光晃眼之前赶紧回巢，它和刚从丁香丛中飞出的乌鸦擦身而过。刺猬蜷成一团滚到欧石楠下的洞穴中，而此时松鼠正从老橡树的树洞里探出脑袋看天气怎么样。

星期日　现在毫无疑问了：卡米夏已经完全是只野猫了。今天清早，一在草坪上看到克洛德和它，我就出了房门，朝它们走去。克洛德挺欢迎我的，过来蹭我的腿，还发出呼噜声。但卡米夏纵身一跃，消失在醋栗丛中。这表现可真奇怪！它明明看到它妈妈并不怕我，那它为什么要跑掉呢？而它妈妈为什么没有任何来留住它的举动呢？它可以跟卡米夏解释我是好朋友啊。可是它没有。好像我一出现它就完全忘记了卡米夏的存在。它真的过着双重生活，一种是墙那边的生活，另一种是在爸爸的花园里和妈妈的屋子里和我们一起过的生活，两种生活互不干扰。

星期三　我想驯服卡米夏。我在小径中央放了一盆奶，然后回到屋里，透过一扇窗观察将要发生的一切。

第一个到的自然是克洛德。它蹲在盆前，两只前爪乖巧地缩在一起，开始舔盆里的奶。过了一分钟，我看到卡米夏那只白奶油眼出现在两堆草丛之间。它盯着它妈妈，好像在琢磨它妈妈到底在做什么。之后它肚子贴着地面，慢慢地，慢慢地，朝克洛德匍匐前进。快点，小卡米夏，不然等你到时奶盆就要被舔空了！终于，它到了。确切地说，还不算！它现在围着奶盆绕了一圈，保持匍匐的姿势。它太小心谨慎了！这是一只真正的野猫。它朝奶盆凑过去，脖子伸得很长很长，就像长颈鹿的脖子，为的是让自己的身子尽量离奶盆远一点。它伸长脖子，鼻子往下凑，冷不丁打了一个喷嚏。它刚才用鼻子去碰奶了。它没料到会是这样。那是因为它从来没在盆里吃过东西,这只小野猫。它把牛奶溅得到处都是。它退后一步,舔了舔自己的嘴唇,一脸嫌弃的样子。克洛德也被溅了一身奶,但它完全无所谓。它继续舔奶,动作又快又稳,像一台机器。

卡米夏把自己舔干净了。事实上,它舔掉的这几滴牛奶让它想起了什么。那是久远的记忆。它俯下身去,又开始匍匐前进。但这一次,它是朝猫妈妈爬去。它把头埋在妈妈的肚子里。它在吃奶。

现在就是,肥硕的母猫在舔盆里的奶,小猫在吮它的奶。母猫舔的和小猫吮的应该是一样的奶,盆里的奶进了母猫的嘴里,又从它的身上流出,进了小猫的嘴里。不同的是,奶在传递的过程中变热了。小猫不爱吃冰冷的奶。它利用母亲的身体把奶加热了。

奶盆空了。克洛德舔得可真干净,盆在阳光下闪闪发光。克洛德扭头发现卡米夏还在吃奶。"瞧瞧,这家伙在干什么呀?"克洛德的爪子像弹簧一样伸出来。哦,别那么凶!快把爪子收起来。它一下打在卡米夏的脑袋上,卡米夏像球一样滚到地上。这会让它记住自己已经长大了。它这个年龄难道还要吃奶吗?

星期日 我下定决心要去墙的另一边去探一探究竟,以便把卡米夏哄骗回来。也是因为有一点好奇。我以为在墙的后面有别的东西,或许有另一个花园,另一个家,卡米夏的花园和卡米夏的家。我以为如果我了解了它的小小天堂,我就能更轻易地赢得它的友谊。

星期三 今天下午,我在墙的另一边转了一圈。地方并不大。不用走得很急,只要十分钟就可以绕上一圈回到原地。很简单:这个花园和爸爸的花园一样大。但特别的是,它没有门,没有栅栏,什么也没有!只有一堵没有任何出口的墙,要不就是所有的出口都被堵上了。进到里面去的唯一方式,就是像卡米夏一样,越过墙头。但我,我不是一只猫。那要怎么办呢?

星期日 我首先想到的是用爸爸的园艺梯子,但我不知道自己有没有力气把它搬到墙边。而且,众目睽睽,我很快就会被人发现。我不太清楚为什么,但我猜爸妈如果觉察到我的计划,他们一定会千方百计阻止我去实现。我接下来要写的事情很不光彩,我自己也很羞愧,但怎么办呢?去卡米夏的花园,我认为不仅必要而且会很美妙,但我不能告诉任何人,尤其不能告诉我的父母。我心里很难过,但同时也很幸福。

星期三 在花园的另一头,有一棵歪歪扭扭的老梨树,一根粗壮的树杈伸向墙头。只要我沿着这根树杈走过去,无疑就能登上墙头。

星期日 好了!老梨树计划成功了,但我真的吓死了!

有一刹那,我感觉两条腿要撕裂了,一只脚踩在梨树杈上,另一只脚踩在墙头。我不敢松开抓在手中的树枝。我差一点就要喊救命。最终,我往前一冲。如果冲的力度再大一点点,我就会摔到墙的另一边,不过我很快就恢复了平衡,可以从高处俯瞰卡米夏的花园。

首先,我只看到郁郁葱葱一片,一片名副其实的矮林,荆棘、倒伏的树木、刺藤和高大的蕨类植物驳杂,还有一堆我叫不出名字的植物。和爸爸那个打扫得干干净净、捯饬得整整齐齐的花园比起来简直有天壤之别。我以为自己永远都不会跳下来,到这个原始森林里,那里面肯定爬满了癞蛤蟆和蛇。

于是我在墙头上走着。这并不容易,因为常常有树木把枝叶伸出来靠在墙头,害得我不知道在哪儿落脚。而且墙上的一些砖已经松动,摇摇欲坠,另一些砖上布满了青苔,极易滑倒。接着我又发现了一件匪夷所思的事情:有一个带扶手的很陡的木头楼梯就靠在墙边,仿佛是专门为我准备的,有点像用来爬到阁楼上的大梯子。木头已经发绿,被虫蛀得有些斑驳,扶手滑腻腻的。但从墙上下去还是挺方便的,要是没有它我还真不知道该怎么办。

好啦。我到了卡米夏的花园。草长得很高,都到我鼻子了。我应该走穿过树林的一条昔日辟出来的小径,但这条路正在被蔓延的杂草吞没。硕大奇异的花朵抚摸着我的脸。它们散发出胡椒和面粉的味道,一种很香但有点让人透不过气的味道,很难说清楚这种味道是好是坏。感觉两者都有一点儿。

我有点害怕,但好奇心怂恿我继续。这里的一切看上去仿佛已经荒废很久很久。就像日落一样既美丽又令人忧伤……拐一个弯，依然是一条绿树掩映的小径，之后我到了一块圆形的林中空地，空地中央有一块石板。而坐在石板上的，你猜是谁？静静地看着我朝它走过去的就是卡米夏本尊。很奇怪，我感觉它看上去要比在爸爸的花园里更大更壮一些。不过那的确是它，我毫不怀疑，没有哪只猫像它一样有一只跟抹了白奶油一样的眼睛。不管怎样，它很平静，近乎威严。它没有发疯似的逃走，但它也没有朝我走过来让我抚摸它。没有。它站起来，尾巴竖得跟一支蜡烛一样，静静地朝空地的另一头走去。就在进入树林之前，它停下来，回过头，好像在看我是不是跟着它。是的，卡米夏，我来了，我来了！它闭上眼，过了好一会儿，一副心满意足的样子，之后又静静地继续前进。我真的有些不认识它了。因为这是在另一个花园里！它就像是一个在自己王国里的真正的王子。

就这样，我们在一条时不时完全消失在草丛中的小径上兜兜转转。之后，我明白我们到了。卡米夏又停下来，朝我转过头，慢慢地闭上它金色的眼睛。

我们在小树林的边缘，一个矗立在圆形大草坪中央的柱式亭子前面。亭子周围有一条小径，路边有一些破损的、长满青苔的大理石长椅。在亭子的穹顶下面，有一个基座，基座上有一尊雕像。是一个全裸的男孩，背上有一对翅膀。他一头鬈发，耷拉着脑袋，露出一个忧郁的微笑，在脸颊上凹进去两个酒窝，他举起一根手指放在嘴唇上，掉落的一把小弓、一个箭筒和几支箭挂在基座周围。

卡米夏坐在穹顶下。它朝我抬起头。它就像这个男孩雕像一样静默，也露出一个神秘的微笑。好像它们分享着同一个秘密，一个有点忧伤又很甜美的秘密，他们想让我知道这个秘密。真奇怪。这里的一切都是忧郁的，这个荒废的亭子，这些破损的长椅，这个开满野花、疯长的草坪，但我在其中又感到一种巨大的快乐。我想哭，但我是开心的。我离爸爸精心打理的花园和妈妈上了蜡的屋子多远啊！我是不是永远都不会回去了？

我突然转过身，背对着这个神秘的男孩，卡米夏，还有亭子，朝墙那边逃去。我疯了一样狂奔，树枝和花朵打在我的脸上。当我跑到墙跟前时，这里却显然不是放了磨坊主那架被虫子蛀得斑斑驳驳的梯子的地方。终于我找到梯子了！我尽快爬上了墙头。之后是老梨树。我跳了下来。我又回到了我儿时的花园。这里的一切都整齐明亮，井井有条！

我上楼进了自己的小房间。我哭了很久，哭得很厉害，无缘无故，就这样。之后，我睡了一会儿。当我醒来的时候，我照了照镜子。我的衣服没有弄脏。我也没磕着碰着。不，看啊，有一点儿血。我的腿上有一道血痕。真奇怪，我身上哪儿也没有擦伤。这是怎么弄的？算了。我走到镜子跟前，近距离地端详自己的脸。

我有蓝色的眼睛，殷红的嘴唇，粉嘟嘟的脸颊，波浪一样的金色鬈发。

但我看上去不再像一个十岁的小女孩了。那像什么？我举起手指放在殷红的嘴唇上。我垂下一头鬈发的脑袋，露出一个神秘的微笑。我发现自己就像那尊男孩石像……

这时,我看见自己眼中噙满了泪水。

星期三 自从我去过它的花园,卡米夏和我越来越亲近了。它常常侧身躺着晒太阳,一躺就是几个小时。

说到身子,我发现它的肚子圆滚滚的。一天比一天更圆。

它应该是只母猫。

应该叫它卡米莎……

小布塞出走[*]

（圣诞故事）

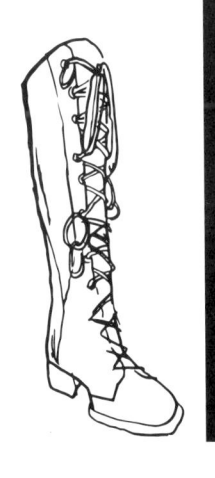

* "布塞"(poucet)是音译,意为"拇指"。这个故事是对《小拇指》的戏仿。

那天晚上,伐木工工头布塞先生好像下定决心,他终于要结束几周来一直神秘兮兮的样子,把自己的计划和盘托出。

"好了,是这样,"吃甜点的时候,他沉默良久,之后说,"我们要搬家了。比耶夫雷,东倒西歪的楼房,只有十棵生菜和三只兔子的小花园,都结束了!"

他又沉默了一会儿,以便更好地观察这个惊人的消息在妻子和儿子身上的反应。之后,他推开碗碟和刀叉,立起手把餐桌漆布上的面包屑打扫干净。

"如果这儿是卧室,那儿就是浴室;那儿是起居室,那儿是厨房,还有另外两个卧室。六十平方米,还带橱柜、地毯、卫生设施和霓虹灯照明。真是不可思议。在美居大厦的二十四楼。你们明白吗?"

他们真的明白吗?布塞太太一脸惊恐地看着她那可怕的丈夫,之后,扭头看小布塞(最近她越来越经常这么做),仿佛对抗巴黎伐木工工头的独断专行,她只能指望他了。

"二十四楼!好吧!可别忘了带火柴!"小布塞勇敢地提醒道。

"你傻呀!"布塞先生反驳道,"有四部超快的电梯。在这些现代化的大厦里,基本上都不用楼梯了。"

"那起风的时候,可要当心穿堂风啊!"

"不可能有穿堂风!所有窗户都钉死了,根本打不开。"

"那么,怎么掸我的地毯呢?"布塞太太大着胆子问了一句。

"你的地毯,你的地毯!你要丢掉乡下人的习惯,知道吗?你会有一台吸尘器。就像你的衣服一样,你不会还想把它们晾到外面晒干吧!"

"那要是窗户都钉死了,怎么通风换气啊?"皮埃尔[1]反驳道。

"不需要通风,有空调。一台鼓风机日夜排出废气,并从屋顶吸进新鲜空气,还能将空气加热到人们想要的温度。而且,窗户的确要钉死,因为大厦是要求隔音的。"

"这么高也要隔音?为什么?"

"因为飞机呀!要知道那儿离图苏斯勒诺布尔机场的新跑道只有一千米的距离。每四十五秒就会有一架飞机从屋顶掠过。幸好房子是隔音的!就像在一艘潜水艇里……就这样,一切准备就绪。我们可以在二十五号之前搬进去。那将是给你们的圣诞礼物。真走运,不是吗?"

当他将瓶中所剩无几的红酒倒进自己的杯中,好就着酒吃完他的奶酪时,小皮埃尔忧伤地把焦糖布丁抹在盘子上,

---

[1] 小布塞的名字。

忽然不太想吃了。

"这个呢,我的孩子们,就是现代生活,"布塞强调道,"要与时俱进!你们总不会希望永远待在这个烂透了的乡下发霉吧!更何况共和国总统本人也说过:**巴黎必须习惯川流不息的汽车,某种唯美主义只能让路了。**"

"某种唯美主义,是什么意思?"皮埃尔问。

布塞将他粗短的手指插进他像黑刷子一样的茂密头发。这些小家伙,总是问一些愚蠢的问题!

"唯美主义,唯美主义……呃……对了,指的是树!"他最终找到了答案,松了一口气,"只能让路,也就是说要把它们砍掉。你瞧,小子,总统用这种方式在暗示我和我的手下人,这是在向巴黎的伐木工人致敬。而我们受之无愧!因为没有我们,嗯,不把树砍掉就不可能有宽敞的大道和停车场。因为,虽然看不太出来,但巴黎树多得很。巴黎,一座真正的森林!最后,是……因为我们这些伐木工人,我们要在那里一显身手。是的,我们是一支精锐队伍。因为,说到这种精细活儿,我们可是行家里手。在市中心砍倒一棵二十五米高的梧桐树而不损坏周围的任何东西,你以为容易吗?"

话说到兴头上,什么也不能让他停下来。布塞太太起身去洗碗,而皮埃尔盯着父亲,眼睛一动不动,装出很感兴趣的样子。

"圣路易岛和太子广场上的大白杨,当时要把它们像切香肠一样一段一段地切好,然后用绳子把木头绑住一段段放下来。整个过程没有打碎一块玻璃,没有砸坏一辆汽车。我们甚至得到了巴黎议会的表扬。这很公平。因为等到巴黎错综复杂的高速公路和立交桥交通网建成的那一天,成千上万的汽车就能以每小时一百千米的速度驶向四面八方。嗯,这一切首先要归功于谁呢?当然要归功于为达到这一目的而扫清道路的伐木工人。"

"那我的靴子呢?"

"什么靴子?"

"你之前答应要买给我作圣诞礼物的。"

"靴子,我?是的,当然。靴子在这儿当然很有用,可以让你在泥泞的花园里走来走去。但在公寓里,根本派不上用场。而且楼下的邻居会怎么说?好吧,我给你一个建议。别买靴子了,我给你买一台彩色电视机吧。这可大不一样,不是吗?你愿意吗?来,击个掌!"

他拉起儿子的手,露出巴黎伐木工工头率直阳刚的笑容。

> 我不想要霓虹灯,也不想要空凋[1]。我更喜欢树木和靴子。永别了。
>
> 你们的独生子:皮埃尔

"他们又要说我的字写得歪歪扭扭,像三岁小孩写的。"皮埃尔边气恼地想,边把告别信折起来。单词拼写

---

[1] 皮埃尔笔误把空调(air conditionné)写成了空凋(air contingenté)。

呢？只要出现可笑的拼写错误就会让一封告别信——哪怕写得再感人——变得一无是处。靴子，的确是有两个"t"吗[1]？应该是吧，毕竟一双靴子是两只嘛。

纸条对折了一下，显眼地立在厨房的桌上。他父母晚上从朋友家回来时就会看见。而他，他早已远走高飞。独自一人？不完全是。他穿过小花园，胳膊挎着一个篮子，朝他养了三只兔子的小棚子走去。兔子也不会喜欢二十四层高楼大厦。

他现在已经走到通往朗布依埃森林的306国道的大路边。因为那是他想去的地方。当然，这只是个模模糊糊的想法。上回度假，他看到老教堂村的池塘边聚集了不少旅行挂车。或许有几辆车还在那里，或许有人愿意收留他……

十二月里天黑得早，暮色已经降临。他走在道路的右侧，和人们反复叮嘱他的相反，但搭顺风车自有它的规矩。不巧的是，一辆辆汽车在这个圣诞前夕都开得很急，它们像龙卷风一样疾驰而过，甚至都没有打开防眩目远光灯。皮埃尔走了很久很久。他还不累，但篮子从他左右臂间交换得越来越频繁了。终于，他看到一片亮光和色彩，听到了声音。这是一个加油站，旁边有一个琳琅满目的商店。一辆很大的半挂车停在油泵旁边。皮埃尔走到司机跟前。

"我要去朗布依埃。我可以搭您的车吗？"

司机一脸狐疑地看着他。

---

[1] 靴子的法语拼法是botte。

"你该不会是离家出走吧？"

这时，兔子们有了一个绝妙的主意。它们一只只从篮子里探出脑袋。谁离家出走会拎个篮子把活蹦乱跳的兔子带在身边？这下司机放心了。

"来吧！我带上你！"

这是皮埃尔第一次坐载重汽车旅行。坐得可真高啊！仿佛骑在大象的背上。车灯照亮了前路，黑夜中房屋的墙面、幽灵般的树木、行人和自行车骑手的身影一闪而过。克里斯特德萨克雷过后，道路变得狭窄，也更加蜿蜒曲折。的的确确是到了乡下。圣雷米、谢夫勒斯、塞尔奈。好了，进森林了。

"我一千米后下车。"皮埃尔随口提了个醒。

其实，他心里也挺害怕的，他感觉离开卡车就跟弃船跳到海里一样。几分钟后，汽车在路边停了下来。

"我不能在这里久停，"司机解释道，"好了！全体下车！"

但他还是把手伸到座位底下，掏出一个保温瓶。

"如果你愿意，喝口热红酒再走。我老伴总给我准备这个。不过我更喜欢喝点干白。"

糖浆似的液体热乎乎的，散发出桂皮的香味，但这毕竟是葡萄酒，当卡车突突突地、摇摇晃晃地开动时，皮埃尔有点醉了。"真像头大象，"看着卡车潜入夜色时，皮埃尔心想，"但因为它有装饰和红灯，所以这头大象也像一棵圣诞树。"

"圣诞树"拐了个弯儿消失不见了，夜色笼罩了皮埃尔。不过这并不是一个漆黑的夜晚。多云的天空漫射出朦胧的微光。皮埃尔走着。他琢磨着应该拐到右边一条前往池塘的小路。就在这时,眼前出现了一条路,但是是朝左拐的。真见鬼!他心里没谱了。那就左拐吧。都怪热红酒太上头。他本不该喝的。他困得不行。这该死的篮子在胯部蹭来蹭去。他要不要在树下先歇一会儿?比如在这棵周围落了一层差不多已经干了的针叶如地毯的高高的冷杉下?对了,可以把兔子放出来。搂着活兔可暖和了,能抵一床被子。这是一床活的被子。兔子们挨着皮埃尔,把它们的小脑袋钻到他的衣服里。"我就是它们的窝,"他微笑着想道,"一个活的兔子窝。"

星星在他周围飞舞,伴随着银铃般的叫声和笑声。星星?不,是灯笼。是一群精灵打着灯笼。精灵?不,是小女孩。她们围着皮埃尔挤成一圈。

"一个小男孩!迷路了!被抛弃了!睡着了!他醒了。你好!晚上好!嘻嘻嘻!你叫什么名字?我叫纳蒂娜,我叫克里斯蒂娜,卡丽娜,阿娜丽,萨宾娜,埃尔梅丽娜,德尔菲娜……"

她们笑着挤成一团,灯笼舞得更欢了。皮埃尔在身边摸了摸。篮子还在,但兔子不见了。他站起身。七个小女孩围着他,拖着他,他根本就招架不住。

"我们姓罗格尔[1]。我们是姐妹。"

---

[1] 罗格尔(Logre)会让人联想到童话《小拇指》中的吃人妖怪(ogre)。

又是一阵狂笑,七盏灯笼晃来晃去。

"我们就住在附近。喏,你看到树林中的亮光了吗?那你呢?你从哪儿来?你叫什么名字?"

这是她们第二次问他的名字。他回答:"皮埃尔。"她们一起叫起来:"他会说话!他说话了!他叫皮埃尔!来,我们带你去见罗格尔。"

房子除磨石粗砂岩的墙基以外都是木头盖的。这是一个破旧而复杂的建筑物,好像是几栋房子胡乱拼凑在一起。不过皮埃尔已经被推进了大客厅。一开始他只看见一个巨大的壁炉,里面燃烧着几个树桩。壁炉火盆的左半边被一张大柳条椅给挡住了,这是一个真正的宝座,轻巧,悬在空中,装饰着环扣、绦子、横条、玫瑰花饰和花冠。透过椅子的缝隙可以看到跳动的火焰。

"这里是我们吃饭、唱歌、跳舞、讲故事的地方,"七个女孩异口同声地介绍道,"那里,紧挨着的,是我们的卧室。这张床是给所有孩子睡的。瞧它多大啊!"

的确,皮埃尔从未见过这么宽的床,确切地说是正方形的床,上面铺着一床鼓得像红气球一样的鸭绒被。床的上方挂了一个画框,好像是为了助眠,里面绣了一句话:**制造爱,不要制造战争**。但七个小魔头又把皮埃尔拖到了另一个房间,一个大工作室,里面散发着羊毛和蜡的味道,一架浅色的木织布机把整个房间都占满了。

"妈妈在那里织布。现在,她去镇上卖布了。我们和爸爸一起等她回来。"

奇怪的家庭，皮埃尔心想。妈妈工作，而爸爸看家！

他们又到了客厅的壁炉前。柳条椅动了。这么说这个悬在空中的宝座是有人坐的。在像天鹅脖颈一样弯曲的扶手中间坐着一个人。

"爸爸，这是皮埃尔！"

罗格尔站起身，看着皮埃尔。他好高啊！真是个林中巨人！不过这是个清瘦高挑、柔软灵活的巨人，他的一切都那么温柔：额上扎了一根束带，拢住他长长的金发；胡子也是金色的，卷曲、丝滑；蓝色的眼睛充满柔情；蜜色的皮衣上挂着雕镂银饰、链子、项圈；三条皮带，环环扣扣、重重叠叠；尤其是，啊！尤其是他的靴子，及膝的浅黄褐色的麂皮高筒软靴，靴子上也挂满了链子、圆环和徽章。

皮埃尔一脸崇拜。他不知道该说什么，也不知道自己在说什么。他说："您美得就像……"罗格尔笑了，露出他雪白的牙齿，仿佛他的项链、他的刺绣背心、他的猎装短裤、他的丝绸衬衫，尤其是，啊！尤其是他的高筒靴都笑盈盈的。

"美得像什么？"他不依不饶地问道。

皮埃尔心慌意乱地在脑海中搜索，搜索那个最能表达他的惊讶、他的赞叹的词语。

"您美得像个女人！"他最终一口气说了出来。

小女孩们爆发出一阵笑声，罗格尔也笑了，最后是皮埃尔，他很高兴自己融入了这个家庭。

"走，吃饭去。"罗格尔说道。

餐桌边闹成一团，因为小女孩个个都想坐在皮埃尔身边！

"今天，轮到萨宾娜和卡丽娜上菜。"罗格尔柔声提醒道。

除胡萝卜丝外，两姐妹摆到桌上的菜皮埃尔一道也说不上来。菜一上桌，大家立刻自由地各取所需。她们告诉他，这些菜是蒜泥、糙米、黑萝卜、葡萄糖、蜜渍绿藻、烤黄豆、白灼芜菁甘蓝，还有其他一些稀奇古怪的菜。皮埃尔往菜上浇了点儿生鲜乳和枫糖，闭着眼睛吃下去。出于信任，他觉得什么都美味可口。

之后，八个孩子在炉火边围成半圆，罗格尔从壁炉的通风罩上取下一把吉他，先弹拨了几个忧伤悦耳的和弦。当歌声响起，皮埃尔被惊到了，起了一身鸡皮疙瘩，他仔细端详七姐妹的脸庞。不，女孩们都在一声不吭认真地听歌。这个细声细气、毫不费劲就到达最高颤音的女高音，的确是从罗格尔黑色的侧影那边发出的。

皮埃尔的惊讶到这儿就完了吗？看来还没有，因为女孩们开始互递香烟。他身旁的女孩——是纳蒂娜还是埃尔梅丽娜？——点了一支烟，随手塞进了他唇间。香烟有一股奇怪的味道，有点涩，又有点甜，它飘散的青烟让你感觉轻飘飘的，轻飘飘的，和它一样轻盈，好像蓝色的雾气飘荡在黑暗中。

罗格尔把吉他靠在扶手椅上，沉思了好长时间。最终，他又开口说话了，嗓音低沉深邃。

"听我说，"他说，"今晚是一年当中最长的夜晚。因此，我要给你们讲讲世界上最重要的东西。我要给你们讲讲树木。"

他又沉默了好长时间,之后才接着说:

"听我说。天堂,那曾是什么样子?是一座森林。或者说是一个树林。一个树林,因为树种得整整齐齐,树与树的间距比较大,没有灌木也没有荆棘。更因为每棵树的种类都不一样。不像现在。比如这里,一眼望过去是几百株白桦紧接着几公顷的冷杉。当初都有哪些树种呢?一些已经被人们遗忘的、闻所未闻的、奇异的、神妙的树种,如今地球上已经再也看不见它们了。你们很快就会知道为什么了。的确,当初每棵树都结果实,每种果实都有一种特殊的魔力。有一种果实识善恶。它是天堂一号果。二号果是长生果。这也很不错。还有其他各种各样的果实,有的赋予力量,有的赋予灵感,吃了它们,就能获得智慧、分身术、美貌、勇气、爱情,所有这些才能和美德是耶和华的特权。这种特权,耶和华当然只想自己独享。这就是为什么祂对亚当说:'如果你吃了一号树上的果实,你会死掉。'

"耶和华说的是真话还是假话?蛇说他撒谎。亚当只要试试就知道结果了。看吃后他是会死掉,还是相反,他会像耶和华一样知善恶。

"在夏娃的怂恿下,亚当下定决心。他吃了果实。而且他没有死。相反,他的眼睛睁开了,他知善恶了。因此,耶和华撒谎了。蛇说的是真的。

"耶和华气疯了。现在人已经不再害怕,他会品尝所有禁果,慢慢地,他将变成耶和华第二。耶和华赶紧安排了一个拿着一个可以转动喷火焰的剑的基路伯去守着天堂二号树——可以长生不老的生命树。之后他把亚当和夏娃赶出了神奇的树林,把他们流放到一个没有树木的地方。

"这就是人类遭受的诅咒:他们被逐出了植物统治的世界,落入了动物统治的世界。那么,什么是动物统治的世界呢?那里有的是狩猎、暴力、杀戮、恐惧。相反,植物统治的世界是在大地和阳光的结合中安静地生长。这就是为什么所有的智慧都基于一种树一样的冥想,由一些素食者在森林中继续进行……"

他站起身,往炉火中添了几块劈柴。然后,他坐回原来的位置,沉默了好长时间,继续说:

"听我说,树是什么呢?树首先是伸向空中的枝叶和扎入地下的根系之间的平衡。这种纯粹的力的平衡本身蕴含了一种哲学。因为,显而易见,只有根扎得越深,根系越分散、越发达,树才越牢固,枝叶才能舒展、繁茂,拥抱越来越辽阔的天空。了解树的人都知道,一些树种——尤其是雪松——冒冒失失长了一树茂盛的枝叶,超过了根系所能承受的范围。一切取决于树生长的位置。如果它没有遮挡,土壤疏松透气,一场暴风雨就可以让它摇摇欲坠。因此,要知道,你越想长得高,就越要脚踏实地。每棵树都在告诉你这个道理。

"还不止这些。树是有生命的,但和动物不同。当我们吸气时,肌肉让胸腔鼓起来充满气体。然后我们呼气。吸气,呼气,是我们自己就可以决定的,想呼就呼,想吸就吸，不用考虑天气如何——是否刮风，是否出太阳——什么都不用考虑。我们的生活和外面的世界是割裂的、敌对的。相反，你看树。它的肺，就是它的叶子。只有空气流通的时候它才换气。树的呼吸就是风。一阵风起就是树的运动，叶子、胚茎、枝杈、树干都在动。风起也是树的吸气、呼气和蒸腾作用。树还需要阳光，否则无法生存。树与风和阳光是合为一体的。它直接从宇宙的两个乳房——风和阳光——中吮吸生命的乳汁。它只有等待。只有伸展开巨大的叶网等待风和阳光。树是风的罗网，是阳光的罗网。当树枝摇曳，沙沙作响，从树叶缝隙洒下斑驳的阳光，这便是风和阳光这两条大鱼落入叶绿素的罗网的时候……"

到底是罗格尔真的在说给他们听，还是他的思想乘着大家一直在吸的奇特香烟的蓝色烟雾的翅膀，默默地灌输到他人的脑海之中？皮埃尔说不上来。事实上，他就像一棵大树，飘浮在空中，一棵栗子树，是的，为什么偏偏是栗子树呢？他不知道，但肯定就是这种树，罗格尔的话一句句飘过来，栖息在树枝上，闪闪发光，簌簌有声。

之后发生了什么呢？他好像在梦中又看到那张四四方方的大床和一堆衣服在房间里飞来飞去——几个小女孩的衣服和一个小男孩的衣服，还有推推搡搡的喧闹，伴随着欢快的叫声。再后来是在巨大的鸭绒被下温暖的夜晚，还有挤在他身边的可爱的小身躯，十四只小手在调皮地抚摸他，他笑得喘不过气来……

一缕朦胧的微光从窗外照进来。突然,传来一阵刺耳的哨声。有人轻轻敲门。小女孩如麻雀般散开,留下皮埃尔一个人在凌乱的大床上。敲门声变响了,一声声都像是用力砍在被判了死刑的树干上。

"警察!快开门!"

皮埃尔赶紧起床穿好衣服。

"你好,皮埃尔。"

皮埃尔转过身,听出是整晚都在催眠他的那个温柔悦耳的声音。罗格尔站在他面前。他没穿皮衣,没戴首饰,额头上也没系束带。他光着脚,穿着一件本色的长睡衣,头发中分,自然地披在肩上。

"耶和华的士兵来抓我了,"他郑重地说道,"但明天是圣诞节。在房子被洗劫一空前,过来挑一样东西留作纪念,一样将在沙漠中陪伴你的东西。"

皮埃尔跟他来到大客厅,壁炉里只剩下一堆冰冷的灰烬。罗格尔随手一指,给他看散在桌上、椅子上和挂在墙上、摊在地上的那些奇怪又充满诗意的东西,简直就是一座纯净而原始的宝藏。但皮埃尔一眼也没瞧那把雕镂匕首、那些皮带扣,也没看那件狐皮背心,还有项链和戒指。不,他的眼中只有那双靴子,几乎放在桌子底下,高高的靴筒歪倒向一边,像大象的耳朵。

"它们对你来说太大了,"罗格尔对他说,"不过没关系。把它们藏在你的大衣里。当你在家无聊的时候,你锁好房门,穿上靴子,它们就会带你到树的国度。"

就在这时,门被撞开了,三个男人冲了进来。他们穿着警察的制服,看到巴黎伐木工工头从他们身后跑出来时,皮埃尔并没有感到惊讶。

"这么说,贩毒和吸毒现在对你而言还不够?"一个警察对着罗格尔吼道,"还要给你加上诱拐未成年的罪名?"

罗格尔懒得回答,只是朝他伸出双手。手铐发出"咔嗒"一声。就在这时,布塞发现了儿子。

"啊,你在这里,你!不出我所料!去车上等我,快点!"

然后,他开始四处查看,满腔怒火和厌恶。

"树会大量繁殖蘑菇和邪恶。就说布洛涅森林吧,你知道那是什么地方?就是一个露天妓院!瞧,看我刚找到的这个!"

警察队长俯身去看画框里绣的字:**制造爱,不要制造战争!**

"这个,"他赞同道,"就是一个物证:教唆未成年行为放荡,还动摇军心!太坏了!"

在美居大厦二十四层,布塞和妻子正在看彩色电视机里的男男女女戴着小丑的帽子,互相抛彩纸屑和彩色纸带卷。这是圣诞夜。

皮埃尔独自待在他的房间。他转动钥匙锁上门,然后从床下扯出两只大大的黄皮软靴。穿上靴子并不难,对他而言它们实在是太大了!走路肯定是不方便,但根本就不用走路。这是幻想之靴。

  他躺在床上，闭上眼睛。现在他出发了，去到很远很远的地方。他变成了一棵巨大的栗子树，支棱着好多花，像一个个小小的奶油状的枝形烛台。他悬浮在静止的蓝天中。突然，一阵风吹过，皮埃尔轻轻叫了一声。他那成千上万的绿色翅膀在空中拍打。他的枝条轻轻摇曳，做出降福的手势。阳光打在蓝绿色的树影里，像扇子一样开开合合。他感到无比幸福。一棵大树……

倪扎仁

"你扎人!"

小男孩在想亲他的父亲怀里挣扎。不仅因为父亲的脸颊粗糙,还因为他肤色暗沉,散发出烟草和刮胡子用的香皂的味道,灰扑扑的套装,挺括的假领子,系着一条不太搭的朴素的领带……不,说实话,这个男人身上没有一丝让人感到愉悦温存的气息,他的爱抚更像是对别人的惩罚。最过分的是他为了调侃儿子对他的抗拒,给他取了"倪扎仁""我的小刺猬"之类的绰号。

"过来,倪扎仁!"他命令道,"过来亲爸爸!"

第一次听到这个外号,孩子的寒毛都竖起来了,是的,他真真切切地感觉自己成了一只刺猬,或是一头浑身长满刺和虱子的小猪。"呸!"他愤怒且厌恶地大叫。幸好妈妈在,他躲到了她的怀里。

"我不想,我不想叫倪扎仁。"

妈妈的香味包围着他,她用自己扑了粉的柔软面颊贴在孩子滚烫的脸上。然后她那深沉、舒缓的嗓音神奇地掩盖了爸爸布下的陷阱,她描述的让人安心的画面就像一只冰凉的手,平息了他不安的想象。

"可是你知道吗,刚出生的刺猬是没有刺的,像丝绸一样光滑,而且很干净。只是到了后来,后来,当它们长大了,当它们成了男子汉……"

成为一个男人,像爸爸一样。这是倪扎仁最不希望看到的。他不止一次看过父亲洗漱。父亲用剃须刀刮胡子,那是一把螺钿柄的老式剃须刀,有时人们也会戏称它为"割菜刀"。他的拇指和食指奇怪地捏住它,使它贴着皮肤刮,一起刮下来的还有被胡须渣弄脏的肥皂沫。这团脏兮兮的雪在水龙头流水下像灰色的雪花一样被冲走了,而父亲一边继续刮脖子和下巴,一边做出可笑的鬼脸。最后他刮掉上嘴唇的胡须,用另一只手的手指把鼻子往上顶。之后倪扎仁就跑掉了,免得爸爸刮完要过来抱他。真的刮完了?胸口的那堆黑毛呢?

相反,倪扎仁从来没见过他母亲洗漱。喝完柠檬茶后,她会独自在她的卧室里洗漱。她把自己关在浴室里一个半小时。当她出来的时候,虽然还穿着轻薄的睡衣,但已经是女神的模样,一位黎明女神,清新得就像一朵玫瑰花,涂了脂抹了粉,她的确和晚上的黑夜女神很不一样。黑夜女神俯身在倪扎仁的床前,脸被面纱半掩着,对他说:"不要拥吻我,你会把我的头发弄乱的。""至少把您的手套留给我吧。"有一天他请求道。她同意了,把脱下来的黑色羊皮手套丢在他的小床上,因为刚扯下来,手套柔软中还带着一丝温热,孩子用这双空空的手套搂住自己,那是妈妈的手,他在手套的爱抚下睡着了。

倪扎仁和家人住在萨布隆街一栋漂亮的公寓里，除了一幅古老而巨大的前拉斐尔风格的油画，几乎没有可以让孩子遐想的东西。这幅油画被悬挂在从客厅通往房间的逼仄的走廊上。谁都不再注意它，除了倪扎仁，每次他从这条昏暗的走廊上经过时，那些可怕的画面都会萦绕在他脑海中。画的是《最后的审判》。在一派山崩地裂的末日景象中，一个光明之人坐在天国的宝座上，主持无情的审判，决定哪些人被罚入地狱，哪些人被选上天国。被罚入地狱的人陷落在花岗岩的地底，而上帝的选民则唱着圣歌，抱着棕榈叶，踏上粉红色的大云梯步入天国。然而，最让孩子震惊的是这些人的外貌。因为那些被罚入地狱的人，一个个肤色暗沉，浑身黑毛，裸露的身体肌肉发达；而那些上帝的选民，一个个苍白清瘦，身穿白色的长袍，遮住他们羸弱纤细的四肢。

天气晴好的下午，倪扎仁会和保姆老玛丽一起去德波尔德瓦尔莫尔的街心公园。老玛丽总是坐在同一张长椅上，和小区带着富贵人家的小孩出来散步的女家庭教师们一起聊天，聊天气，聊家长里短，聊外省的老家，尤其是讲雇主的闲话。街心公园形成一个封闭的、没有危险的空间，孩子们可以在里面随便溜达，保姆们也不用看得太紧。

倪扎仁喜欢这些几乎无所事事的闲暇时光。这和枯坐无趣的早上不同，早上他和另外几个有钱人家的孩子一起在野鸡场路的一个私家院子里上课。所有他在学校里学习的东西对他而言都是抽象的，和生活毫无关联。知识漂浮在生活之上，却从来都没有融入其中。相反，街心花园是一个启蒙之地，他睁大眼睛、张开手指前进，这里充满了意外和危险。

首先是一群奇怪的雕像，不仅光着身子，动作也很古怪。比如一尊雕像下半身是马，上半身是人，一个满脸胡须、目光凶狠的男人。它的胳膊下抱着一个丰腴的裸女，她披头散发，无助地挣扎。倪扎仁让玛丽给他讲讲这一幕的典故。玛丽显然说不上来，于是她去问偶尔会来、那天正好在街心公园里的英国小姐，一个小女孩的家庭教师。坎贝尔小姐侃侃而谈，倪扎仁记住了一个大概，半人马——体味很重[1]——不得不强抢一个女人为妻，因为他身上的味道很难闻，而他也因此得名，倪扎仁想起爸爸的味道，很满意这个解释。

稍远处是一个脸上没有胡子、胖嘟嘟的年轻人，他穿着一条短裙，举起利剑刺向一头四脚朝天的怪物。怪物有一个力大无穷的人的身体和一个牛头。[2]这个雕像同样也是坎贝尔小姐作的说明。小伙子名叫忒修斯，本来是应该被怪物吃掉的。但他更厉害，他杀死了牛头怪。但为什么他穿一条裙子并有一个女孩的名字呢？这个问题坎贝尔小姐也没能给出答案。

倪扎仁知道区分两类人，一类是偶尔或经常来街心花园

---

1 半人马（Centaure）是神话中半人半马的怪物。这里应该是孩子听错了，以为是sent-fort（体味很重很难闻）。
2 指的是古希腊神话中被养在克里特岛迷宫中，食人肉的人身牛头怪物弥诺陶洛斯（Minotaure）。

的人，另一类是一直待在街心花园里的人。在后一类当中，第一个让人想到的无疑是看门人。克罗莫尔纳老爹一眼就能被认出来，因为他的制服和军帽，尤其是他空荡荡的左袖，折过来用一根别针别住。人们说他是独臂鳏夫。倪扎仁给自己解释这些词语的含义，他在心里琢磨这两个词是通过什么方式联系在一起的。是因为失去了妻子所以克罗莫尔纳老爹只剩下了一只胳膊？还是在葬礼那天他砍下自己的左臂把它放在棺木里，放在逝去的心上人身边？

和克罗莫尔纳老爹比起来，贝丽娜太太和阿格拉埃小姐显得无足轻重，她们是次要人物，但让人看着安心。阿格拉埃小姐是负责看椅子的——九十四张椅子，有天她在休息的时候跟玛丽和坎贝尔小姐抱怨时说的。为了很好地完成自己的工作，她应该低调，不引起别人的注意。克罗莫尔纳老爹最近才注意到这一点。如果她像他一样仪表堂堂、身穿制服——更别提他令人肃然起敬的残疾——她每天估计只能挣到一半的钱。因为有些人就是不地道，如果来收钱的人太容易被看出来，被收钱的人巴不得不付坐椅子的钱就开溜。而当阿格拉埃小姐不动声色地走在街心花园的小径上，把票夹子藏在手掌心时，谁都不会对她有所戒备。

红润又丰腴的贝丽娜太太坐在装棒棒糖和麦芽糖的瓶瓶罐罐后面，她的小亭子里挂着琳琅满目的呼啦圈、空竹、悠悠球、风筝、彩球、跳绳和音乐陀螺。她看上去和蔼善良，充满活力，但她的生活也并非没有缺憾，因为她心中有一个解不开的结。她这辈子的梦想是能在亭子前面摆上几张椅子和几张独脚小圆桌，卖苏打水和果汁。这会让她觉得自己跟记忆中在圣图安开酒吧的舅舅一样风光。可惜克罗莫尔纳老爹一直反对这个计划。首先，贝丽娜太太没有所需的营业执照。然后，自从贝丽娜太太不合时宜地提到她舅舅的酒吧后，就更甭想让他睁一只眼闭一只眼了。克罗莫尔纳老爹生气了。圣图安的酒吧！那德波尔德瓦尔莫尔的街心公园要成什么样了！

如果说可怜的贝丽娜太太不敢违逆克罗莫尔纳老爹的话，负责公厕的玛姆斯大妈可不吃老爹那一套。公厕是个奇怪的建筑，看着像瑞士的小木屋，但飞檐翘角、雕梁画栋，还装饰了陶瓷。

让倪扎仁特别感兴趣的，是小木屋内被严格地分成两部分。左边是男厕，有几个臭烘烘的简易小便池，几扇几乎关不上的门后面是几个蹲坑，一个触目惊心的洞，两边是有条纹的水泥脚踏。相反，女厕那边完全是另一番景象。空气中飘散着丁香味的消毒剂的味道，装饰着陶瓷做的开屏孔雀。在两个洁白无瑕的洗手池中间的托架上，摆着一沓清凉雪白的小毛巾。尤其让倪扎仁欣喜的，是小隔间的桃花心木门都可以锁上，坐便器高高的，卫生纸柔软，用的时候不会发出声音，还散发着淡淡的紫罗兰芬芳。

就像地狱的守护犬刻尔柏洛斯一样，玛姆斯大妈裹着厚厚的毛衣和围巾，显得无比臃肿，一块大大的软面纱蒙住脸，一条黑色花边的头巾包住她的白发。她坐在两扇门中间的一张桌子前面，一边是男厕的门，另一边是女厕的门。桌上摆了一个小碟子，是用来收零钱的，还有一个酒精炉，酒精炉上放了一个小锅，锅里总是一成不变地炖着禽类内脏汤。

小碟子——玛姆斯大妈曾经跟一个女顾客聊过她的经验，当时倪扎仁就站在边上，竖着耳朵听她们聊天——尤其不能让它空着。来小木屋方便的人巴不得把付钱的事情给忘了。碟子里必须放几枚硬币，这样会提醒他们。它们就像诱饵一样，起到媒鸟[1]的作用，那些被抓住的鸟要把它们自由的同类引到猎人的罗网之中。要不要在小碟子里面放上一两张纸币？面对这个严肃的问题，玛姆斯大妈的回答是斩钉截铁的"不要"。纸币不会引出纸币，只会让人望而生畏，而不会让人以为那只是一次例外的慷慨之举。更别提那倒霉的一天，一个顾客放了一张纸币，但五分钟后就在玛姆斯大妈的眼皮子底下不翼而飞。所以要放硬币，当然要尽量放面值高的硬币，而不是那些俗话说的不值钱的一分两分的"铜板"，那是打发叫花子用的。

说到零钱，玛姆斯大妈有个故事，新的顾客一旦跟她有几分熟悉之后，她就一定会说给他们听。如果从故事里谈到的钱数来看，这件逸闻趣事要追溯到很久以前。一个那个年代打扮考究的先生——浅灰色的护腿、手套、手杖、帽子、单片眼镜——在碟子里放了一枚破铜板，用手杖指了指其中一扇关着的厕所门。

"那里有一个顾客在厕所里唱歌，唱得很难听。"他开玩笑说。

---

[1] 指一种通过人工驯养，能够在人的授意下吸引野外其他鸟一起鸣叫从而诱捕鸟的驯鸟。

"当时,"玛姆斯大妈绘声绘色,眼中又燃起昔日的怒火,"我狠狠地瞪了他一眼,对他说:'才花二十五生丁[1]您就想听马斯内[2]?'因为当初,"她怀旧地补充说,"我挣的钱可以让我去巴黎歌剧院看戏。"

之后她肯定要发一通千篇一律的牢骚,抱怨男人肮脏,都是邪恶好色之徒,猪狗不如,她见得多了,她看厕所都看了三十年了。

炉子和炖锅是导致她和克罗莫尔纳老爹之间不和的"金苹果"。因为看门人认为看厕所的大妈在他的街心花园众目睽睽之下炖肉实在是太不应该了。

"他认为我无权这么做!"玛姆斯大妈气急败坏,"那他把规定拿出来,哪一条说我不许炖汤!而且我一直坐在门口吹风,空气又那么潮湿,我还不能吃口热乎的?"

倪扎仁当然有机会瞟一眼炉子上那口凹凸不平的锅里炖的东西。但那些脖子啊,肝啊,胗啊什么的,让他一点胃口也没有。那可不是在家里厨房可以看到的东西。至于玛姆斯大妈说的话,他也没放在心上,就在胖大妈跟她的一位老主顾聊天的时候,他有别的事要操心。因为对他而言,最重要的就是要躲过大妈的监视,偷偷溜进右边的门,走进香喷喷的女厕。起初,他的这套小把戏成功过不止一次,但自从玛姆斯大妈发现了之后,她就一直盯着他。右边的门变得越来

---

[1] 法国辅币,一百生丁合一法郎。
[2] 马斯内(Jules Massenet, 1842—1912):法国作曲家,音乐教育家,所创作的代表歌剧有《曼侬》《维特》。

越难进了。

自从那个有点孩子气的意外发生后,被玛丽称作"小解"的事情对他而言变得重要。倪扎仁一直蹲下来小解,就像他是女孩一样。他很不习惯站着撒尿,当他尝试这么做的时候紧张得撒不出尿来。周围的人一开始没在意,以为是小孩子使性子罢了。后来大家开始总拿这个来烦他,于是他坚持只在关上的厕所隔间没人看见的时候才撒尿。就这样他重新找回了清净,他开始带着厌恶和好奇观察站着小便的男人。

一天,他和妈妈一起在街上走着,他尝试体验了一次,但结果非常糟糕。走在他们前面的一条狗每路过一盏煤气路灯都要在上面撒几滴尿。倪扎仁看到它的小把戏,突然想学它的样子。于是他也在一棵树下停下来,对着树干抬起左腿。他的母亲突然放慢脚步,看到他摆出这个奇怪的姿势,条件反射似的给了倪扎仁一巴掌。

"我想你是疯了?"她对他说,用一种让他厌恶的特殊的语气。

这个不幸的小插曲让他很难过。他从来没有挨过打,如今却因为撒尿的习惯挨了一巴掌。他由此得出结论,尿及其相关的一切是各种烦恼的根源。

当他重新开始尿床之后,事情变得更糟了。但他也没法子。每天早上他醒来,身下就是湿漉漉的一摊。就好像在半睡半醒之间,他往往会感到两腿之间热乎乎的尿喷涌而出。老玛丽责备他,在他的床单下垫了一块防水的漆布来保护床垫。她威胁他说,如果他再尿床,就把曾经割了他的扁桃体的外科医生叫来。这一次要把他的"小水龙头"割掉!

事情原本可以到此为止。但谁知道竟然愈演愈烈,一发不可收拾。一天,他正瞅着玛姆斯大妈看她什么时候开小差,就在这时,他震惊地看到他的朋友多米尼克从小木屋里出来。而他是从女厕那边出来的,根本就没有偷偷摸摸,他笑着跟胖大妈聊了几句,没有给零钱就走远了。倪扎仁肯定没看错。多米尼克是谁?他是旋转木马的老板昂热·波西奥的儿子。大多数时间,旋转木马都在防雨布下一动不动地沉睡着。到了星期日就热闹了。波西奥父子在这个米色和金色的大陀螺里面忙碌着,夹杂着欢乐的喧闹声和有点刺耳的音乐声,水神、星际火箭、奔马、奶牛、一级方程式赛车和一个美国西部特有的装了防野牛栅栏的小巧的火车头。当玛丽花钱让他坐一次旋转木马的时候,倪扎仁就喜欢坐在这个火车头里。并不是他幻想西部大草原的历险,而是因为他喜欢把自己关在这个小车里面,坐在一个属于他自己的封闭空间里。触手可及的地方有一根小链条,拉扯它就可以敲响车顶上的铜铃。他避免自己碰到它。

星期三,多米尼克一个人看管旋转木马。因为他长得高大——他至少有十一岁,又胖又壮,他轻轻松松就可以搞定那群小顾客,他温柔耐心地把几个孩子抱到马上,让另外几个坐进水神拉的船上,把倪扎仁关在他的火车头里。然后他开动引擎播放音乐,推一下旋转木马帮助它启动。心情好的时候,他会拉一下奖品的绳子,让奖品在孩子们的头上飞舞。奖品是一个挂在一根穿过滑轮的绳子上的红色毛绒玩具。抓住玩具的小朋友可以免费再坐一次旋转木马。在他的小火车车头里，倪扎仁不能参加争夺奖品的游戏。为了补偿他，多米尼克时不时会用眼神示意送他免费坐一次旋转木马的机会。

这种照顾源于一种友谊。倪扎仁把这个文静又爱护自己的胖男孩当成大哥哥。因此，当倪扎仁看到他从小木屋女厕那边走出来而且显然得到了玛姆斯大妈的默许时，他少不了要好奇地问他，多米尼克是如何得到这份特殊待遇的？

那一天，多米尼克似乎心情很好。他开始大肆嘲笑倪扎仁和他的好奇心。"如果有人问起你，"他对倪扎仁说，"你就说你不知道！"倪扎仁讨厌冷嘲热讽。他气得直跺脚。就在他要号啕大哭的时候，多米尼克好像改变了主意。他不安地朝周围看了一眼，神情变得很严肃。

"如果你想知道，如果你一定要知道，那好吧，会很可怕！"

倪扎仁激动得喘不过气来。

"什么可怕？"

"如果你有胆量想知道的话，"多米尼克说，"半小时后你一个人到迷宫中心来！"

然后他把拇指顶着鼻尖摆摆手冲倪扎仁做了个嘲弄的手势。

倪扎仁愣住了。黄杨迷宫在街心花园的尽头，一直都让他觉得很可怕。那是一个阴暗又潮湿的地方，只能从一个狭窄的缝隙里溜进去。一进去就会迷路。里面七弯八拐的，有死胡同，有让人一直在里面兜圈子的闭合环路。要有足够的耐心才能走到迷宫中央。在那里有一个长满青苔的小基座。以前上面应该放着一尊雕塑。但雕塑不见了，基座空落落地等待着，上面爬满了鼻涕虫。

倪扎仁盯着街心花园电子钟上的时间。三十分钟。他要去赴可怕的约会吗？多米尼克天大的秘密是什么？为什么要到黄杨迷宫中央才可以告诉他？不止一次，他都因为害怕想放弃了。他不会去，不会！但他很清楚这不是自己内心真实的声音。他知道自己肯定会赴约的。

到了约好的时间，等他确信玛丽在云淡风轻地和女友们聊天后，他就朝迷宫的方向走去。他心惊胆战地走进那个阴森的地方。但受到一种奇怪的本能的指引，他几乎没走错，很快就到了迷宫的中央。他怀疑有人已经到了并在等他。多米尼克。胖男孩坐在基座上。神情严肃。

"你来了，"他对倪扎仁说，"因为你是我的朋友，我要告诉你我的秘密。但你要先发誓你不会告诉任何人。"

"好……好。"倪扎仁结结巴巴地答应。

"朝地上吐口唾沫，然后说*我发誓*。"

倪扎仁吐了口唾沫，说："*我发誓*。"

于是，多米尼克爬到基座上站着，开始解短裤前面的扣子，眼睛盯着倪扎仁。把短裤褪到脚踝，然后拉下露出来的红色内裤。他的小腹雪白而平坦，下面是一条乳白色的缝，像一个竖着的微笑，周围有一圈淡淡的绒毛。

"可是……多米尼克……"倪扎仁嗫嚅道。

"多尼米克,也是女孩子的名字,"多米尼克解释道,一眨眼工夫已经穿好了裤子,"是我爸爸。当我一个人看旋转木马的时候,他希望大家把我当成男孩子。他说这样更安全。你以后会明白的。现在,走吧!"

倪扎仁跑了出去,很快就到了其他孩子中间。表面上看他和其他孩子都差不多,但他跟他们哪一个都不一样,因为他有心事挥之不去。**你以后会明白的**。这句神秘兮兮的话一直萦绕在他的心头,他恨不得马上就弄明白到底是什么意思。

的确,没过多久他就明白了。首先他去了玛姆斯大妈那里,这次他没有回避男厕。他像往常一样在厕所隔间蹲着小便后出来,这时他看到一个男人背对着他刚在小便池边轻松完。男人转过身,倪扎仁不敢相信自己的眼睛。他正费劲地把那一坨深褐色、软塌塌的肉塞到裤裆里。这坨又难看又没用的肉能干什么?当他把一枚硬币放到玛姆斯大妈的小碟子里的时候,他给自己找了一个答案。锅像往常一样在炉子上炖着。玛姆斯大妈用一个木勺子搅拌了一下里面的东西。倪扎仁脑子里灵光一现,这切成一块块的肉让他联想到刚才那个男人塞到裤裆里去的那坨黑乎乎、软绵绵的东西。一切都清楚了。显而易见。

之后,他又发现了另一个摆在眼前的事实。他已经围着忒修斯和弥诺陶洛斯的雕像转悠了几个月。首先,他在有着女孩名字和短裙的忒修斯身上看到了多米尼克的影子。相似之处不言而喻。尤其是他清晰地注意到四仰八叉摔倒在地的弥诺陶洛斯肌肉发达的两腿之间,也有在男厕里的男人那坨让他震惊的软塌塌不成形的肉。最终,忒修斯的动作也有一个明确的意思。在小便池边上的男人那坨深褐色的肉和玛姆斯大妈锅里的肉之间,是忒修斯的短剑让二者联系在一起。

接下来的几天,玛丽很高兴地发现倪扎仁不再尿床了。

"提到外科医生吓坏你了吧,"她对他说,"真及时。我刚要打电话给他。现在没这个必要了。"

倪扎仁一声不吭。的确没这个必要了。

就在那一天,他们又去街心花园了。玛姆斯大妈看到他朝她走过来,站在她桌子前。她问他想要什么,这时,他从口袋里掏出一把剃须刀,一把螺钿柄的老式剃须刀,有时人们也会戏称它为"割菜刀"。他用另一只闲着的手解开裤裆上的扣子。看到他掏出男孩的"小水龙头"并把剃须刀伸过去时,玛姆斯大妈发出野兽般的号叫。血喷溅了出来。现在,倪扎仁把那一小块皱巴巴的肉从桌子上方递给玛姆斯大妈。之后他看到公厕、周围的树,还有整个德波尔德瓦尔莫尔街心花园都晃动起来,像多米尼克的旋转木马一样开始转动,他晕倒了,摔倒的时候把碟子和零钱、酒精炉、锅和里面炖着的禽类内脏全部打翻在地。

愿欢乐常在

（圣诞故事）

献给达里·考尔，
这个虚构的故事会让他想起一个真实的故事。

如果一个人姓比多什[1],他能成为国际钢琴大师吗?当比多什夫妇给他们的儿子取名拉斐尔,让他受到体态最轻盈、声音最悦耳的天使长拉斐尔的庇佑时,他们或许无意间已经接受了这一挑战。而且很快,孩子显露出天赋异禀、聪明伶俐,对艺术有很强的感悟力,让人不禁对他寄予厚望。当他刚长到能在凳子上坐稳的年纪,大人们就让他学钢琴了。他进步显著。金发碧眼,苍白,有贵族气息,他活脱脱就是小拉斐尔,完全不像是比多什家的人。他十岁就有了神童的名声,举办社交晚会的人都争相邀请他去演奏助兴。当他那近乎透明的清秀脸庞俯在琴键上时,仿佛他被看不见的天使长翅膀的蓝色影子包裹了,他所弹奏的约翰·塞巴斯蒂安·巴赫的合唱作品《愿欢乐常在》(*Que ma joie demeure*)的音符就像一首神秘的爱的颂歌飘向天国,那时贵妇们个个都要感动得昏过去了。

但孩子为这些夺目时刻的确付出了很多。每天练琴的时

---

[1] 比多什(Bidoche)是肉的意思。文中指的是此姓氏俗气。

间逐年增加，在他是被逼无奈。到了十二岁，每天要弹六小时的琴，有时他真羡慕那些既没有天分、才华，也没有远大前程的小伙伴。当天气晴好，而他却被无情地拴在他的乐器上时，听到小伙伴们在露天嬉戏玩耍，他的泪水会忍不住在眼眶里打转。

到了十六岁，他才华横溢，无与伦比。他成了巴黎音乐学院的人中龙凤。相反，紧接着童年而来的青春期改变了他天使般的样貌，脸上没有留下一丝昔日的痕迹。仿佛"青春"这个坏仙女用她的魔法棒朝他一挥，就残忍地毁了这个曾经天真烂漫、天使一般的孩子。他的脸如今没什么肉，显得全是骨头，凹凸不平，眼睛突出，下巴翘起，近视越来越深，眼镜片越来越厚，这一切原本也没什么大不了的，但他总是一副呆若木鸡的神情，让人看了只觉着好笑，再不会心驰神往。至少从外貌上看，比多什的基因已经完胜拉斐尔的。

小贝内迪克特·普里厄比他小两岁，对这一变化并不在意。她也是巴黎音乐学院的学生，或许在他身上，她只看到了未来的钢琴大师。更何况她全身心都在音乐上，为音乐而活。这两个孩子的父母已经在美滋滋地想，他们的关系有一天会不会超出在钢琴上四手联弹时那种如痴如醉的亲密无间。

以第一名的成绩而且还是以前所未有的最小年纪从巴黎音乐学院毕业后，拉斐尔开始四处教点儿音乐课，来缓解每个月月底的拮据。贝内迪克特和他已经订婚，等着日子好些了就结婚。没什么好着急的。他们以爱情、音乐和清水为生，过了几年神仙眷侣般的幸福生活。当他们沉浸在互相献给对方的音乐会中,拉斐尔满怀兴奋和感激,总是会再弹一遍约翰·塞巴斯蒂安·巴赫的《愿欢乐常在》作为晚会的结束曲。对他而言,这不仅仅是向有史以来最伟大的作曲家致敬,还是向上帝做的最炽热的祈祷,祈祷上帝保佑他们如此纯洁、火热的结合。因此,从他指尖飘出的一串串钢琴的音符就像是天国的笑声,那神圣的喜悦是造物主赐给他的造物的祝福。

但命运似乎要让他经受另一番不同寻常却同样宝贵的历练。拉斐尔有一个朋友,和他一样毕业于巴黎音乐学院,靠在一家夜总会给一个歌手伴奏挣钱谋生。因为他原本是小提琴手,所以当有人要他在一架旧的立式钢琴上使劲弹两下,好给台上歌手唱的荒唐歌曲伴奏时,他感觉有些力不从心。而现在这位名叫亨利·杜里厄的朋友要第一次参加外省巡演,于是他提出想请拉斐尔顶替他四星期,免得自己乱弹搞砸了,以致巡演回来丢了宝贵的饭碗。

拉斐尔有些犹豫。让他在那种昏暗、通风不畅的地方坐两小时,听那些愚蠢的歌曲,他就已经受不了了;更别说每晚都要去,还得在这种乌烟瘴气的环境中弹琴……尽管一晚上的收入就可以抵十几节私教课挣的钱,但也无法补偿这一对神圣的艺术的亵渎。

他正想拒绝,可让他大吃一惊的是,贝内迪克特要他再考虑考虑。他们订婚已经很久了。几年过去,神童拉斐尔早已不再惦记大好前途了,谁知道还要等多久他才能成名。而出去伴奏几晚就可以为他们组建小家庭所需的费用贴补不少。这样的牺牲能算大吗？难不成拉斐尔还要用自己对艺术不切实际的想法把他们的婚期一拖再拖吗？最终他答应了。

需要他弹琴伴奏的歌手姓博德鲁什[1]，长了一个和姓氏一样蠢笨的外表。整个人臃肿、松垮、软塌塌的，像个皮球，他带着哭腔从舞台这头滚到那头，唱着生活中不断落到他头上的不幸和霉运。他搞笑的窍门儿完全基于一种简单的观察：如果你倒霉一次，大家会注意你；倒霉两次，大家会同情你；倒霉一百次，你就变得搞笑了。到了这份上，只要把这个人物悲惨的腔调夸张一下，观众就会冲他欢呼叫好，掌声雷动。

才第一个晚上，拉斐尔就看透了这笑的本质。展现的无非就是幸灾乐祸、卑鄙下流的恶趣味。博德鲁什把自己的倒霉事儿抖出来，拿腰带以下的东西来打趣，把观众拉低到最庸俗下流的水平。他用自己独特的喜剧表演，让这些不见得比别人坏也不见得比别人好的布尔乔亚一个个都变成了无耻之徒。他的整个节目靠的就是这种低俗的感染力和泛滥的恶趣味。在震动小小演出大厅四壁的一阵阵欢呼声中，拉斐尔听出了魔鬼的笑声，就是那种充斥了仇恨、怯懦和愚蠢的得意忘形的尖叫。

而他要用钢琴给这么一个下三烂的货色伴奏，不仅仅是伴奏，还要用琴声去强调、去夸大、去渲染他的表演；用钢琴，也就是说要借助这一他过去用来演奏约翰·塞巴斯蒂安·巴赫合唱曲的神圣的乐器！在他整个童年和青少年时

---

[1] 法语中博德鲁什（Bodruche）和愚蠢而自负的人（baudruche）发音极其相似。

期，他都没有见识过真正的恶——只见过沮丧、懒惰、无聊、冷漠。这是平生第一次，他真真切切看到恶的化身，就是这个挤眉弄眼、大呼小叫的博德鲁什，而自己成了给他煽风点火的帮凶。

因此，当有一天晚上，他又去每天不得不去的地狱时，在剧场式咖啡馆门上张贴的海报上，他无比震惊地看到在博德鲁什的名字下，加了一行字：

钢琴伴奏　比多什

他一口气跑到经理的办公室。经理张开双臂接待他。是的，经理认为他的名字也应该写在海报上。这样才公平嘛。他的钢琴"表演"引起了所有观众的注意，为节目增色不少——应该承认，这个可怜的博德鲁什的节目已经有些老套了。而且两个人的名字放在一起真是绝配：比多什和博德鲁什。真是做梦也找不到比这个更响亮、更独特、更荒唐可笑的组合了。当然，他的报酬也会增加，大大增加。

拉斐尔到经理办公室原本是要去抗议的。出来的时候他一边感谢经理，一边在内心骂自己遇事胆怯、软弱无能。

当晚，他把这一幕讲给贝内迪克特听。她非但没有像他一样气愤填膺，反而祝贺他大获成功，很高兴他们的收入有了增加。说到底，接这活儿不就是为了赚钱吗？尽可能多挣一点不是更好？拉斐尔感觉自己成了一个大阴谋的受害者。

相反，博德鲁什对他的态度冷淡了很多。在此之前，他一直用一种高高在上的保护人的姿态对待他。拉斐尔是他的钢琴伴奏，一个有用、不起眼、没有光环的角色，只要低调一点，掌握好分寸就可以。而他现在却吸引了观众的一部分注意力，因此也赢得了一些叫好声，弄得连经理对他都不能视而不见了。

"不用太投入，老弟，不用太投入。"他对拉斐尔说，但拉斐尔也不知道该怎么办。

要不是杜里厄回来结束了这一切，事情肯定会愈演愈烈。拉斐尔松了一口气，回去教他的钢琴课，抱着一种朋友交代的任务已经完成的心情，带着对这次既煎熬又受益匪浅的历练的回忆。不久以后，他娶了贝内迪克特。

婚姻对拉斐尔的生活并没有什么改变，但让他多了一份责任感，这是他之前没想到的。他要分担年轻妻子的烦恼，月头和月尾她很难做到收支平衡，尤其是每个月都要支出一笔分期付款购买公寓、汽车、电视机和洗衣机的开销。从此以后，他们晚上的时间常常花在算账上，而不是一起沉浸在一曲巴赫赞美诗的纯美之中了。

有一天，他回家有点晚了，发现贝内迪克特非常激动，因为几分钟之前有人来拜访过她。果然是他，剧院式咖啡馆的经理来找过他，见他不在，就跟贝内迪克特说明了他的来意。不，当然不是再给可悲的博德鲁什的歌唱节目伴奏，而且下一轮节目咖啡馆也不会再跟他续约了。但是拉斐尔愿不愿意在两个戏剧节目之间独奏几段乐曲呢？这在整场演出中可以增添一点的变化，穿插在一系列闹腾搞笑的节目中间，观众一定会喜欢这片刻宁静优美的享受。

拉斐尔断然拒绝。他永远都不会再回那个乌烟瘴气的地窖中去了，当初他已经忍了一个月了。在他熟悉的音乐和表演领域，他已经见识过什么是恶趣味了。这就足够了，还有什么好再领教的呢？

贝内迪克特让他发火，先等他怒气消了。之后，接下来的几天，她又慢慢回到这个话题。这次给他的建议跟之前为不入流的博德鲁什伴奏完全是两码事。这次是要他独奏，而且他想弹什么就弹什么。总之，这次要他干的是一份正儿八经的独奏钢琴师的工作。当然起点是低了点，但总得起步啊。而且他有别的选择吗？

她每天都不厌其烦、苦口婆心地唠叨这件事。与此同时，她开始为了换个街区生活而四处奔走。她做梦都想搬到高档住宅区一个宽敞一些的旧式公寓去住。但要改善生活环境就得做出一些牺牲才行。

他做出了牺牲，签了一份六个月的合同，合同规定双方谁先毁约，谁就要支付一大笔赔偿金。

从第一晚开始，他就明白自己落入了一个多么可怕的陷阱里。观众因为前一个节目还处在兴奋和闹哄哄的氛围里，那个节目是一支滑稽可笑的探戈，跳舞的是一个女巨人和一个男侏儒。这时拉斐尔上台，身子被紧紧勒在一套太短的黑礼服里，神情拘谨，走投无路的样子，在大大的眼镜后面，他修道院修士一样的面孔因为害怕已经僵住了，这一切仿佛是为了营造一种高级的喜剧效果而故意设计的。他引起一阵哄笑和欢呼声。不巧的是,他的琴凳太矮。他转动凳子把它弄高一点,但慌乱中他转过了头,把底下的螺丝完全拧松了,结果他面对一群发狂的观众,手上拿着一分为二的琴凳,就像一个蘑菇,菌盖和菌柄给掰开了。在正常情况下,毫无疑问,他只要花几秒钟就可以把琴凳弄好。但他被摄影师的闪光灯晃了眼,他的动作因为恐慌失了准头,而且更倒霉的是他又把眼镜碰掉了,没了眼镜他什么也看不见。于是他又趴在地板上摸索着去找眼镜,观众肚子都笑痛了。之后,他又花了漫长的几分钟才把一分为二的琴凳折腾好,终于在钢琴前面坐下来,双手发抖,记忆也乱了套了。今晚弹什么曲子?他都说不上来了。每次他的手碰到乐器,已经平息的笑浪再次袭来,而且越发汹涌澎湃。当他回到幕后,他浑身都湿透了,羞愧得无地自容。

经理一把抱住他。

"亲爱的比多什!"他欢呼道,"你刚才太棒了,你听到我说的话了吗?太——棒——了。你是这个演出季最大的惊喜。你幽默风趣的即兴表演天分简直无与伦比。多精彩的出场啊!只要你一出现,观众就开始笑。你刚在琴上弹出一个和弦,观众就疯狂了。而且我提前请了报社记者来,我肯定你会一炮走红。"

在他身后,羞答答、笑盈盈的贝内迪克特被一片恭维祝贺的话淹没了。拉斐尔一看见她,就像溺水的人看到一块岩石一样,牢牢地抓住她。他用苦苦哀求的眼神看着她的脸。而她笑逐颜开、容光焕发、岿然不动,今晚,小贝内迪克特·普里厄真正正正成了比多什夫人，著名喜剧音乐家的太太。或许她也想到了那套高档住宅区的漂亮公寓，她现在已经买得起了。

的确报纸的反应也很热烈。大家都在谈论一位新的巴斯特·基顿[1]的出现。人人都夸他那张惊恐忧伤、类人猿般的面孔，他笨手笨脚的样子，还有他弹钢琴那种滑稽的方式。到处都刊登了同一张照片，他趴在地板上在一分为二的琴凳中间摸索着找眼镜的那张。

他们搬家了。之后，比多什的权益都交给一个经纪人来打理。有人请他拍了一部电影。之后又拍了第二部。拍到第三部的时候，他们又可以搬家了，这次搬到讷伊的马德里大街一栋私人府邸去住了。

有一天，一位客人到访。亨利·杜里厄前来向他的老同学致敬，祝贺他大获成功。在金碧辉煌的房间，顶上垂着水晶枝形吊灯、墙上挂着名家的油画，他有些手足无措，内心也有了变化。作为阿朗松市交响乐团的第二小提琴手，这样的排场他还真没见过。不过他也没有什么好抱怨的。不管怎么说，人们不会再看到他在夜总会里弹钢琴了，这才是最重要的，不是吗？他再也无法忍受这样糟蹋作践自己的艺术了，他态度坚决地说道。

他们一起聊到当年在巴黎音乐学院共度的时光，曾经的抱负和失望，在寻找各自人生道路上必须付出的忍耐。杜里

---

[1] 巴斯特·基顿（Buster Keaton，1895—1966）：美国默片时代的演员和导演，有"冷面笑匠"之称。

厄没有带小提琴来。不过拉斐尔还是坐到钢琴前,开始弹奏莫扎特、贝多芬、肖邦的曲子。

"你本可以成为多么伟大的钢琴独奏大师啊!"杜里厄感慨道,"不过你的确有其他方面的才能。每个人都要顺着自身的天赋发展。"

评论家们不止一次在谈论比多什的时候提到格洛克[1],说这位瑞士传奇的小丑终于后继有人。

在圣诞节前夕,比多什真的开始在于比诺杂技团的舞台上开始了他的新事业。要物色一个戴白面具的小丑跟他搭档,但找了好久也没找到。找人试了几次也没有什么结果,就在这时,贝内迪克特出人意料地提出来她想试试。为什么不呢?于是,小贝内迪克特穿上紧身的绣花坎肩、法式短裤,脸上搽了一层粉,额头上画了两道向上弯、既像质疑又像嘲讽的黑眉毛,说话高亢蛮横,脚上穿着金色薄底浅口皮鞋,她演得好极了。现在她成了著名的小丑音乐家比多什的搭档和不可或缺的配角了。

头上套着一个粉红色纸板做的秃头顶,脸上套着一个红土豆形状的假鼻子,身上穿一件空空荡荡的燕尾服,脖子上一个赛璐珞[2]假领晃来晃去,裤子往下垮,皱皱巴巴地堆在大皮鞋上,比多什扮演一个倒霉的艺术家,愚昧无知、天真自

---

[1] 格洛克(Grock,1880—1959):瑞士艺术家,举世闻名的小丑,他的名字是跟小丑、音乐和杂技联系在一起的。
[2] 赛璐珞(celluloïd)是合成塑料所用的旧有商标名称,这里指代假领所用的材质。

负，要来表演钢琴独奏。但状况百出，问题要么出在他的服装上，要么出在螺丝可调节高度的琴凳上，尤其是出在钢琴上。每当他轻轻碰一下琴键，就会触发一个陷阱或倒一次大霉，不是喷水就是冒烟，要么就是发出怪声，放屁、打嗝，无奇不有。观众的笑像瀑布一样从看台的四面八方倾泻而来，把他淹没在自己的滑稽表演中。

比多什的耳朵都要被一阵阵的欢声笑浪给震聋了。有时，他会想起可怜的博德鲁什，他或许都从来没有堕落到这种地步。保护他的是他的近视眼，因为他化的这个装没办法戴眼镜，这样，除了一块块彩色的光斑，他几乎什么也看不见。就算台下有几千名残忍的观众发出野兽般的笑声把他弄得头昏脑涨，至少有一个好处，就是他对他们视而不见。

这个魔性的钢琴表演节目是不是已经到了登峰造极的地步？在于比诺杂技团的帐篷底下，这天晚上还会出现什么奇迹吗？按照预先的设计，整场节目的收尾是等倒霉的比多什乱七八糟地弹完一支曲子后，钢琴要当场炸开，从里面喷出火腿、奶油蛋糕、一串串香肠、一根根白色和黑色的猪血灌肠。而这次演出完全不是这样。

在突然呆坐在那儿一动不动的小丑面前，观众粗野的笑声渐渐安静下来。当全场鸦雀无声时，他开始演奏。从容淡定，若有所思，他如痴如醉地弹奏起约翰·塞巴斯蒂安·巴赫的那首曾经陪伴了他刻苦练琴岁月的合唱曲《愿欢乐常在》。马戏团那架装了机关、凑合能弹的破钢琴，在他手下居然出奇地听使唤，美妙的音乐升到马戏团黑黢黢的帐篷顶上，隐约可以看见悬在空中的秋千和绳梯。在地狱般的嘲笑起哄过后，是天堂般的喜乐，柔和而空灵，在接受音乐洗礼的人群上空回旋。

然后，一阵长时间的静默把最后一个音符拖得很长，好像这支合唱曲在继续悠悠地飘向天国。这时，在近视眼所能看到的一片朦胧中，小丑音乐家看到琴盖升起来了。钢琴没有炸开，也没有喷出火腿香肠。它像一朵硕大的深色花朵，慢慢绽放，从里面飞出来一位长着发光翅膀的天使长，正是那位一直守护他，不让他完全沦为低俗粗鄙的比多什的天使长拉斐尔。

红色侏儒

献给让-皮埃尔·鲁丹

当吕西安·加涅隆到了二十五岁的年纪，他不得不心碎地打消了个子能超过一百二十五厘米的奢望，八年前他就已经长到这个高度了。从那以后，除了穿特制的内增高鞋让自己长高十厘米，从一个侏儒升级为一个小矮子，他已无计可施。他的青少年时代一年年逝去，让一个发育不良的成年人的原形暴露无遗，最坏的情况是遭到嘲笑和鄙夷，稍好一些是博得同情，尽管他在巴黎律师事务所占了一个令人羡慕的职位，却从来没有唤起他人对他的敬畏。

他专打离婚官司，既然自己不能谈婚论嫁，他就带着一种报复心理热衷于拆散别人的婚姻。就是怀着这种心态，有一天他接待了艾迪特·沃森太太的到访。她以前是歌剧演员，第一次婚姻嫁给了一个美国人，变得非常富有，后来又嫁给一个比她年轻很多的尼斯海滨浴场的救生员。现在她想解除的是第二次婚姻，从她对鲍勃各种含含糊糊的抱怨中，吕西安嗅到了自己热衷的秘密和耻辱的味道。他感觉自己或许和这对夫妇婚姻的破裂息息相关，尤其是当他见到鲍勃之后。这是个高大魁梧的小伙子，脸庞长得柔和而天真，就像一个矫健的姑娘，吕西安心想，他在海滩上应该是一枚漂亮多汁的金果，令很多人都垂涎欲滴。

吕西安喜欢卖弄文采，挖空心思打磨夫妻间恶语相向的往来信件，这样一来，依照法国的法律就能证明夫妻感情破裂而达成好合好散的目的。这一次他真的是做绝了，鲍勃被信中低俗粗暴的措辞吓到了，这些信是几个月来吕西安口授他写的，隔一段时间写一封，还让他签了名。信中甚至不乏以死相逼的桥段。

此后不久，吕西安就去女当事人家，她住在布洛涅森林边一套豪华的双层公寓套间里。一个螺旋式楼梯把楼上的平层——鲍勃还住在那里——和楼下多了一个大露台的平层连在一起。他在露台那儿找到了艾迪特·沃森，后者几乎光着身子躺在一张长椅上，周围摆了冷饮和水果。这高大的身躯闪耀着琥珀色的光泽，散发出浓郁的女人气息和防晒油的味道，让吕西安心醉神迷——艾迪特自己似乎也陶醉了，没把来访的客人放在眼里，回答问题的声音也是漫不经心、有气无力的。天热得让人透不过气来，吕西安穿着公证处文员厚厚的深色制服，真是难受，尤其是他一到，艾迪特就请他喝冰镇啤酒，他立马就汗津津浑身湿透了。最糟糕的是，一肚子啤酒让他很想撒尿，他扭来扭去，像一条盘踞在紫色带顶篷的折叠帆布大躺椅缝隙处的潮虫。最终，他挤出一句话问洗手间在哪里，艾迪特朝屋里大概指了一下，嘟囔了几句，他只听见"浴室"两个字。

在吕西安眼里，浴室显得很大。它全是由黑色大理石砌的，有一个嵌在地上的浴缸。浴室里有几台镀镍的仪器，几盏射灯，一台高精密度的体重秤，还有一堆镜子，从各种稀奇古怪的角度照出他的样子。他撒完尿，之后幸福地享受这个阴凉的地方。浴缸有点像陷阱、坟墓和蛇坑，对他几乎没什么吸引力，但他还是在围了失去光泽的玻璃板的淋浴槽边上转了转，上面有一排喷水口。看来不仅可以从天花板，还可以从水槽正面、后面、侧面，甚至从底部垂直向上喷水。一套操纵杆可以调节喷头。

吕西安脱掉衣服，开始打开一道道水柱，水柱的来势、力道和温度像恶作剧一样让他吃了一惊。之后他从一个球形玻璃瓶中挤出一堆轻盈芬芳的泡沫涂在身上，在多喷头淋浴器下冲了好久。他很开心。第一次他的身体对他而言不再是可耻可恶的东西。当他从水槽跳到浴室的橡胶垫子上时，他立马发现自己被一群在镜子迷宫里模仿他的动作的吕西安包围了。然后他们一动不动，互相打量。脸上无疑一副肃穆的表情——"至高无上的"，这个形容词出现在吕西安的脑海里，宽宽方方的额头，直勾勾霸道的眼神，厚厚性感的嘴唇，就在脸的下方是不乏一丝柔和、隐约可见的双下巴，贵气逼人。再往下看一切就都毁了，因为脖子长得出奇，圆滚滚的上身像一个球，双腿又弯又粗像大猩猩的下肢，生殖器硕大无比，像黑紫色的瀑布垂到膝盖上。

不过还是该考虑把衣服穿上。吕西安厌恶地瞥了一眼他那堆灰扑扑、浸透了汗水而黏糊糊的衣服，随后他看到一件宽宽大大的紫红色毛巾材质的浴袍挂在镀铬的挂钩上。他取下浴袍，披在身上，整个身子都消失在浴袍的褶皱里，他在重重叠叠的镜子里琢磨如何摆出一个轻松又不失庄重的神态。他在想要不要把鞋子穿上。这个问题很关键，因为如果少了那十厘米的厚底增高鞋，他就要当着艾迪特·沃森的面承认自己是个侏儒，而不只是矮个子男人而已。他发现一张凳子底下有一双高雅的绿色蜥蜴皮拖鞋，这让他拿定了主意。当他来到露台时，过于宽大的浴袍长长地拖在身后，让他有了一种帝王的气派。

大大的太阳眼镜遮住了艾迪特的脸，几乎看不出她的表情，唯一泄露她的震惊的，只有当这个庄严的小人儿出现在她面前，像一只鼩鼠一样蹦到一张带顶篷的折叠帆布躺椅上盘腿而坐时，她突然愣住一动不动。公证处文员不见了，取而代之的是一个滑稽可笑、丑陋无比、既令人不安又让人着迷的造物，一个搞笑中掺杂着否定、尖酸、毁灭意味的彻头彻尾的怪物。

"这是鲍勃的浴袍。"她嘟囔着，没话找话，语气中夹杂着抗议和简单的指认。

"我也可以不穿。"吕西安傲慢地回答。

他把浴袍一掀，像一条从花朵里钻出来的虫子哧溜滑到地上，然后用同样的动作爬上艾迪特的躺椅。

吕西安还是处男。因为意识到自身的缺陷，所以他压抑了青春期萌动的欲望。就在这一天，他发现了爱，扔掉了公证处文员的制服，尤其是他的增高鞋，在他心中，接受自己是个侏儒跟这一绝妙的发现是密不可分的。而在艾迪特这边——她离婚的原因就是丈夫英俊有余而那方面不足——惊叹于一个如此矮小畸形的身体居然装备这么精良，功效还这么美妙。

这是一段私情的开始，纯粹出于肉体的热望，对她而言，吕西安的缺陷让偷情多了一丝羞于启齿的极致刺激，但对他而言，却是紧张中掺杂着不安。两人说好了，对他俩的关系绝对保密。除艾迪特不会没羞没臊地公开标榜她有一个这么奇怪的情人之外，他还跟她解释说，打离婚官司，在判决下来之前她的品行要无可指摘，这一点至关重要。

从那时起，吕西安就过着双重生活。表面上，他还是那个矮个子男人，衣着灰暗，穿增高鞋，同事每天看到他趴在桌上奋笔疾书，但某些时候——没有规律，心血来潮，由电话里约好的暗号决定——他会消失在布洛涅森林的楼房里，爬上双层公寓——他有房门钥匙，在那里，他变成了霸道、坚决、翻转腾挪、想要女人也是女人想要的侏儒，他让这个高大、说话拿腔拿调的金发女人欲仙欲死，他就像毒品让她欲罢不能。她在他的拥抱下亢奋不已，爱之歌通常从喉头的颤音、在三个八度音之间来回激荡，高潮处总伴随着亲昵、下流的辱骂。这个时候她会叫她的情人"我的小东西""我的小狼狗""我的小蔷薇果""我的小黄瓜"……翻云覆雨后，从她的话里话外，他听出在她眼里自己不过就是一个长了器官、长了腿的性工具罢了，她现在叫他"我的小挂件""我的淫腰带"。她一边说自己忙着想事情，一边让他缠在自己腰上，就像母猴子对待小猴子一样。

他随便她怎么说，随便她怎么做，任由这个被他回嘴叫"侏儒搬运工"的女人把他晃来晃去，不亦乐乎地看着两只乳房像保留气球一样在他头上滚来滚去。但是他害怕会失去她，他惶惶不安地问自己，他给她带来的快感是否足够强烈，能否弥补他不能在社交场合陪伴她左右的遗憾。多年办理离婚案的经验告诉他：女人比男人更热衷于社交，只有在人际关系密集的网络中她才会如花绽放。有朝一日，难道她不会为了一个有魅力或者仅仅是带出去有面子的情人就把他甩了？

一个没有任何解释的沉默期到来了。之前他就已经被艾迪特调教好，只有她打电话给他时，他才能去布洛涅森林。整整一个星期，她没有一点音讯。他先是默默地生闷气，之后把气撒在办公室几个同事身上。他口授当事人写的分手信也从来没有这么恶毒过。最终，他还是想弄明白到底是怎么回事，于是决定亲自去情妇家一探究竟。既然动了念头，那就速战速决。他用钥匙悄悄打开公寓的房门，溜进了前厅。有说话的声音传到他的耳中。他一听就听出是艾迪特和鲍勃卿卿我我，说着情话。

因为出乎意料，所以打击也格外沉重。这对夫妇和好了？那婚是不是不离了？这么一反转，吕西安感觉自己不仅被情妇甩了，而且又回到了以前的生活，曾经改变他命运的美妙的变化也被夺走了。一种致命的仇恨淹没了他，当艾迪特和鲍勃笑着从卧室出来朝门口走去时，他不得不强忍住怒火躲在一块搁板下面。当电梯的声音没了之后，吕西安从藏身处出来，习惯性地朝浴室走去。他脱掉衣服，冲了个澡，然后披上鲍勃那件紫红色大浴袍，坐在一张板凳上，像一个木头桩子一样一动不动，他在等。

三小时之后，公寓的门响了，艾迪特哼着歌一个人回来了。她在屋里的楼梯上喊了一声，以为鲍勃在楼上。突然她没开灯就走进了浴室。吕西安任由浴袍从肩上滑落。他纵身一跃扑到她身上，像往常一样缠住她的腰，但他那两只强有力的手像斗牛犬的上下颌骨一样死死掐住她的脖子。艾迪特身子晃了晃，又站稳了，这个要命的负荷让她步履维艰，她在公寓里走了几步。最后她停下来，显得犹犹豫豫，接着就瘫倒在地。就在她奄奄一息之时，吕西安最后一次占有了她。

他事先没有任何预谋，但他的动作一气呵成，就像早已谋划好的。他重新穿好衣服，一口气跑回办公室。然后他带着那些他口授鲍勃写的辱骂和威胁的信件回到双层公寓，把它们塞进艾迪特五斗橱的一个抽屉里。最后他回到自己家，立刻拨通了鲍勃的电话。铃声响了很久。终于一个有些不快的、睡意蒙眬的声音接了电话。

"凶手！你掐死了你的妻子！"吕西安当头棒喝，声音都变了。之后他又把这个指控重复了三遍，因为对方好像完全听蒙了。

到了第三天，各家报纸都报道了这条社会新闻，并明确指出头号嫌疑人是受害者的丈夫——在犯罪现场发现的那些信无疑表明了他的犯罪动机——目前在逃，但很快就会把他逮捕归案。

吕西安把自己隐藏在他那丑陋的公证处文员的角色里——一个备受折磨和嘲笑的小矮人，但一直萦绕在他脑海里的，是对那个曾经的自己、不屑于穿十厘米增高鞋的超人的回忆。因为他终于有勇气面对自己的畸形，他还引诱了一个女人。而她背叛了他。他杀了她，而他的情敌，那个丈夫，可笑的是偏偏生得人高马大，却被警察到处追捕！他的生命是一个杰作，他想到，只要把增高鞋一脱，就会立刻变成真正的自己，一个与众不同的人，比那个大高个窝囊废强，既是不可抗拒的诱惑者又是一击即中的杀人犯！过往那些年他所遭遇的不幸，都是因为他拒绝了自己可怕的宿命。他过去一直胆怯地在侏儒的门槛前退缩，就像在教堂的广场上徘徊不前。他最终还是迈出了关键的一步。在艾迪特浴室里，他放弃穿增高鞋，接受身高上那一点点量的变化引起的彻底的质的变化：侏儒赋予了他可怕的品质，让他变成了一个十足的怪物。他在律师事务所消磨着平淡乏味的光阴，时不时做着暴君的春梦。他以前偶然翻阅过一份关于拉文斯布鲁克和比尔克劳两个纳粹女子集中营的资料。他把自己想象成集中营的统帅、长官，拿着一根长长的鞭子，驱赶着成群光身子、受伤的女人——难怪打字员会惊讶地听到他冷不丁发出一声吼叫，这可不是什么稀罕事儿。

但新近赢得尊严的秘密让他不堪重负。他真想在世人面前显露一番。他梦想人们为他痴狂，给予他明显的、公开的、风风光光的、昭告天下的认可。他向裁缝订制一身行头，一套可以凸显他的肌肉和丁丁的暗红色紧身衣。从办公室回来，他就扒掉小文员的制服，冲个澡，再穿上那身被他称作晚礼服的衣裳，搭配一条淡紫色的丝巾，紧紧地系在他长长的脖子上，完全是从前那些坏小子的做派。然后，他穿上柔软的薄底便鞋，溜到外面。他发现身材矮小给他带来极大便利。再矮的门，他都可以昂首挺胸地走过去。再小的车，他都可以站在里面。所有的座位对他而言都是宽敞的窝。酒吧和饭店的杯子和餐盘对他而言就是超大份的饕餮，在任何情况下，一切都是绰绰有余。很快，他就对自己肌肉里积攒起来的力量心中有数了。很快，他在几家夜总会就出名了，那里的常客邀请他跟他们一起喝酒。他一下就可以蹦到酒吧高高的凳子上做倒立，两条短腿在空中可以像手臂一样交叉在一起。一天夜里，一位顾客喝多了侮辱了他。吕西安把他扔到地上，扭住他的脚踝，然后站在他身上，开始愤怒地踩他的脸，那样子吓坏了目击者。当天，一个妓女就委身于他，分文未取，纯属好奇，因为他展示力量的一幕让她感觉很兴奋。从那以后，男人们都怕红色侏儒，而女人们都折服于他散发出来的神秘魅惑。他的世界观改变了。他成了一群软弱怯懦的"大长腿"不可撼动的中心，那些人像踩了高跷一样摇摇晃晃，只能给他们的伴侣猕猴般的性爱。

但这个局限在某个圈子的名声只是序曲。一天晚上，在皮加勒[1]的一个酒吧，当他刚把一副五十二张纸牌撕成两半，赢了一个赌局时，一个黝黑脸、黑色鬈发、双手戴满钻石戒

---

[1] 皮加勒（Pigalle）是巴黎夜生活的中心，夜总会、酒吧、性商店林立，著名的红磨坊就在那里。

指的男人过来跟他搭讪。他自我介绍：西尔维奥·杜尔比诺先生，杜尔比诺马戏团的经理，这个星期舞台就搭在金门。红色侏儒愿不愿意加入他的马戏团？吕西安夺过一个水晶长颈瓶就想砸碎在这个傲慢无礼之徒的头上。但他改变了主意。他脑海中浮起一个画面，一个巨大的环形演出场，观众人头攒动，就像一粒粒鱼子，在强光照亮的舞台周围层层铺开。全场都对一个肌肉发达、穿着红衣、独自站在舞台中央的人报以热烈、持久、绵延不绝的喝彩欢呼声。他接受了。

头几个月，吕西安满足于串串场逗个乐。他在舞台周围的圆形走道上奔跑，在马戏团的各种器械中间穿梭，当舞台上某个被惹恼的演员威胁他时，他就尖叫着逃跑。最后他让自己故意被大地毯的褶皱绊倒，让人们把他裹在毯子里将把他抬走，没有更多的仪式。

他逗得观众哈哈大笑，这不仅没让他伤心难过，反而让他兴奋不已。那不再是在他改变形象之前让他恐惧的具体、野蛮、个人的嘲笑，而是一种有格调、有美感和仪式感、集体的笑，是一群女人对征服她们的艺术家充满景仰的爱的宣言。更何况当吕西安再次出现在舞台上时，笑声变成了掌声，就像铅在炼金术师的熔炉里变成了金子一样。

但吕西安对这些不过就是演练和摸索的小丑把戏感到厌倦了。一天晚上，马戏团的小伙伴们看到他钻进一件像一只巨手的暗玫瑰色塑料罩衣里面。头、两条胳膊和两条腿都对应一根手指，以及相应的指尖还有指甲；躯干是手掌，后面突出一截被砍断的手腕。这个巨大而可怕的器官挨个用"手指头"点地旋转，一会儿立在手腕上，一会儿朝聚光灯收缩，一会儿像噩梦一样狂奔，甚至还爬到梯子上，用一个指节钩住一个固定住的杆子或高空秋千飘来荡去。孩子们欢呼雀跃，女人们看到这只肉嘟嘟的粉色巨大蜘蛛靠近时喉咙一阵发紧。全世界的报纸都在谈论"巨手"的出场。

这一荣耀并没有让吕西安满足。他总觉得缺了点什么，有什么事还没了。他等待着——不急不躁，充满信心——或许是某件事，更可能是某个人。

杜尔比诺马戏团已经在尼斯安营扎寨演了五个月了。它还要再逗留一周，之后就要越过边境回到故乡意大利。第三晚的演出光彩夺目，巨手的出场燃爆全场。吕西安卸了装，在豪华旅行挂车上休息，自从他大获成功之后他就有资格享受这样的待遇。就在这时，他听到有人在轻轻地敲窗户。他关了灯，凑到被染了一圈长方形昏暗光晕的短窗帘跟前。在磷光闪闪的夜空下一个高大魁梧的身形就像一团黑影。吕西安把窗户打开一条缝。

"您哪位？"

"我想跟加涅隆先生说话。"

"可您是哪位啊？"

"是我，鲍勃。"

吕西安激动万分，不得不坐下来。他现在知道自己在等什么，那个人来尼斯找他了。就像他以前遵从的一种约会方式——和艾迪特·沃森的约会。他让鲍勃进来，海滨浴场救生员笨拙的大块头一下子就让狭小但对吕西安而言足够宽敞惬意的居住空间变得局促起来。他又一次对那些在任何地方都不自在的"大长腿"充满了鄙夷。

鲍勃低声解释。自从艾迪特死后，他就过着被四处追捕的生活，藏在被太阳晒得滚烫的阁楼或阴暗潮湿的地下室，像一头牲口一样被他母亲和一个朋友偷偷养着。向警方自首的念头一直萦绕在他脑海里，但一想到判决前的羁押就让他心生恐惧，尤其是那些该死的分手信，里面全是以死相逼的话，更加重了他的案情性质。而这些信件，吕西安可以证明是他口授鲍勃写的，目的是让夫妻俩离婚，信中那些威胁的话都是假的，都是办离婚手续的套路而已。

吕西安完全沉浸在自己对这个长着姑娘一样清秀面容的大高个男人拥有的至高无上的权力之中。陷在一堆靠垫的窝里，他唯一的遗憾是不能抽烟——特别是烟斗——因为如果有烟斗在手，回答之前他就可以花很长时间把它清理干净，然后再装满烟丝，最后一板一眼地将它点燃。既然没有烟斗，他就闭上眼睛，花了整整一分钟畅想感受一番，露出佛教徒般的微笑。

"你被警方追捕，"他终于说话了，"我应尽的责任就是去告发你。我来想想能为你做点什么。但我需要先证明你我之间是完全盲目的信任。这个很简单。你回你的藏身之所。明天同一时间再来。这里不会设圈套。这就证明你可以信任我。这个约定会把我们拴在一起。回不回来都是你的自由。"

第二天鲍勃又来了。

"别指望我会给那些信做证，"吕西安说，"不过我有更好的提议给你。后天我们要去意大利。我带你一起去。"

鲍勃在旅行挂车里跪下，吻了他的手。

对吕西安而言，把鲍勃藏在他的床上偷越国境就跟玩儿似的。当马戏团中途在圣雷莫、因佩里亚和萨沃纳宿营时，他让鲍勃一直躲在里面。等到了热那亚，他才把鲍勃介绍给杜尔比诺先生，称鲍勃是他在人群中偶遇的朋友，并建议两人一起出演一个新节目。很快他们就开始准备了。

单单看两人巨大的身高差就有一些经典的节目可以演。因此他们戏仿了大卫和歌利亚之战[1]，吕西安在结尾处加了他的创意。巨人倒下后，战胜者用自行车打气筒给他充气。从那时起，歌利亚就成了一个肥嘟嘟、软绵绵、听话的厚皮动物，从一头滚到另一头，侏儒对他指东指西、拳打脚踢，把他当各种东西来使唤：睡觉用的充气床垫、蹦到器械上的弹跳板、练习拳击用的吊球。大高个总是被他的小不点对手嘲弄、痛打。最后吕西安骑在他的脖子上，然后套上一件斗篷，把鲍勃从头遮到脚踝。他们就这样晃悠来晃悠去，成了一个两米五高的巨人。鲍勃被斗篷遮住了，什么都看不见，吕西安高高在上，飞扬跋扈。

因为回归了白色丑角和马戏团小丑的传统，他们的演出才有决定性的意义，吕西安越发声名大噪。这位精心化装打

---

[1] 据《圣经·撒母耳记上》记载，巨人歌利亚是非利士人最骁勇的战将，拥有无穷的力量，带兵进攻以色列军队，所有人都惧怕他，不敢应战。最后牧童大卫用投石弹弓打中了歌利亚的脑袋，并割下他的首级，大卫后来统一了以色列，成为著名的大卫王。

扮、脚蹬薄底浅口皮鞋、套着长筒丝袜从而更显腿肚子的白色丑角,过去在舞台上一枝独秀,机智优雅、光彩照人。但他太大意,找了一个配角来衬托自己,而出于这个目的创造的这个乐乐呵呵、粗俗不堪、长着一张红扑扑油腻腻的酒鬼脸的小丑慢慢取代了他。吕西安越把这个过于优秀的搭档不当回事儿,把他当出气筒,这种趋势就越明显。不过对鲍勃而言,无论怎么折腾他都照单全收。侏儒给他戴上白金色的假发,给他的衣服加上一堆缎带、刺绣、花边和天鹅绒。最后,根据节目情节发展的需要,他构思了一场滑稽的婚礼,在长号演奏的门德尔松的《婚礼进行曲》的乐声中,这个化装成白雪公主的无比高大的年轻姑娘嫁给了那个呱呱叫着扑到她裙裾上的小不点红色癞蛤蟆。节目最后,吕西安像狗一样纵身一跃,用他的小短腿缠在搭档的腰上,就这样,后者在雷鸣般的掌声中驮着他回到后台。

最后一跳让吕西安心神大乱,因为这让他在一阵痛苦淫逸的眩晕中回想起他勒死艾迪特·沃森的拥抱。鲍勃和他难道不是出于对昔日女歌手的爱才走到一起的?那天晚上,吕西安跟鲍勃聊起她,之后,因为无法摆脱对她的回忆,他最终把她和她的伴侣混同了,而且对他而言,制服和侮辱那些"大长腿"比抢走他们的女人更有成就感,终于在一天晚上,之后是每天晚上,他都到睡觉的旅行挂车的过道上去找他昔日的情敌,像占有一个女人一样占有他。

鲍勃的紫红色浴袍给了他创作帝王题材的灵感,后来,这个念头又回到他的脑海。没有什么比让马戏团的小丑角色——这个词本身就有所暗示[1]——演变为对罗马皇帝的戏仿更符合丑角传统了。吕西安披着红色长袍,露出他肌肉发达、畸形的大腿。他佩着剑,挂着蛮族的项链,戴着玫瑰花冠。这已经不再是小丑打扮,而是尼禄,搞笑界的尼禄,就像时刻在寻找标语和广告词的杜尔比诺有一天说的那样。至于鲍勃,他自然就成了尼禄的母亲阿格里皮娜[2]。尼禄把母亲变成了自己的第一个情妇,之后又让人把她杀死,这在吕西安(饰尼禄·克劳狄乌斯·恺撒)看来是个好兆头,他在当今那些正人君子的原型身上找不到自己的位置,自然就很乐意从古代暴君的恶行中汲取灵感。他很高兴他演绎的人生成了一幅对"大长腿"们浓墨重彩、溅满鲜血和精液的风俗漫画。

"让我感到忧伤的,"一天夜里当他离开鲍勃回他的小床时说,"是无论我们做什么,我们永远都不会有孩子。"

这一思绪无疑带着浓重的犬儒主义色彩,但未尝不是最近一个发现悄然引起的。他注意到,普通观众的奉承夸奖对压在他心头沉重痛苦的恨意并没有什么明显的影响,但有时,从观众席的阶梯座位,尤其是从顶部最后几排隐没在马戏团帐篷阴影里的座位上,仿佛有一阵和煦的春风向他吹来。这阵风触动他、感染他、护佑他,从那时起,他就狂热地守候它的出现,努力记下那些让他如沐春风的演出场次。

---

[1] 马戏团的小丑角色(auguste)也是罗马皇帝的尊号。
[2] 阿格里皮娜(Agrippine)指的是小阿格里皮娜(公元15—公元59),罗马皇后,暴君尼禄的母亲,罗马帝国早期著名女性人物,也是古代最有名的投毒者之一。

结果都是早场,周四早上比周日早上更明显,因为那个年代孩子们周四不上学。

"我希望,"一天晚上他对杜尔比诺说,"每周至少有一天禁止所有超过十二岁的人进马戏团看戏。"

经理对这种要求表现得惊讶万分,但他尊重明星们的心血来潮,因为他们的创造才华会通过卓有成效、轰动全场的创新展示出来。

"我们可以从十二月二十四日圣诞夜开始实行。"红色侏儒确切地说。

期限将近,而且明显要冒少挣钱的风险,杜尔比诺开始激动起来。

"可是为什么,我亲爱的大师,怎么会想到要不超过十二岁,这到底是什么意思?"

吕西安再次感到过去那种充满怨恨的愤怒又袭上心头,他气势汹汹地朝经理走过去。

"意思就是终于我将拥有整场和我身高相配的观众!你明白了没有?我不想要一堆大长腿看我表演,一个也不要!"

"可是,可是,可是,"杜尔比诺结巴了,"如果禁止成年人和青少年入场,我们要付出的代价太高了!"

向来唯利是图的吕西安的回答让他惊呆了。

"钱我来出!"他斩钉截铁地说道,"我们让出纳算算少挣多少钱,这笔钱你从我的报酬里面扣。另外,十二月二十四日早场,很简单,所有票都我来买。孩子们可以……免费入场。"

圣诞节的那场表演在马戏团的演出史上是令人难忘的。孩子们从方圆几里的地方蜂拥而至，有的是整车整车来的，因为学校、儿童教养院和孤儿院都接到了通知。一些被禁止入内的妈妈想出一个主意，把她们的孩子拴在一起免得走丢，于是人们看到五六个甚至七个用绳子拴在一起的兄弟姊妹爬上马戏团的阶梯座位。

这一天红色侏儒表演了什么节目没有一个人知道，因为除了孩子们没有其他人在场，他让他们发誓保守秘密。演出结束后，他们向他报以无比热烈的欢呼，而他双腿牢牢地站在锯木屑里，幸福地闭上眼睛，沉浸在这温情的狂风、甜美的暴雨里，洗去了他心中的苦涩，让他变得天真无邪、容光焕发。之后成千上万的孩子拥到舞台上，像汹涌又温暖的波涛将他团团围住，唱着歌把他举起来欢呼庆祝。

在马厩入口红色和金色的幕布后面，是女骑手、驯兽师、魔术师、空中杂技演员、尼泊尔杂耍艺人，在他们身后是阿格里皮娜高大滑稽的身影，所有人都往后退，躲开了，被这自发的赞歌惊呆了。

"由他去吧，"杜尔比诺说，"他和自己人在一起，他受到他臣民的热烈欢迎。或许这是他有生以来头一回，他没有感到孤单。至于我，我想出一句口号：尼禄，搞笑界的尼禄，孩子王。我已经知道海报要做成什么样了，红色侏儒穿着长袍，佩着利剑，戴着王冠，还有人潮汹涌，一大群小孩子，没有一个身高比他高一厘米！不过这是多么美妙的早场啊，我的朋友们，多么美妙的早场啊！"

特里斯丹·沃克斯

这个故事就发生在几年前，不过对今天的年轻人而言却仿佛已经是史前时代了。的确那时候电视还不存在。当时深入人心、激发想象的是广播。也不要以为它的魅力不如电视，恰恰相反。因为既看不到脸也看不到眼，声音变得更加神秘，它所施展的魔力对听广播的男男女女而言有时会产生可怕的效应。人们注意到在很多宗教信仰中，上帝的教谕都是通过从天而降的声音彰显的。因此"播音员"——人们这样称呼他们——对广大听众而言就宛如无影无踪却无处不在的造物，既全知全能又遥不可及。有些播音员每天都在同一时间播音——近乎宇宙运转那么规律——享有超乎寻常的声望，令无数听众为之痴狂。他们可以根据收到的读者来信的多寡来衡量自己受欢迎的程度。什么样的信都有，绝对是应有尽有，有欢呼，有抱怨，有威胁，有信任，有许诺，有建议，有祈求。就是再狭隘、再偏执的唯物主义者都不能无视自己在这些给他们写信的人心目中的形象，有时他们看着镜中的自己，不禁颤抖地发出那个由四个字母组成的可怕词语[1]，他们身不由己，俨然成了这个词语的化身。

所有播音员中，名声最大的无疑是最煽情的特里斯丹·沃克斯，他的声音在每晚十点到十二点从香榭丽舍大街一栋大楼里的一间昏暗的小播音室里传出又消散在楼中，抚慰、激励着几百万孤独的心灵。要如何解释这一声音的魅力？的确，这个声音里仿佛有什么东西曾经破碎了、受伤了，却有着天鹅绒般抚慰人心的深沉，以一种无比温柔的方式令收听节目的男人——尤其是女人——为之动容。**特里斯丹沙哑的声音，跟后来出现的阿兹纳弗[2]沙哑的声音不可同日而语。后者仿佛是前者减弱的回声，但也让这位矮小、孱弱、怕冷的牧神般的亚美尼亚歌手成了音乐厅的偶像明星。**

不过，就特里斯丹·沃克斯的嗓音条件并不足以解释其与日俱增的声望。广播还有电视望尘莫及的好处就是它是对着人的心灵而不是人的眼睛发声的。电视上的人只有他所拥有的那一副面孔。而广播里的人却有一张由爱听他说话的男女听众根据他的声音想象出来的脸。

不过，奇怪的是，从无数的听众来信甚至是特里斯丹·沃克斯收到的画像中竟然有一种惊人的相似。通常人们根据他的声音想象出来的形象都是一个壮年男子：高大、消瘦、灵活，一头浓密、桀骜不驯的栗色头发，蓬蓬的，有一

---

[1] 指的是上帝（Dieu）这个单词。
[2] 阿兹纳弗（Charles Aznavour, 1924—2018）：亚美尼亚裔法国知名歌手、词曲作家、诗人、演员、外交官。

种浪漫气息，稍稍淡化了他的高冷神情，颧骨有点高，尽管一双忧伤的大眼睛柔情似水，整张脸还是显得很阴郁。

特里斯丹·沃克斯真名叫菲利克斯·罗比内，年近六十，身材矮小，秃顶，大腹便便。他迷人的声音是拜慢性咽喉炎和脸下方那个不停颤动的奇怪的双下巴所赐。他原本是一个普普通通的戏剧演员，长得和阿莱尔姆[1]有点像，跟着剧团巡回演出走遍了法国大大小小的城市。之后在电台找到一份稳定、不用东奔西跑的"播音员"的工作，他才松了一口气。

台里先是让他播天气预报、新闻综述、次日节目预告。他真正开始出名是帮气象台录"会说话的钟"，每个拨打气象台8400这个专用号码的人都能在电话中听到他的声音。人们开始打听他这个人，一家知名的日报像报道探案谜团一样抛出这个问题：躲在"会说话的钟"背后的到底是谁？罗比内当初选这个职业是为了可以平平顺顺地退休，现在反而被渲染得神神秘秘，让大众对他的好奇达到了顶点。

一天，电台台长找他谈了一次话。

"说实话，"台长对他开门见山，"您现在是我们的金字招牌。您在气象台客串的播报帮我们吸引了无数听众。您有什么物质方面的要求尽管跟我开口。"

罗比内听到"客串"（这是他深恶痛绝的不正式的工作的代名词之一）这个词时忍住了没有皱眉，他一点也不相信

---

1 指的是法国电影演员安德烈·阿莱尔姆（André Alerme，1877—1960），曾参演过《米摩沙公寓》《失去的天堂》等。

自己会交好运，因此台长的这一通开场白并没有让他满心欢喜。在他看来，所有天上掉馅饼的事儿都暗藏陷阱。但他还是跟领导道了谢，答应他会考虑考虑。事实上，罗比内对生活的欲求很低，反倒是领导的一番好意让他受宠若惊。对他而言，成功来得太晚。他的戏剧生涯已经结束了。或许二三十年前听到这样的话他会激动？而这都不一定。说实话，这份职业在他看来和别的职业没什么两样，做个安安分分的父亲，什么野心机遇都无法搅乱他如水的心境。

"不过，"领导又说道，"我这边只有两件事需要您配合。我们在这儿不是要互相吹捧，对吧？我也不兜圈子了。听你广播的人对你的想象和真实的你并不一样。他们根据你的声音美化你，把你理想化，对你浮想联翩。让他们失望对谁都没有好处。所以我们不如这样处理：第一，您选一个艺名；第二，您要保持绝对的'隐身'，不公开照片，不在宴会、鸡尾酒会和其他公共场合露面。您同意吗？"

这些要求对罗比内而言再合适不过了。最让他感觉格格不入的，是会打破他宁静祥和生活的浮名虚誉。他的声音，在他四十载的戏剧生涯中从未打动过任何人，一经麦克风的传递，竟然可以让广大听众兴奋不已。这的确是命运跟他开的一个玩笑，明智的做法就是尽量限制它的影响。就让这个金嗓子去营造充满可能和想象的浪漫神话吧。而他，菲利克斯·罗比内，要离这些疯狂的念头远远的才好。

就这样，这个集骑士小说和现代通俗文化于一身的人物特里斯丹·沃克斯诞生了。按照事先说好的：切断沃克斯和罗比内之间的所有联系。罗比内做节目期间，除电台人员以外谁也不准进播音室。他的照片一张都不能流传出去。他和外界的联系——邮件、电话、约会——都要经过细心的审核和过滤。罗比内自以为这样切断他和沃克斯之间的所有联系，这个并不存在的沃克斯就足以让他过上与世无争的宁静生活。但事实上，这给了沃克斯一种可怕的自由，比如，当他在数以百万计的听众心中占了一席之地后，他就有了侵犯和僭越创造他的罗比内的自由的权力。

每晚通过一个简简单单的话筒，菲利克斯·罗比内就摇身一变成了特里斯丹·沃克斯，这就跟魔法棒一挥，南瓜变四轮马车一样神奇。罗比内没有费一点心思去装腔作势以迎合听众对这个神秘人物的想象。因为这很符合他的性子，他避免一切效果，一切有点剧烈的动作和情绪的激动，用电台的行话说，在他切入话题和转换话题时，用的都是同一个语调，带着信赖和温情，有点忧伤又令人安心，让人从中体会到一种历经沧桑后的豁达和通透。他都聊哪些话题呢？可以说有的没的什么都聊。聊季节，聊他的花园、他的大宅子——尽管他住在林肯街的一套公寓里——聊宠物，各种各样的宠物，面面俱到，滔滔不绝，而他其实连一条金鱼都没有养过。但所有会影射到孩子的话题他都避而不谈，因为他本能地感到他的听众当中大多数是形只影单的人——老光棍和不婚育的老姑娘——孩子的意象会让成千上万同时通过电波和他独处的听众心中一凉。

人们本可以戳穿他：他在撒谎，他在欺骗听众，一晚又一晚，他一遍遍滥用人们对他的信任。而他也可以坦诚地反驳，在话筒后面，他不过是继续他在舞台上干了一辈子的演艺生涯，演员不就是在公众面前扮演一个不是他本人的人物吗？如果有人反驳他说这不是一回事，或许他也会赞同这种观点，却说不出两者的区别到底在哪里。因为他扮演特里斯丹·沃克斯跟一个演员扮演罗德里克[1]和哈姆莱特不一样。他在扮演这个人物的时候心里很清楚，他扮演的这个人物是他自己，不是从经典剧目中照搬而来，他每时每刻都在塑造它。他意识到这么做的风险了吗？因为一个如此精心打造的幻象终将溢出人们的想象，对真实的世界造成影响，引起无法预见的震荡。

在抵挡特里斯丹·沃克斯闯入并打扰菲利克斯·罗比内平静生活的战斗中，有两个女人起到了铜墙铁壁的作用。首先冲在第一线的是他的秘书弗拉薇小姐，消瘦，像一匹战马。早上如潮水般涌来的信件，像炮轰一样送来的礼物和包裹，突如其来的男女来访者，都是由她挡着。她回复信件——当然是在把她认为有意义的信件拿给罗比内过目之后，把礼物转送给一家养老院，礼貌但坚决地把赖在前厅的人打发走。她英勇无畏地面对一堆渴望见到偶像、一而再，再而三要求一睹特里斯丹·沃克斯真面目的粉丝。可以说菲利克斯·罗比内通常看到的都是女秘书的背影，对她并不了解。而她自己也满脑子都是魅力四射的特里斯丹，几乎没怎

---

[1] 罗德里克是法国17世纪剧作家高乃依的悲剧《熙德》中的主人公。

么注意灰头土脸、宁静淡泊的菲利克斯，在她眼里，菲利克斯不过是特里斯丹的影子，一个替身而已。

而且午夜一过罗比内就急着走出播音室，回到夫妻二人的小窝，温柔丰腴的妻子阿梅丽正在家里等他——她嫁人前姓拉米什——还有她用自己的方式，也就是奥弗涅地区的烹饪手法，准备的一顿小小的半夜餐。因为阿梅丽厨艺精湛，两人都来自比罗姆——多姆山省的一个小镇——他们也打算几年后回乡归隐。每晚这顿半夜餐罗比内夫妇都尽享美食之乐，可惜没有人见证这温馨的一幕，当精心准备了很久的菜肴在他们鼻下发出诱人的香气，他们垂涎欲滴又含情脉脉的神情就是幸福美满、恩爱忠贞最好的体现。从另一个角度来看，想到特里斯丹·沃克斯那副郁郁寡欢、不食人间烟火的样子，人们或许很难找到比这个画面更截然相反的画风了。

而正是针对这一隐私——他们出生在比罗姆小镇——沃克斯对罗比内发起了首次攻击。

一切都是从一个叫伊瑟[1]——这个名字显然是借来和特里斯丹配成双的——的女人写的一封封热情似火的信开始的。这些来信很有规律，间隔的时间都一样，信中的内容涉及罗比内夫妇的生活细节，具体到令人不安。当然，首先对此有所警觉的是弗拉薇小姐。

"真奇怪，"一天她一边拿着已经准备好的回信给他签名，一边对罗比内说，"大小杜尔吕隆到底是什么意思？我

---

[1] 伊瑟是中世纪骑士叙事诗《特里斯丹和伊瑟》中的女主人公，诗中描绘了特里斯丹和伊瑟的爱情故事。

在广播里从来没有听您提到过。"

相反，对比罗姆的居民而言，没有什么比这两个名称更令人熟悉的了，它们是位于小镇西边的两座大山丘，人人都会去那里散步。罗比内这样跟女秘书解释道。

"可是，"她坚持她的疑虑，"我不记得您什么时候提过比罗姆呀。"

她的记忆力非常好，罗比内可以信她。他读了那封信。在看似随意的东拉西扯中，大小杜尔吕隆有一种明显的撩拨的意味。信的署名是：伊瑟。

"完全有可能我说过我出生在比罗姆，那个地区的人都知道这两座山。"他试图反驳，但自己心里也没底，因为看到弗拉薇小姐使劲了摇头。

"您如果说过，我是不可能听漏的，"她肯定地说，"不管怎样，我们永远也没办法给这个伊瑟回信，也因为这封信和其他信件一样没有地址。"

短暂的风平浪静之后，伊瑟的名字再度出现在如雪片般飞来的读者来信中，这一次她的信完全冲破了所有礼仪规范：**啊，我亲爱的！要是你能在我收听你的广播时见到我，你就不会心烦意乱了。**

"您觉得她想说什么呢？"

弗拉薇小姐面露愠色。

"为什么您会认为我知道她的想法？"

"信是一个女人写的，而您是女人。"罗比内说出了自己的理由。

"您应该知道女人也是形形色色的。"老姑娘气愤地说。

罗比内耸耸肩，给妻子打了一个简短的电话后就把自己关在播音室里。他关上身后那扇沉重的大门，放下长长的门闩，然后坐到麦克风前。过去的麦克风就像一个个长方形的大盒子，上面戳了好多小孔。这些像是捕蚊蝇用的大笼子给人一种熟悉亲切的感觉。而新式麦克风就像是要蹿到脸上的蝰蛇的脑袋，在说话人的嘴边攒动。罗比内觉得，就是这条恶狠狠凶巴巴的电蛇让他变身为特里斯丹·沃克斯。每天在同一时间，他的节目开播期间他都感到格外孤单。这个太闷热且隔音的小房间，像保险箱一样关得死死的，只有一个双层玻璃的长方形窗口通向外头。透过这个窗口，他隐约看见音响师懒洋洋的身影，趴在工作台前面。他们在一起工作很久了，默契到可以从来不用对讲机沟通。音响师只要亮一下绿灯提示他信号已经接通就够了。接着红色的信号灯亮起，罗比内孤单一人，工作伙伴和熟人都被屏蔽了，他要敞开面对的是无数默默听他广播的听众。从这一刻起，菲利克斯·罗比内仿佛被埋在坟墓里。特里斯丹·沃克斯的声音在所有人的耳边响起，像无所不在的神一样。他深入人心，像光彩夺目的凤凰在想象的王国里展翅飞舞。

但是菲利克斯·罗比内这天晚上有点忧郁、有点焦躁不安，他表现出和往常一样，对美味佳肴过分上心。播音前他给妻子打了电话，只问了她火上的绍德艾格风味的羊杂碎炖得怎么样了，这是他们晚餐的主菜。完全可以排除特里斯丹·沃克斯在广播中有只言片语提到这道最普通的家常菜，这从来都算不上清淡精致的菜肴。但可以说在播节目期间，罗比内从头到尾满脑子想的都是这道羊杂碎。

第二天，弗拉薇小姐又给他送来一封伊瑟的信，让他注意一句在她看来十分费解的话：我的特里斯丹昨天在他的麦克风前忍不住咽口水，他心急火燎地盼着把羊蹄吃到肚子里！

可怜的弗拉薇小姐！她怎能猜到自己的老板昨晚要吃羊杂碎，而且不是别的，正是裹在羊肚里的碎羊蹄肉？这影射太明显了，至少在罗比内看来。这难道不是暗指那晚那顿让人回味无穷的美餐？但如果确有所指，怎么解释伊瑟对午夜后等着罗比内的那道奥弗涅佳肴知道得一清二楚？对此只可能有一种解释：他在做节目的时候无意间泄露了蛛丝马迹。但他不记得自己出过这么大的纰漏，如果他真在麦克风前说了那些本不该说的话，而且自己还毫无印象，如今这情形怎能让他不担心呢？

老实人罗比内完全蒙了，不知道自己是否还能胜任这份危机四伏又责任重大的职业。

伊瑟消停了十天。看上去好像是为了准备下一封既阴险又神秘的重磅信件。不过这回寄来的不是一封信，而是一幅彩图，上面画着一个插满蜡烛的大蛋糕。蛋糕一圈是彩色字母装点的花饰。把图片翻过来，可以看到两行字：

祝大佬特里斯丹生日快乐！

还有一个插了60根蜡烛的大大的皮古塞尔……

"皮古塞尔是什么?"弗拉薇小姐问道,绷着一张阴沉的脸,像正义女神一样。

"您不知道皮古塞尔?"罗比内吃了一惊,"不过它的确是奥弗涅地区特有的美食,尤其是在米尔,米尔-德巴雷,康塔尔的一个村庄。"

他的脸上露出心满意足的神情。

"这是一种奶油鸡蛋饼,是的,黑麦粉做的,里面放了李子,加了香草调味。最好是配一瓶尚图或沙托葡萄酒……"

罗比内这一番充满田园诗意的介绍并没有打消弗拉薇小姐的疑虑,三个不解之谜困扰着她。这个叫伊瑟的女人怎么会知道罗比内的生日、年龄和他奥弗涅人的出身?她硬邦邦地把问题抛给他。

"这个人认识您,罗比内先生。因此肯定是一个您认识的女人!"

说完这句意味深长的指责的话,她转过身走了出去。很显然,在他忠实的女秘书眼中,罗比内肯定有外遇,而且他在她枕边说了不少悄悄话!

罗比内猛地从皮古塞尔的美梦中惊醒,被命运的不公和险恶惊呆了。那天晚上,他毫无食欲地吃了阿梅丽为他准备的奥里亚克特色奶酪土豆锅。

"星期六是你的生日,"她边吃边说,"我给你准备一个……"

"什么也不要准备!"罗比内打断她,"我的六十岁生日不要鲜花也不要王冠,你听见没有!够了,别折腾了!"

他起身睡觉去了，阿梅丽惊呆了，一个人留在几乎没有动过的奶酪土豆锅面前。

星期六，一个大帽盒一样的礼盒等在特里斯丹的播音室。包装纸上五颜六色的图画和字母让人想起伊瑟的上一封来信。显然，盒子里放着可口的皮古塞尔生日蛋糕。

罗比内没打开就把它往角落里一丢。

或许是这个可以直接下肚的礼物鼓舞了伊瑟。从第二天起，她越发放肆，不过这一次明显针对的是腰带以下的部位。可以说她被一种狂热的淫欲冲昏了头脑。如果只是用露骨的文字调调情、发发骚也就算了！但寄来的甚至是会让布列塔尼的忏悔神父都要面红耳热的配了文字的彩图。

罗比内带着明显的反感摆弄着这封非同寻常的来信。

"说到底，弗拉薇小姐，"有一天他终于对他的女秘书说，"您没有把所有寄给特里斯丹·沃克斯的信都拿给我吧？那为什么您只挑这些污秽不堪的信给我？"

弗拉薇小姐显得很慌乱。

"可是，先生，因为……说到底……嗯……我觉得这个人的信您可能会感兴趣。"她结结巴巴地说。

"这完全有可能，"罗比内赞同道，"是的，谁也不知道这个狂热的女人会有什么想法。最好是密切留意她。"

罗比内-沃克斯的双重生活就这样勉强继续下去，如雪片般飞来的信中会交替出现对美食的隐射和香艳露骨的表白。奇怪的是，这两个主题从不混淆，好像有两个截然不同的信的来源。如果不是出了一个意外，一次难以想象的命运的重创打破了僵局，这种情形或许还会持续下去。

每周三发行的《广播周报》受众很广，不仅会刊登未来一周的广播节目预告，还会刊登明星播音员的照片。主编在琢磨为什么普普通通的周报这一期在几小时内就售罄了。他让人增印了一版，并做了一个小调查。

谜底就藏在一页报纸的一个角落里。在节目预告的边上，刊登了一张照片，照片上是一个还算年轻的男人，颧骨有点高，长睫毛，忧郁的大眼睛，茂密不羁的栗色头发。因为一个难以想象的疏忽，这张照片下面印上了特里斯丹·沃克斯的名字，而这其实是一个叫弗雷德里克·杜拉多的人的照片，他是南泰尔网球俱乐部波罗特拉杯的一名决赛选手。

罗比内从不看报，是电台台长告诉他这一意外事件的。已经不堪忍受那个神秘的伊瑟日复一日地骚扰的他，被这一新的灾祸彻底击垮了。不过台长尽力安抚他。说刊登一张和他本人完全不像的照片只会混淆视听，公众更不知道他的真面目了。虽然不是故意的，但从今往后他有了一张可供仰慕者欣赏的脸，这张脸只是一个面具，他躲在面具后面完全不会被人识破。

这些分析既在理又让人信服。罗比内自然很愿意相信。但在他内心深处，他坚信前途黑暗、危机四伏。甚至他隐隐感到自己的整个一生都在坍塌，就像纸牌屋一样。从那以后他就坐以待毙，等着新的灾祸降临。

果真祸事在接下来的那个周一降临了。因为一家大报社擅自在周六和周日的报纸上转载了《广播周报》上那张所谓的特里斯丹·沃克斯的照片,还把照片放得很大。于是星期一,当罗比内像往常一样在开播前几分钟到达播音室时,他看到弗拉薇小姐激动万分地朝他走过来,他以前从没想到她会这样情绪激动。

"先生,先生,"她叫道,"他在那里!"

"谁在那里?"罗比内问。

他自然要问上一句,但他心里很清楚,那个他指的是谁!

"就是特里斯丹·沃克斯!"弗拉薇小姐大声回答。

罗比内跌坐在椅子上,两个膝盖因为激动而不听使唤。就这样,惶惶不安等了几个月的这一刻终于到来了。面对这个因他——尤其是他的声音——而想象出来的人物的一刻。这个人物每天两小时受到无数听众追捧,在他们的幻想中变得丰满,变得有血有肉,呼之欲出,这都是因为他,罗比内,还有广大听众,最终注定这个形象早晚都要坐实。

在弗拉薇小姐的询问和急切的注视下,他沉默了几分钟。

"他在哪儿?"最终他开了腔。

"他在……办公室里等着。"

罗比内顿时注意到她说的不是"您的办公室",而是"办公室"。或许她很快就会说"他的办公室"……

"好吧,"他拿定主意,"我去看看。"

的确,他避免挑明说"去看看他",因为他只想从门缝里看一眼,并不想在开播前跟他交谈,一方面怕时间不够,另一方面似乎也有些力不从心。

他踮着脚走开，两分钟后又蹑手蹑脚走了回来。

"的确是他。是照片上那个人。"

"是特里斯丹·沃克斯！"弗拉薇小姐直截了当地点明。

"是照片上的那个人。"菲利克斯·罗比内固执地重复道。

他只说对了一半，而他自己也心知肚明。因为他刚才看到的那个耐心地坐在办公室的人，他的外表——或许还有内在气质——完全符合寄给特里斯丹·沃克斯的无数听众来信中描绘的样子。要是请一位画家根据这些信件的描述给这位知名的播音员画像，他画出来的肯定就是这位不速之客的模样。

"我们怎么办？"弗拉薇小姐问。

"我的节目两分钟后就要开始了，我要播两个小时，"罗比内说，"您告诉他……啊，还有，我无所谓！您想怎么做就怎么做吧！"他嚷嚷着说完就把自己关进了播音室。

这天晚上，收听他节目的听众都在猜测他是不是出了什么大事。或许吧，因为压抑的情绪让罗比内轻柔伤感的沙哑嗓音变得更加迷人。他侃侃而谈，但他的灵魂已经振翅飞进了成千上万听众的心中。但第一次，他的灵魂有了一个肉身。而这个肉身不是菲利克斯·罗比内这副笨重可笑的皮囊。它所对应的肉身就坐在播音室隔壁的办公室里，因为回声的缘故，罗比内说的话隔空一字不落地传到了他的耳中。这种情况罗比内是知道的，他为此惴惴不安。第一次，他有种可怕的冒名顶替的感觉，这有点像他在扮演莎士比亚的"恺撒大帝"，而他心里清楚故事中那个真正的恺撒就躲在幕后盯着他,听他播音。

午夜十二点零两分,他几乎虚脱地从播音室走出来。他朝办公室走去,祈祷上帝保佑那个不速之客已经离开。但他还在那里。显然罗比内是躲不掉"另一位"期待已久的这场会面了。他请弗拉薇小姐通知他妻子他会晚点儿回去,她最好马上把烤箱里的薄片肥肉裹鹌鹑拿出来,这道菜本来是三十五分钟后就要上桌的,这也是他回到家在饭桌前坐下来所需要的时间。交代完他就走进办公室,仿佛豁出去一样,握住来访者的手——他注意到这是一只果断、凉爽、有力的手——坐在他对面。

"怎么样?"他打开话匣。

"怎么样?"杜拉多重复了一遍,有点吃惊,"好吧,是的,怎么说呢……太棒了!是的,特里斯丹·沃克斯,太棒了!我听您播音整整听了两小时。您从来没有像今天这样令人折服,热情亲切又不哗众取宠,推心置腹又不冒冒失失,充满人情味又不夸夸其谈。您想听我的意见?好吧,听您播音,我感到骄傲!"

"骄傲?"罗比内很诧异,"为什么骄傲?"

"为什么?很简单呀,为我是特里斯丹·沃尔斯而骄傲!"

"因为您是特里斯丹·沃克斯?"

"啊!亲爱的先生,请相信这事儿可不是我自找的!我也从来没有向任何人打听过任何消息。就在一周前,我甚至还不知道他的存在,不知道特里斯丹·沃克斯先生这号人。之后，我的照片突然登在了所有报纸上，我一出门就有人对我指指点点，跟我要签名，跟我要钱，让我给他们建议，甚至还有求爱的，我哪里知道这是怎么一回事！您觉得这样的日子还能过吗？因为我，先生，或许这会让您感到惊讶，我有妻子、孩子、父母、朋友，我有我的生活。但当我成了特里斯丹·沃克斯之后，我想问您，我过去的一切还剩下什么？"

"啊，这个问题我就搞不懂了，"罗比内承认道，"您是来恭喜我的还是来诉苦的？"

"我来……我承认，是找您算账的。是为了来告诉您，您没有权利这样搅乱一个和您毫不相干的人的生活。是的，我是来跟您协商可能的解决方法，我不知道，补偿也好，赔偿也罢，您看着办！还有，我已经在这里听了您两个小时的节目。终于，我听到了特里斯丹·沃克斯的声音，总之，广义上说我听到了我自己的声音，因为大家众口一词，说我就是特里斯丹·沃克斯。我自我感觉好极了！因为您知道吗，今晚您说的一切，我感觉都是从我嘴里说出来的。很奇怪的感觉，我向您发誓！"

"感觉奇怪的不单单是您！"罗比内嘲讽地指出。

一阵沉默。他们听到由远而近驶来的一辆救护车发出的两声哀鸣。

"一个天使路过[1]。"罗比内注意到，依然是讽刺挖苦的口吻。

---

[1] 法语un ange passe字面意思是"一个天使路过"，而其实指的是谈话时因为尴尬而造成的突如其来的沉默。

"一个天使？"杜拉多又说道,"你我之间,没有天使路过。倒是有一个天使正在冉冉升起,光彩夺目,不受腐蚀,才华横溢,慷慨大方,无比纯洁,无比强大。那就是天使特里斯丹·沃克斯!"

"啊,不!我受够了,"罗比内喊道,"您完全疯了,我猜您的疯狂会传染。您是想让我们两人都发疯吗?"

就在这时,办公室的门突然被打开了。他们看到一个导播乱蓬蓬的脑袋探了进来。

"喂,罗比内,"来人用沙哑的嗓音说,"您的秘书刚才出事了!大家正把她往救护车上送呢。"

"弗拉薇小姐?出什么事了?弗拉薇小姐到底怎么啦?"

"她摔下去了。"

"摔了?在办公室摔的?还是在楼梯上?"

"不,是从窗口。从四层楼的窗口摔到马路上了。"

"怎么会这样!她怎么可能从窗口摔下去呢?"

"这个我就完全不清楚了。或许她是要在那里放什么东西?"

"天哪!您可以给我妻子打个电话吗?我得下去看看!"

罗比内赶紧出门,三步并作两步地跑下四层楼梯,来到人行道上,看到救护车顶上的红灯旋转着,重复着悲戚的哀鸣远去了。要弄清楚车子的去向,然后找一辆出租车,让车驶向讷伊诊所。

罗比内在一张行军床上找到了弗拉薇小姐,她头上裹着一堆绷带,正等着做X光检查。

女护士在罗比内眼前一闪而过,看到受伤的弗拉薇小姐不断打手势坚持让罗比内走过去。女护士叮嘱他会面尽量简短,随后消失不见了。

罗比内简直认不出他的女秘书了,她活脱脱是一个鼻青脸肿的"妈妈姆齐"[1]。

"凑近点,菲利克斯。"她喃喃低语道。

他照做了,很惊讶她听到她第一次叫他的名字而不是姓。

"我不知道日后我会怎么样,但我欠您一个解释。首先我要坦白:是的,伊瑟就是我!"

她沉默了,仿佛是为了给他留出时间去理解和消化这个匪夷所思的消息。

"我再也受不了了,您明白吗?这一辈子,这份工作,所有这些寄给一个并不存在的人物的往来信件。再也不能这么继续下去了。我感觉自己要疯了。必须找到一个办法让这个人物出来,逼他现身。这时伊瑟出现了。从她写来第一批信开始,我就想取代她。我模仿她的笔迹,用一堆语气粗暴、措辞出格的信件对您狂轰滥炸,这让我在写信的时候因羞愧和愤怒流下了眼泪。这一切都是为了让特里斯丹·沃克斯现身,让他走出隐姓埋名的黑洞,您明白吗?"

她又沉默了片刻,似乎想平息一下涌上心头的往事回忆。罗比内原本怎么也想不到把那些气势汹汹、污言秽语的信跟他

---

[1] 莫里哀《贵人迷》一剧中,胖主人公汝尔丹先生自称土耳其贵人"妈妈姆齐"。这里指弗拉薇小姐头上裹满绷带就像包了头巾的土耳其人一样。

的女秘书——严肃刻板、正儿八经的弗拉薇小姐——联系在一起，但此刻看到眼前这位头上缠满血迹斑斑的白色绷带的女人时，他轻而易举就从这一新角色身上看到了写信人的真面目。

"我确信他最终会出现，"她接着说道，"而同时我也感到一场灾难要降临了。是的，因为我已经没有办法去面对了，您明白吗？"

这是她第二次问他是否明白。他没回答。不，他不明白。况且很长时间以来他就已经不想去明白了。自从特里斯丹的照片被刊登在《广播周报》上，或许甚至是在那之前，自从第一封署名伊瑟的来信开始。哪个伊瑟？不是弗拉薇小姐，因为从她的坦白看来，她只不过是之后才冒名顶替写了信，那么第一个伊瑟是……

受伤的弗拉薇小姐又做了一次绝望的努力，想要为自己辩解。

"当他出现在播音室时，我急疯了。我一眼就认出了他，我肯定是自己把他招来的。我知道这很荒唐，但我始终无法摆脱这个念头。之后，您让我自己去应付他，说您不想见他。言下之意就是我得对他出现在办公室一事负责。您又让我打电话给您的妻子，这下我可完蛋了。当我把这一切都告诉她时……"

好啊！现在连他妻子都被牵扯进来了！仿佛还嫌情况不够复杂！

"嗯，那么，您都跟我妻子说了什么？她是怎么答复您的？"

但弗拉薇小姐又昏倒在枕头上，双目紧闭。罗比内盯着这张青一块紫一块、苍白的小丑般的脸看了一会儿，这忧郁、丑陋、粗鄙的神情完全就是她自身命运的写照。他在这里已经没有什么要再了解的了。而且女护士正在虚掩的门边跟他打手势。

他站起身出了诊所，走了好一会儿才找到一辆出租车。当他摸到家门口的时候，已经差不多凌晨两点了。门上了保险闩，他用钥匙打不开。他按了门铃。

"嘿，阿梅丽！开门！是我，菲利克斯！"

一阵轻轻的脚步声从门的另一边传来。

"是你吗？菲利克斯？"

"是我，开门。"

锁转了一下，动静挺大的，门开了，阿梅丽猛地扑到他怀中，菲利克斯差点儿没站稳。

"菲利克斯，菲利克斯，"她抽噎着，"原谅我！都是我的错。"

"原谅你什么？你犯了什么错？"

"你先答应你原谅我！"

"我原谅你。"

"那个伊瑟，其实是我！"

她哭得更厉害了。那一刻，罗比内确信全世界都在跟他作对。

"要不我们先去睡觉吧？这些事明天再说？"他建议道。

阿梅丽惊呆了。

"这样你都能睡得着？不吃点东西？"

吃东西？对啊，为什么不呢？他已经把今晚要吃的烤鹌鹑忘到九霄云外了。他挣脱阿梅丽的怀抱，朝厨房走去。空气中还飘着烤焦的肉的味道。炉灶上的薄铁盘里惨不忍睹：四块薄片肥肉裹鹌鹑已经烤得焦黑裂开了。

"我交代弗拉薇给你打电话把它们从烤箱里拿出来的。"

"你的女秘书？啊，是的，她给我打过电话！但没有提鹌鹑的事，还真是！但说到底，菲利克斯，你在想什么？"

"我在想什么？凌晨两点空着肚子你想让我想什么？"

"弗拉薇小姐告诉我说特里斯丹·沃克斯和你一起待在办公室里。她好像担心得不得了。她还说：'一场悲剧要发生了，肯定是伊瑟的信惹的祸！'而伊瑟就是我呀！"阿梅丽再次大声说道，泪眼婆娑。

最终夫妻俩在厨房吃了一点阿梅丽抽抽噎噎做的芝士煎蛋。但她把心中的苦楚又说了一遍。

"每天雷打不动，我都和成千上万的听众一起收听特里斯丹晚上十点到午夜的节目。不过又和那些人听得不一样。因为我是菲利克斯·罗比内的妻子。照理说，特里斯丹和菲利克斯是同一个人。话虽如此，但也要弄清楚！因为在广播里我听不出你的声音，你明白吗？从来就没听出来过！所以我肯定会生出一些想法。这个特里斯丹·沃克斯到底是谁？他既是每天和我一起生活的丈夫，又是无数陌生女人的梦中情人。我想要弄明白，做特里斯丹的情人是什么滋味。于是我用伊瑟这个名字写信，想看看到底会发生什么，同时也想试着重新发现你，在你变成特里斯丹·沃克斯时再次拥有你。"

菲利克斯·罗比内定睛直视前方，边吃边想事情。事实证明，他没有先见之明。多年来，他每晚的工作都是为了塑造一个理想的人物，拥有迷人的魅力和高尚的情操，虽然是一个想象的人物，但并非像他原本认为的那样是不存在的，因为成千上万的男女听众都相信他的存在。在大家的轻信当中，积聚了一种潜在的能量，像一片巨大的星云，注定会大大影响干扰到星光照耀下的听众——首当其冲就是他的女秘书和他的妻子，然后又会急切地具化为某个人，就是这个名叫弗雷德里克·杜拉多的人。在这件事情上，罗比内扮演了见习巫师的角色[1]，无意间调动了超出自己可控范围的能量，造成了亲友的不幸，也给自己惹祸上身。

现在怎么办？及时止损吧。总之，沃克斯只是在每天两小时的广播节目之后才拥有了化名的人生。

"应该关掉'水龙头'[2]。"罗比内心想，甚至都没意识到"水龙头"就是他的姓，这个姓曾经让他在求学和从军的那些年总被人拿来调侃取笑。

单方面和广播电台毁约？想都别想。这种情况事先也考虑到了，台长倒是可以在任何时候把他开掉，不用事先跟

---

1 法语jouer les apprentis sorciers，比喻制造事端又无力控制的人。
2 法语fermer le robinet，关掉"水龙头"也暗指要从源头上解决问题。而水龙头robinet和罗比内这个姓的拼写是一模一样的。

他通气也不用支付赔偿,相反他却不得不掏出一大笔钱为他想要的自由埋单。不过拿弗拉薇的自杀来解释自己的紧张压抑、需要休假三周是完全可行的。

他没有回播音室,而是让阿梅丽给电台台长写了一封信说明他现在的情况。然后他就坐等回音,第二天台长就如他所愿给了一个肯定的回复。考虑到发生的意外事故,很愿意准他休假。

周末一到,罗比内夫妇就坐上开往比罗姆的火车。他们在阿梅丽父母家住下来,四个月前,他们刚在那里过完暑假。在入冬时节看到这些墙,这些房间,还有外面的街道和广场,以往只有在夏天才会看到的这一切让他们有一种奇怪的体验,有点伤感,却让人安心,让他们感觉好像突然老了许多。是衰老使然?阿梅丽完全没有了下厨的热情,丈夫的任何暗示都不能让她回到灶台。

罗比内养成习惯,每晚去米奥什上校街的大咖啡馆打台球。阿梅丽留在家里,晚上她常常和一位女邻居一起打发时间。习惯了晚睡,罗比内常常忘记时间,一直会待到咖啡馆打烊。不过有一天,因为感冒,他早早就回到了夫妻二人的住处。两个女人正侧着身子收听法国电台的广播,没有听到房门打开又关上的声音。罗比内竖起耳朵。他只听到一个名字,那个嗓音热情、青春、亲切的人的名字再次响起:特里斯丹·沃克斯!

那天晚上,菲利克斯·罗比内预感到自己或许再也不会在麦克风前播音了。第二天,当他在报亭的摊子上看到最近一期的《广播周报》时,这一预感得到了证实。报纸头版刊登了弗雷德里克·杜拉多的照片,照片下只配了一行大字:特里斯丹·沃克斯。

几天后,当罗比内在阿梅丽准备偷偷寄出的一个信封上意外瞥见同一个名字时,他尝到了一种令人眩晕的孤独感。

维罗妮卡的裹尸布

每年七月，国际摄影节都会吸引一大批业余和专业的摄影师来阿尔勒。几天时间，摄影展在大街小巷就遍地开花，在咖啡馆的露天座上人们议论纷纷，晚上，嘉宾们把自己的作品投影在总主教府庭院挂着的一块白色大幕布上，收获狂热且毫不留情的年轻观众的赞美或嘘声。那些熟知摄影名家的内行人满心欢喜地在城市的小巷子、小广场上认出安塞尔·亚当斯[1]和恩斯特·哈斯[2]、雅克-亨利·拉蒂格[3]和富尔维

---

1 安塞尔·亚当斯（Ansel Adams, 1902—1984）：20世纪美国乃至世界享有盛誉的风光摄影大师、摄影教育家、自然环境保护者，也是主张"纯摄影"的"F/64小组"的发起人之一。
2 恩斯特·哈斯（Ernst Haas, 1921—1986）：出生于奥地利，是老一辈摄影家中将彩色摄影推向一个高峰的大师，他的作品改变了很多人对彩色摄影的观念和创作。哈斯曾被美国《大众摄影》杂志评为世界上最有创作思想的十位顶级摄影大师之一。
3 雅克-亨利·拉蒂格（Jacques-Henri Lartigue, 1894—1986）：20世纪最重要的摄影大师之一，他既经典又当代的摄影作品栩栩如生地记录了他的个人生活和法国的社会风貌。

奥·路伊特[1]、罗贝尔·杜瓦诺[2]和阿瑟·屈斯[3]、伊娃·鲁宾斯坦[4]和吉赛尔·弗洛恩德[5]。可以看到亨利·卡蒂埃-布列松[6]贴着墙边走,因为他认为如果自己被人看到并认出来了就什么都看不了了。让-鲁普·西夫[7]长得太帅了,人们希望他光拍自拍照就好了。布拉塞[8]喜欢黑夜,神神秘秘的,在阳光灿烂的普罗旺斯还抓着一把旧黑伞不撒手。

"布拉塞,为什么带把伞?"

"一个小怪癖。自从我戒了烟就有了这个习惯。"

---

[1] 富尔维奥·路伊特(Fulvio Roiter, 1926—2016):意大利摄影师,擅长以非传统的黑白摄影重新诠释圣马可广场等意大利地标不为人察觉的独特肌理。
[2] 罗贝尔·杜瓦诺(Robert Doisneau, 1912—1994):法国人文主义摄影的代表人之一,杜瓦诺一生只以他所居住的巴黎为创作基地,喜欢在平民百姓的日常生活中捕捉幽默风趣的瞬间。
[3] 阿瑟·屈斯(Arthur Tress, 1940—):美国摄影师,主要拍摄题材是恐惧、童年幻想和梦境。
[4] 伊娃·鲁宾斯坦(Eva Rubinstein, 1933—):出生在阿根廷的波兰裔美国摄影师,擅长人物和场景的拍摄,她的作品温柔、无声、纯净,属于个人内心的观看,但又极具叙事性。
[5] 吉赛尔·弗洛恩德(Gisèle Freund, 1908—2000):出生在德国的法国摄影师和摄影记者,她以纪实摄影、作家和艺术家肖像照闻名。
[6] 亨利·卡蒂埃-布列松(Henri Cartier-Bresson, 1908—2004):法国著名摄影师,被誉为20世纪最伟大的摄影师之一及现代新闻摄影的创始人,也是知名的玛格南图片社创办者,他的"决定性瞬间"摄影理论影响了很多摄影人。
[7] 让-鲁普·西夫(Jean-Joup Sieff, 1933—2000):法国摄影师,拍摄领域非常广泛:新闻、时尚、风光、肖像、人体等,尤以人体摄影令人印象深刻。他是将超广角镜头成功运用到各类照片中的先驱。
[8] 布拉塞(Brassaï, 1899—1984):匈牙利(因成名于法国,又有法国一说)摄影师、雕塑家、作家和电影人,20世纪最具影响力的摄影师之一,被誉为"夜间拍摄的鼻祖"。

维罗妮卡的裹尸布

或许这是我第一次看到埃克托和维罗妮卡在一起,但我一开始只注意到埃克托是情有可原的。事情发生在卡马尔格[1]周边一个狭长的半岛上,半岛把大海和临海的几个咸水池塘隔开,火烈鸟爱在这里栖息,交织成一张红白相间的巨大的网。在摄影节一个组织者的引导下,一群摄影师聚集在这片淹水的地方拍摄裸体照片。模特健美的裸体大方地做出各种动作,一会儿在浪花的飞沫中奔跑,一会儿趴在沙子上,一会儿像胎儿一样蜷着身子,一会儿在池塘的死水里行走,用他健硕的双腿把水藻和咸水的波纹推开。

埃克托是一个中等身材的地中海人,肌肉发达,圆脸,有点孩子气,小公牛似的额头垂下一绺黑色的鬈发,让他显得有些阴郁。他尽情展现他的动物本性,和周围这片质朴粗野的景象相得益彰,流动或静止的水,红棕色的枯草,灰蓝色的沙子,被流水冲洗得发白的木桩。他的确是光着身子,但并非一丝不挂,因为他挂着一串项链一样的东西,一条皮带子,上面穿着一颗很大的牙齿。这一充满野性的装饰给他的裸体增色不少,他带着天真的自豪,接受摄影师们镁光灯的不停拍摄,仿佛这是他那迷人的肉体理应受到的礼遇。

一群人乘坐六七辆车回阿尔勒。碰巧我坐在一个小巧、纤细、活泼的女人身边,在她身上知性和某种狂热的魅力代替了美,她毫不客气地让我分担她随身携带的碍手碍脚的摄影器材的重量。她看起来心情很不好,不停地嘟囔抱怨,狠

---

[1] 卡马尔格(Camargue)位于法国南部罗讷河三角洲的两支流间,多沼泽和草地,是著名的湿地公园。

狠地把早上那场拍摄工作批了一通,弄得我都不能肯定她的话是不是冲我来的。

"今天早上拍的照片……没有一张值得留下的。那片沙滩!那个埃克托!简直俗不可耐!无非是明信片上的那一套!而我,我有40毫米的广角镜头。用这种超大角度拍摄,可以拍出很有意思的失真图像。只要埃克托把手伸向镜头,他就会有一只巨大的手和后面一个小小的身子以及麻雀一样的小脑袋。很有趣。但说到底,这种创意只是雕虫小技。不过没关系。先把大海、沙滩、虫蛀的树桩暂时放一放,这个小埃克托,我想在他身上做做文章。只是,这需要下苦功。下苦功,还要有献身精神……"

就在这天快过去的时候,我在阿尔勒的夜色中散步,我看到他们俩——埃克托和维罗妮卡——在"沃克斯豪"的露天座位上。她在说话。他神情惊讶地听她说话。她是在跟他说苦功和献身精神吗?我慢慢走着,好歹听到了他回答维罗妮卡的一个问题。他已经把我今天早上注意到的那条项链从衬衫领子上取下来了。

"是的,这是一颗牙齿。"他解释道,"一颗老虎的牙齿。是从孟加拉带回来的。当地人坚信只要戴着这个护身符,他们就不用害怕被老虎吃掉。"

就在他说话的时候,维罗妮卡用一种阴郁又坚决的神情观察着他。

摄影节结束了。我没再见到埃克托和维罗妮卡,甚至在接下来的那个冬天我就已经有点不记得他们了。

一年后,我又去了阿尔勒。他俩也是。我发现维罗妮卡没有变化。但埃克托,他已经变得认不出来了。他那有点孩子气的笨拙,猛兽般的狂妄,乐观阳光的张扬,都消失殆尽。不知道他的生活发生了什么变故,他瘦得让人担忧。维罗妮卡似乎已经把她狂热的工作节奏传染给他了,她用一种充满占有欲的目光笼罩着他。而且她并不排斥——恰恰相反——去评价他的变化。

"去年,埃克托很帅,但他并不上相,"她对我说,"他很帅,只要摄影师愿意,就可以拍出和他本人的身体和面容酷似的照片,所以也会很好看。但就像所有的复制品一样,用这种方法拍摄的照片显然比不上本尊。"

"现在,他变得上相了。怎样才叫上相呢?就是要有本事拍出比本尊*更有内涵*的照片。说白了,就是上相的人会让认识他但第一次看他照片的人大吃一惊,因为照片比本人美,它们似乎揭开了一种此前一直隐而不见的美。而这种美,不是照片揭开的,而是它们创造的。"

我后来听说他们一起住在维罗妮卡在卡马尔格租的一个简陋农舍里,离梅雅纳不远。她邀请我去看看。

当地有很多低矮的茅草屋,屋顶铺着芦苇,如果不是碰到屋子四周围起来的栅栏,茅草屋就融入在卡马尔格的风景里看不太出来。我很难想象他俩一起住在这样一个农舍里,几间房,寥寥无几的家具。只有摄影器材随处可见。到处都是电子聚光灯、电子闪光灯、反射式幻灯机、摄影机,还有冲洗照片的暗房,里面有一堆装着化学制品的瓶瓶罐罐、密封盒和塑料剂量管。其中一间好像是专门给埃克托准备的。但在那里,一张简朴的桌子和一个围着橡胶帘子的冲淋池边上,是全套的高强度肌肉训练设备,用铁和钢加重,那只意味着努力、下苦功、不厌其烦地重复同一个费劲的动作。靠着一面墙竖着一个瑞典肋木架。对面的栅格架上放着一套举重器材和全套磨光的橡木体操棒。房间里余下的东西无非是扩胸器、肌肉收缩器、健肌器、腹肌板、划船机和杠铃。所有这一切都散发出手术室和刑房的气息。

"去年,如果您还记得的话,"维罗妮卡解释道,"埃克托还像一枚刚刚成熟、坚硬、漂亮、包裹得很好的果实。看着很诱人、很可口,但不上相。在圆润光滑的肉体上,光线会滑过,无法停留也不能变幻。每天三小时的强化训练改变了这一点。不瞒您说,自从我接手了埃克托之后,无论我们到哪儿,所有这些健身器材就跟我们到哪儿。这成了我随身携带的摄影器材的常规补充。当我们外出旅行时,汽车装得满满的,感觉都要撑破了。"

我们换了一个房间参观。在一张用一块木板架在两个搁凳搭成的桌子上,放着同一主题的系列放大照片。

"这个,"维罗妮卡的声音中多了一丝兴奋,"才是真正的、独一无二的埃克托!看啊!"

这真的是埃克托吗?这张颧骨、下巴、眼眶都凹陷下去的脸,顶着一头服服帖帖、像抹了油似的鬃发?

"拍裸体照片的重要法则之一,"维罗妮卡接着说,"就是脸部非常关键。有多少人们希望能拍好的照片——而且本可以,也应该能拍好——却毁在一张难看的脸上,或只是因为脸和身体不协调!吕西安·克雷尔格[1],我们在阿尔勒多少也算是他的嘉宾,他的解决办法就是剪掉裸体照片上的头。砍头显然是一种激进的做法!照理说这么做会毁了照片。但相反,这给了照片一种更强烈、更隐秘的生命力。仿佛装在脑袋里的整个灵魂从砍掉的头颅倒流回被展现的身体里,它通过身体显露出来,激发出很多充满活力的小细节,皮肤上的毛孔、汗毛、对比鲜明的痣、鼓起来的鸡皮疙瘩,还有被水和阳光抚摩塑造的柔软与丰腴,这些都是普通裸体照片上没有的。"

"这是伟大的艺术。但我认为仅限于用在女人身上。男人的裸体照不适合采用这种头被身体吞噬的做法。看看这张照片。脸是身体的密码。我的意思是,身体本身通过另一种符号体系表达出来。而与此同时,脸是身体的关键。看看博物馆仓库里,某些残缺不全的雕像。没有头的男人变得难以识别。他什么也看不见,因为他没了眼睛。但他给参观者一种难受的感觉,好像是他——参观者本人瞎了一样。不过女人的雕像若是没有了头,反而显得越发娇艳欲滴。"

"可是,"我提醒她,"也不能说你打造的埃克托的这张脸对外界而言洋溢着智慧与关切。"

"当然不是!一张生气勃勃、充满好奇、活泼外向的脸对裸体而言会是一场灾难。它会掏空身体的内涵。身体会变

---

[1] 吕西安·克雷尔格(Lucien Clergue,1934—):法国摄影师、作家、电影制片人,阿尔勒摄影节创始人。

成光打在物体上的可有可无的载体，就像灯塔的存在——矗立在黑夜——只是为了朝天空挥舞旋转的灯光。和裸体相得益彰的脸应该是一张捉摸不透、凝重、专注于自身的脸。看看罗丹的《思想者》。那是一个野蛮人把脸埋在拳头里，竭尽全力想从他贫乏的脑子里揪出一道思想的微光。他整个强壮的身体都仿佛被这一从朝里弯的脚到搬运工一样的脊梁直到公牛般的脖子的力量穿透了，美化了。"

"的确，我想到了雕像的眼睛，想到它们奇怪的目光，总感觉目光穿透了我们，却对我们视而不见，它们是石头做的，似乎就只能看见石头一样。"

"雕像的眼睛是被封住的泉眼。"维罗妮卡肯定地说道。

说完大家都沉默不语，静静审视三张用特硬相纸洗出来的照片。统一的黑色背景——我知道这些各种色调的大壁纸，摄影师用来凸显他们的模特——衬出埃克托的身体就像一只被钉在昆虫学家的标本盒里的昆虫，被阴影和唯一一个强光源照亮的光面切割了，仿佛凝固了，深入骨髓，像是在尸体解剖实验课上被解剖了一样。

"这可不是人们所说的'抓拍'。"我开玩笑道，试图打破这些照片透露出来的不祥的魔力。

"抓拍不是我的强项，"维罗妮卡承认道，"您还记得保尔·瓦莱里[1]的名言吧：真理是赤裸裸的，但在裸体下面是结构解剖。不过，有两个摄影流派。一派追求惊奇、感动、

---

[1] 保尔·瓦莱里（Paul Valéry，1871—1945）：法国象征派诗人，法兰西文学院院士。著有《年轻的命运女神》《幻美集》《海滨墓园》等。

恐怖的画面，他们走遍城市和乡村、沙滩和战场，为了捕捉转瞬即逝的场面、一刹那的动作、闪光的时刻，所有这些都印证了人类状况令人心碎的无意义，从虚无中来，注定又要回到虚无中去。这一流派的代表有当今的布拉塞、亨利·卡蒂埃-布列松、杜瓦诺、威廉·克莱因[1]。另一派全都走的爱德华·韦斯顿[2]的路子。这一流派推崇经过深思熟虑、精准、静止的画面，注重的不是瞬间而是永恒。这一流派的摄影师当中，您应该在这里见过丹尼斯·布里哈特[3]，他有海明威风格的大胡子和眼镜，隐居在吕贝隆，二十年来他只给植物拍照。您知道他最大的敌人是什么吗？"

"说来听听。"

"是风！吹得花摇曳不定的风。"

"可他却选择生活在刮密史脱拉风[4]的地方！"

"这个推崇静止的流派有四大擅长的领域：肖像、裸体、静物、风景。"

"一派是抓拍，另一派是'死'物[5]。我甚至都想玩个文

---

[1] 威廉·克莱因（William Klein, 1928—2022）：出生在美国的法国摄影师、制作人、导演。
[2] 爱德华·韦斯顿（Edward Weston, 1886—1958）：美国摄影师，摄影作品以完美的光影、精确的几何构图和抽象性见长，善于在平凡的事物中挖掘不平凡的美，被誉为"摄影界的毕加索"。
[3] 丹尼斯·布里哈特（Denis Brihat, 1928— ）：法国摄影师、作家，最早倡导将摄影本身视为一种艺术表现形式的人之一，也是阿尔勒摄影节的创始人之一。
[4] 密史脱拉风（mistral）是法国南部冬季和春季常刮的干冷强风。
[5] 法语静物（la nature morte）字面意思是"死去的自然"。

字游戏：一派是'活'物，另一派是'摆'拍。"

"这么说也无妨，"维罗妮卡承认道，"死亡让我感兴趣，还不仅仅是感兴趣。迟早有一天我会去停尸房拍照的。尸体有——真实、原始，不是被人们放在床上，双手合在一起，准备好眉头也不皱就接受圣水洒下来的尸体——是的，尸体有一种真实……怎么说呢……无动于衷的真实。您有没有发现？不愿让人带走的孩子就会变得**死沉死沉**的，好像他有让自己变重的特异功能。我从来没有扛过死人。但我敢肯定，如果我去试试的话，肯定会被压垮的。"

"您吓到我了！"

"别装了！我觉得，没有什么比假装害怕死亡和死人的扭扭捏捏的样子更可笑了。死人随处可见，就先从艺术说起吧。比如，您知道文艺复兴艺术到底是什么吗？可以给出好几个定义。在我看来的最好定义：发现尸体。不管是古代还是中世纪都没有人解剖过尸体。希腊雕塑，从解剖学的角度来看无可挑剔，全靠对活人身体的观察。"

"抓'活'的。"

"正是。伯拉克西特列斯[1]曾观察过运动中的田径运动员。出于宗教风俗或其他原因，他从来没有解剖过尸体。直

---

[1] 伯拉克西特列斯（Praxiteles，前395—前330）：古希腊雕塑家，所作多为大理石像，擅长把神话人物纳入平凡的日常生活而加以抒情描写，变雄健粗犷而为柔和细腻，从而确立了公元前4世纪希腊雕塑的风格特征。

到16世纪，特别是在佛拉芒人安德烈·维萨里[1]的推动下解剖学才真正诞生。首先，他敢解剖尸体。从那时起，艺术家们纷纷拥向墓地。这个时代几乎所有的裸体画都散发着尸体的气息。不仅列奥纳多·达·芬奇和本韦努托·切利尼[2]的手稿里有很多人体解剖图，而且在很多活色生香的裸体画上，也能看出对人体构造的熟稔。贝诺佐·戈佐利[3]的《圣塞巴斯蒂安》和奥尔维托大教堂的路加·西诺雷利[4]的壁画仿佛就是一群脱逃的幽灵之舞。"

"这显然是文艺复兴有点让人意想不到的方面。"

"和中世纪的健康美好相反，文艺复兴像是一个病态、焦虑的时代，是宗教裁判所及其巫术案、刑房和施火刑的柴堆的黄金时代。"

我放下埃克托的裸体照片，仿佛它们突然成了巫术案的物证一样。

"亲爱的维罗妮卡，假如我们回到古代，您难道不觉得自己很有可能会被烧死在柴堆上吗？"

"不一定。"她回答得很干脆，仿佛她早就问过自己这个问题似的，"有一个很简单的办法，既可以装神弄鬼又不

---

1 安德烈·维萨里（Andreas Vesalius, 1514—1564）：著名医生、解剖学家，近代解剖学的奠基人。
2 本韦努托·切利尼（Benvenuto Cellini, 1500—1571）：意大利文艺复兴时期的金匠、画家、雕塑家和音乐家。
3 贝诺佐·戈佐利（Benozzo Gozzoli, 1421—1497?）：佛罗伦萨画家，以描绘15世纪生活的装饰性挂毯样式壁画而闻名。
4 路加·西诺雷利（Luca Signorelli, 1445—1523）：意大利画家，以独创的透视前缩画法闻名于世。

用冒任何风险。"

"什么办法?"

"加入宗教裁判所!说到柴堆,我认为无论如何,好位置不是在它的上面,而是在它旁边,站在前排。"

"方便观看和拍照。"

我准备告辞,但最后一个问题让我不吐不快。

"说到观看,如果我不跟埃克托打声招呼就走会有点遗憾。"

我注意到她被我刚才那句调侃逗乐的脸色一下子又阴沉了下来,好像我犯了什么忌讳。

"埃克托?"

她看了看手表。

"这会儿他正睡觉呢。为了纠正他以前养成的荒唐习惯,我逼他少吃多睡。"

她还是笑了笑,补充道:

"这是健康的黄金法则,睡觉能当饭吃。"

我朝门口走去,这时她似乎又改变了主意。

"不过您想看还是可以去看看他的,我了解他,我们不会把他吵醒的。"

我跟她走到位于走廊尽头的一个小房间。我原以为这种小房间是没有窗户的,但我注意到窗帘拉着,与苍白的墙和天花板融为一体。一切都那么洁白,那么简朴,让人感觉像是在一个蛋壳里。埃克托趴在一张又矮又大的床上睡,这个睡姿让我想起一年前他在卡马尔格摆的一个造型。气温挺高的，他既没盖被子也没盖床单。昏暗的光线中，是一片乳白色的背景，桃花心木色的肉体一动不动，摆出一个不对称的姿势——一条腿弯着，相反的一条胳膊伸到床外——看上去全身很放松，又有一种强烈的想要睡觉、要忘却、要否定外界的人和物的愿望，总之是一个很美的画面。

维罗妮卡用一种带着强烈占有欲的目光看了他一眼，然后用一副胜利的表情看着我。这是她的作品，一个了不起的成就，不容置疑，这雕塑般金黄的身体，被丢在这个像蛋壳一样的小房间里。

三天后，我在论坛广场一个小酒吧的后厅看到了她，来这里的常客都是茨冈人和城里罗盖特区的下层居民。我有点难以置信，但事实的确如此：维罗妮卡喝了酒。而且喝的是劣质酒。我们随便聊了聊前一晚的斗牛，第二天要在古代剧场上演的罗西尼的歌剧《英国女王伊丽莎白》，还有当天下午开幕的比尔·布兰德[1]的摄影展。她回答短促，有一搭没一搭的，显然有些心不在焉。接着，我们陷入尴尬的沉默。突然她仿佛下定了决心。

"埃克托走了。"她说。

"走了？去哪儿了？"

"要是我知道的话……"

"他什么也没对您说？"

"什么也没说，不过他最终还是留了一封信。给！"

---

[1] 比尔·布兰德（Bill Brandt, 1904—1983）：英国摄影师，曾在巴黎给曼·雷做过助手，他的摄影创作强调直觉。

她把一封拆开的信扔在桌上。然后她皱着眉头,好像是为了给我留出足够的时间读信。字写得很认真,很整齐,有点学生气。字里行间流露出来的柔情深深打动了我,满纸的"您"让这份感情冲淡了一些,但似乎又让它变得更高贵、更清新脱俗。

亲爱的维罗妮卡:

您知道在我们一起度过的十三个月零十一天里您一共给我拍了多少张照片吗?您肯定没有数过。您给我拍照的时候不会去数。而我,我在别人拍我的时候会数。这很正常,不是吗?您给我拍了22239张照片。显然这让我有时间思考,让我明白了很多东西。去年夏天当我在卡马尔格给大家当模特的时候,我还很天真,也没把拍照当回事儿。但和您一起,维罗妮卡,这成了一件很认真的事情。不认真拍的照片无法触动模特。它从他身上滑过无法留下痕迹。认真拍的照片会在模特和摄影师之间建立一种永恒的交流,就像某种连通器。我从您那里受益良多,亲爱的维罗妮卡。您把我变成了另一个人。但您也从我这里拿走了很多东西。从我这里拿了22239次,让我落入影像的陷阱,落入您的"小黑匣子"(暗箱),就像您说的那样。您把我像母鸡一样拔了毛,像安哥拉兔子一样拔了毛。我变得消瘦、结实、紧致,不是因为节食或锻炼,而是因为拍照，仿佛这些照片每天都从我身上摄走了什么。是不是得说一句，如果我把那颗牙齿留在身边，这一切就不会发生了？但您可不傻，您让我把它取下来了，那颗有魔力的牙齿。现在我被掏空了，榨干了，摧残了。您给我拍摄了22239张相片，您把它们分了类，贴了标签，写了日期，仔细得让人嫉妒，我把它们留给了您。我现在只剩下皮包骨了，我想留着它们。您得不到我的皮，亲爱的维罗妮卡！现在找别人吧，男的也好，女的也罢，找一个完整的、纯洁的、丝毫未受损的形象。而我呢，我要歇一歇，我的意思是在遭受了您对我的可怕的洗劫之后，再造一张脸和一个身体。不要以为我是在埋怨您，相反，我很爱您，跟您爱我的方式一样，我的爱也是贪婪的。但不要来找我，找了也是白费力气，您在哪儿都找不到我。就算我们在人群中偶然相遇，我就站在您面前，我也已经变得模糊、半透明、透明、不可见了。

吻您。

埃克托

另：我拿走了我的牙齿。

"他的牙齿？什么牙齿？"

"就是您知道的那颗，"维罗妮卡不耐烦地说道，"他用带子穿起来挂在脖子上的护身符。为了给他拍照，我费了九牛二虎之力才让他取下来。"

"啊,是的,就是孟加拉人认为可以保佑他不被母老虎吃掉的那颗牙齿?"

"母老虎?为什么您说母老虎而不是老虎?"她生气地问道。

显然我找不到理由为自己辩解。一阵充满敌意的沉默。但既然我已经被卷进埃克托和她的情感纠葛里了,我决定把心里话一吐为快。

"我们上次见面时,"我开始说道,"您跟我聊了很久文艺复兴时期的解剖学家,特别是佛拉芒人安德烈·维萨里。您的话让我很感兴趣,于是我好奇地去了市政图书馆,想要更多地了解这位解剖学的真正创始人。我发现他过着神秘、冒进、危险的生活,充满了坎坷曲折,自始至终指引他的只有他对科学发现的满腔热情。"

"维萨里出生在布鲁塞尔,他很快就成了墓地、绞刑架、收容所和刑房的常客,简言之,就是出没在一切有死人的地方。他的一部分人生是在蒙福孔的阴影下度过的。这会让人联想到恋尸癖、吸血鬼、食人魔干的勾当。如果不是智慧之光将这一切净化,那的确会很恐怖。查理五世,另一个佛拉芒人,让维萨里做了他的私人医生,并把他带到了马德里。丑闻就是在那里爆发的。谣言传开了,说维萨里并不满足于解剖尸体。没有生命的身体的确揭开了解剖学的面纱,但在生理学方面却没什么用处,原因不言自明。在这一点上,只有活的身体才有发言权。无畏的探索者维萨里于是让人送了一些囚犯过来，用鸦片把他们迷晕，然后他把他们解剖了。简而言之，在开创了解剖学之后，他又开创了活体解剖。这有点太残忍了，即使是在一个并不太平的时代。维萨里受到了起诉，被判了死刑。好在菲利普二世及时救了他一命。他获得减刑，但条件是必须去圣地朝拜一次。看来真的是命运要跟他作对，从耶路撒冷回来的途中，他遇到了海难，流落到荒凉的赞特岛上。他又饿又累，死在了岛上。"

维罗妮卡从伤心的往事中回过神，越听兴趣越大。

"多么美妙的人生，多么美妙的结局！"她感叹道。

"是的，但您也看出来了，对维萨里而言，尸体不过是权宜之计。他还是更喜欢活人。"

"没错，"她赞同道，"但前提条件是可以用来解剖。"

在冬天的巴黎，我很少有机会遇到我的摄影师朋友。不过，在克里斯蒂娜街的摄影画廊开幕的一个展览上，我差点儿就又碰到维罗妮卡。

"她刚走不到五分钟，"认识她的谢里奥对我说，"她很遗憾没有见到你，但她不能再耽搁了。她还跟我讲了一些激动人心的事情，你明白我的意思吧，激动人心！"

对我而言没什么好遗憾的。谢里奥是摄影界的朗代诺[1]，什么小道消息他都门儿清，我只要洗耳恭听，就能知道维罗妮

---

[1] 朗代诺（Landerneau）是法国布列塔尼的一个港口，重要的交通枢纽。有一句法国谚语"在朗代诺引起了轰动"，出自19世纪的一出戏剧，形容被小地方的居民津津乐道的新闻和事件。

卡告诉他的事情,甚至更多。

"首先,"他开始讲了,"她找到并且又起用了她的那个受苦受难的模特,你知道那个她在阿尔勒收下的小埃克托吧?"

我知道。

"多亏了他,她随后投身于一系列'直接摄影'的实验。她就是这样称呼不用摄影机、不用胶卷、不用取景放大器进行的拍摄。总之,这是很多大摄影师的梦想,他们认为受制于技术是他们这一职业最可耻的污点。这种直接摄影在原则上简单可行,但实际操作起来却很困难。一开始,维罗妮卡气定神闲地把大相纸放在太阳光下晒。但因为没有显影液,感光面上只泛出浅浅的黄色。接下来,她让可怜的埃克托泡在显影液(米吐尔、亚硫酸钠、氢醌和硼砂)里。然后,她让他湿漉漉地躺在相纸上,摆出这样或那样的姿势。剩下的就只要用酸性定影液把照片洗出来就好了……并打发模特去冲个澡。这样就有了很多压在相纸上产生的奇怪剪影,是埃克托身体的平面投影,用维罗妮卡的原话说,和被原子弹击中化为齑粉残留在广岛一些墙上的日本人很像。"

"那埃克托呢?他对这一切又是怎么说的?"想到他那封告别信,我忍不住问,那份信突然在我的脑海中涌现,就像一声悲戚又微弱的求救。

"正是!我们这位亲爱的维罗妮卡跟我讲'直接摄影'的种种美妙之处时可没想到我所知道的这种做法的负面作用。而且我也听说了——你知道我消息灵通——可怜的埃克托浑身得了皮肤病便不得不住院了。这种情况让医生感到很困惑。他的病变显然是由化学产品导致的，像是在鞣革工、药剂师或照相制版工身上看到的职业性皮炎。但这些手艺人的皮炎都发在手和小臂上，而埃克托浑身长满了大面积的毒性红斑——比如背上——都是很少暴露在外但更易受伤的皮肤。依我看，"谢里奥总结道，"最好还是逃离这个女巫的魔爪，否则，她最终非要了他的皮[1]不可。"

要他的皮……跟他信里用的词一模一样！但我远没有料到几个月后这个词意味着什么。

几个月后，的确是因为国际摄影展，我照例又回到了阿尔勒。我到得有点晚，错过了最早的几个展览。我是在报纸上得知在勒杜博物馆的马尔特骑士小教堂一个名叫"维罗妮卡的裹尸布"的展览开幕。这则消息后面还附了对艺术家的采访。维罗妮卡说，她在相纸上进行了一系列的"直接摄影"实验后，转向了另一种更柔软、更富表现力的材料——亚麻布。布在溴化银里浸泡过后会感光，之后把它放在有光线的地方。接着用布裹住被显影液浸泡过的模特，从头裹到脚，"就像用裹尸布裹尸体一样"。维罗妮卡明确说道。最后用定影液对布进行处理并冲洗出来。把二氧化钛或硝酸铀涂在模特身上，会得到一些有意思的媒染效果，会出现渐变的蓝色或金色的印痕。总之，维罗妮卡总结说，

---

[1] 这句法语表达的意思是"要了某人的命"。

传统摄影被这些新的创作手法超越了。或许说它是"皮影"（Dermographie）更恰当。

不难猜到，我最先去参观的就是这个在骑士小教堂举办的展览。天花板很低，让大殿显得很逼仄，像陷在一个坑里一样。这让参观者很容易产生压抑的感觉，而铺满墙和地面的"裹尸布"让这种令人窒息的感觉越发强烈。从上到下，从左到右，目光之所及，到处都是压扁的、拉长的、蜷曲的、舒展的如幽灵般黑色或金色的身体千姿百态的印迹，复制在仿佛阴魂不散的墙布上。让人联想到一张张被剥下来的人皮，作为野蛮人的战利品，放在那里展示。

我独自一人在这个弥漫着停尸房气息的小教堂里，每当我发现一个让我想起埃克托的脸或身体的细节，我的惴惴不安就多一分。我不无恶心地想到上学的时候，我们一拳捶在夹在两张纸之间的一只苍蝇上，纸上留下血淋淋的、对称的印迹。

我正准备出去，突然迎面碰到维罗妮卡。我只有一个问题要问她，这个问题憋在我心里一秒钟也等不了了。

"维罗妮卡，埃克托在哪里？您把他怎么样了？"

她露出一个神秘的微笑，暧昧地指了指四周围住我们的裹尸布。

"埃克托？他可不就在……这里吗？我把他做成了……这些。您还想要什么？"

我正准备追问，这时我看到一样东西让我最终缄口不语。

她的脖子上挂着那条穿着孟加拉老虎牙齿的皮带子。

少女与死亡

女教师听到教室最后面传来一声偷笑,立马停了下来。

"又怎么啦?"

一个小女孩抬起头,满脸通红,笑嘻嘻的。

"是梅拉尼,老师。她这会儿在吃柠檬。"

全班同学都哄笑起来。女教师走到最后一排。梅拉尼朝她抬起一张天真无辜的脸,她消瘦苍白的脸因为厚厚的黑发显得更小了。她手中拿着一个细心剥了皮的柠檬,柠檬皮像一条金色的蛇一样盘在课桌上。女教师停下脚步,心情复杂。

这个梅拉尼·布朗夏尔从这学年开始就让她捉摸不透。她乖巧、聪明、勤奋,让人不可能不把她当成班上的好学生看待。但她总用有些荒唐的想法和奇怪的举动引人注意——虽说她的确没有挑事儿的意思,她总是带着让人无法生气的天真率性。她在历史课上就是这样,对那些被判了死刑并被处决的名人表现出一种狂热的、几乎病态的好奇。她目光炯炯地背诵贞德[1]、吉尔·德·莱斯[2]、玛丽·斯图亚特[3]、拉瓦亚克[4]、查理一世[5]、达米安[6]临终的所有细节,不漏掉任何一个对他们所受折磨的精确描写,哪怕这一切是多么惨绝人寰。这种眼神令人不安。

只是一种单纯的痴迷?孩子们常常会对恐怖的事情着迷,如果再有一点虐待狂的色彩就更令他们着迷。但其他迹象表明,在梅拉尼的小脑瓜里有某样更复杂、更深邃的东西。一开学,她交给女教师的作文就别具一格。通常这类作文老师都要求孩子们写刚结束的假期里的某一天。梅拉尼的作文一开始平淡无奇,写的是一家人为乡间午餐做各种准备,但随后笔锋一转,写到祖母突然去世,全家人不得不放弃去乡下。接着文章又用假想、虚构的形式继续那场没有成行的郊游,梅拉尼眼前仿佛出现了幻象,她冷静地描述郊游的一个个环节,鸟儿的歌唱,树下的野餐,归途中遭遇雷雨

---

[1] 贞德(Jeanne d'Arc,约1412—1431):法国百年战争时期重要人物,民族英雄,被俘后被教会异端裁判所以"异端"和"女巫"罪判处火刑。
[2] 吉尔·德·莱斯(Gilles de Rais,1404—1440):百年战争时期的法国元帅,连环杀童案凶手,最后被施以火刑,是西方童话中反派角色"蓝胡子"的现实原型之一。
[3] 玛丽·斯图亚特(Mary Stuart,1542—1587):苏格兰女王,法国王后,以美貌著称。最后以企图谋杀伊丽莎白一世的罪名被处死。
[4] 拉瓦亚克(François Ravaillac,1577—1610):1610年5月14日刺杀了法国国王亨利四世,同年5月27日被处以磔刑。
[5] 查理一世(Charles I,1600—1649):苏格兰、英格兰及爱尔兰国王,英国历史上唯一被公开处死的国王。
[6] 达米安(Robert-François Damiens,1715—1757):1757年因谋刺国王被判处"在巴黎教堂大门前公开认罪",之后惨遭酷刑而死。

发生的小意外,但这一切事实上都没有发生,也不可能存在,因为大家根本就没有出门。最后,她这样结尾:

> 全家人悲伤地围在放着祖母遗体的床前,没有一个人笑着跑到谷仓去躲雨,我们也没有推推搡搡挤在客厅唯一的一面小镜子前整理头发,也没有人生火烤湿透的衣服,因此衣服也没有在壁炉前冒着热气,就像一匹出汗的马的毛一样。祖母独自一个人走了,把大家丢在家里。

现在又是柠檬!小姑娘所有这些荒唐的想法之间有什么联系吗?是什么联系呢?女教师暗自思忖,猜想答案一定有,因为毋庸置疑这些想法都有某种"相似之处",都有相同的特性,但她愣是没猜出来。

"你喜欢柠檬?"

梅拉尼摇摇头。

"那你为什么吃呢?你怕得坏血病?"

这两个问题,梅拉尼无法回答。女教师耸耸肩,回到她更熟悉的讲台。

"总之,课上不准吃东西。你给我抄五十遍:**我在课上吃柠檬。**"

梅拉尼乖乖接受了,不用再做解释让她如释重负。的确,她怎么能让别人明白,既然她自己都没弄明白,她怕的不是坏血病,也不是用柠檬来治这个病,她怕的是一种埋藏更深的病，既是身体上也是精神上的病，是像潮水一样突然涌现仿佛要淹没整个世界的平淡和庸常？梅拉尼感到无聊。她在一种精神的眩晕中忍受着无聊的日常。

说到底，是她感到无聊，还是她周围的事物、景色百无聊赖？突然，一道铅灰色的光从天而降。房间、教室、街道都仿佛陷在灰白色的泥浆里，它们的形状在渐渐溶化。在这场让人厌烦的消亡中，只有梅拉尼一人活着，她奋起反抗，不让自己也被淤泥淹没。

光的突然变幻会改变事物的灵魂，她很小的时候在父母家通往阁楼的螺旋式楼梯上就有过类似的感受，内心并不惶恐，但记忆犹新。照亮楼梯的只是一扇小窗，嵌着五颜六色的小玻璃。坐在楼梯上，梅拉尼常常透过一块又一块不同颜色的窗玻璃看外面的花园，乐此不疲。每次都有同样的惊喜，看到同样的小小的奇迹。这个花园她很熟悉，一眼就能认出来，但透过红色的窗玻璃，花园就仿佛染上了火光之色，不再是她嬉戏和遐想的地方了。那里成了被无情的火焰舔舐的地狱般的洞穴，变得似是而非了。接着，她透过绿色的窗玻璃往外看，花园又变成了幽深的海底。一些水中怪兽仿佛就隐匿在青绿色的深海。相反，黄色的窗玻璃洒满暖暖的阳光，照出让人感到安慰的金色浮尘。蓝色的玻璃让树木和草地裹上罗曼蒂克的月光。靛青色的玻璃让最微小的事物都显得庄严宏伟。一直是同一个花园，但每次都露出令人惊讶的新面貌，梅拉尼惊叹自己有这样的魔力，可以随心所欲地让她的花园落入悲惨的地狱、沉浸在如歌的喜悦或奢华的气派里。

因为在楼梯的小窗上没有灰色的玻璃，所以漫天尘雨般的无聊烦闷并非源于此，并没有那么单纯，而是有更现实确切的出处。

很早，她就从饮食中发现了可以引发或平息烦闷发作的东西。奶油、黄油和果酱，这几样大人拼命塞给她吃的儿童食物，就像各种挑衅，宣告并招来铺天盖地的无聊烦忧，生活陷在又黏又稠的泥潭里不能自拔。相反，胡椒、醋和苹果，只要是青苹果，所有这些酸的、浓烈的、辛辣的东西，在萎靡不振的氛围里散发出提神醒脑、冒泡泡的氧气。汽水和牛奶，这两种饮料对梅拉尼而言象征着善与恶。早上，她不顾家人的反对，习惯了喝茶——用矿泉水煮水配一片柠檬提香。此外吃一块很硬的饼干，或一片烤得香喷喷的吐司。相反，她不得不放弃下午四点吃她想吃的抹了芥末酱的面包片，因为它曾在学校操场上引起狂风暴雨般的哄笑和尖叫。于是她明白她的芥末酱面包片已经超越了一所外省小学对"异己"的容忍极限。

说到气候和季节，她最讨厌的莫过于盛夏的午后，慵懒，无精打采，植物繁盛艳丽庸俗的气息仿佛感染了动物和人。在这些汗津津、勾起欲望的享乐时刻，想做的可怕动作就是任由自己懒懒地瘫在一张躺椅上，叉开腿，抬起胳膊，大声地打哈欠，仿佛必须张开下体，露出胳肢窝，张开嘴，等待未知的侵犯。和打哈欠一连串的三个动作相反，梅拉尼也学会了笑和哭的艺术，这两种反应意味着拒绝，保持距离，给自己竖起一道藩篱。干冷明亮的天气最适合摆出这种拒绝的姿态，大自然变得萧瑟、严寒、冷峻、耀眼。那时梅拉尼会在乡间兴奋地疾走，在凛冽的寒风中两眼泪汪汪的，但嘴里发出的却是一串串讥笑。

和所有的孩子一样，她遇见过死亡的奥秘。但很快，死亡在她眼中呈现出两种完全对立的面貌。她所能看到的动物尸体通常都是浮肿的、腐烂的、渗着脓血和体液。将死之人都会直言不讳地承认终将腐朽的本质。相反，死掉的昆虫却变得轻盈，灵魂飞升，自然而然地进入木乃伊般轻灵纯洁的永生。不仅仅是昆虫，因为在阁楼上四处搜寻的时候，梅拉尼曾发现一只老鼠和一只小鸟，同样风干了，净化了，回归了它们的本质：美妙的死亡。

梅拉尼是马梅尔一个公证人的独生女。她对她的父亲而言一直都显得很陌生，他年纪很大了才有了她，而且她似乎让他手足无措。她母亲身体虚弱，早早就过世了，撇下十二岁的她和公证人相依为命。丧母之痛对她打击很大。她最初感到胸口疼痛，有个地方像针刺似的，仿佛她患了溃疡或受了内伤一样。她一度坚信自己病了。后来她才明白她的身体没有毛病，让她崩溃的是无尽的忧伤。

与此同时，她感到心底突然涌起的柔情渐行渐远，只要她极度思念母亲，想到她的死，想到冰冷的墓穴深处躺在棺木中的那具消瘦僵硬的尸体……泪水就会打湿她的眼眸，她再也止不住抽抽噎噎，仿佛一声声短促的苦笑。这时候，她感觉自己摆脱了各种事物的包围，得以抽身，从存在的重负中解脱出来。有那么一瞬间，日常现实受到了嘲弄，用来自我粉饰的浮夸的重要性荡然无存，压在小女孩心头萦绕不去的负担减轻了。既然她亲爱的母亲已经死了，那就什么都不重要了。这一不可辩驳的推断是显而易见了，就像精神的太阳熠熠生辉。梅拉尼飘浮在回荡的哄笑声中，仿佛被醉人的忧伤带走了。

后来，她的忧伤消失了，留给她的只是一道伤痕。当有人谈起她死去的母亲，或某些夜晚，当她睡不着觉，在黑暗中睁大眼睛时，那道伤痕就会一阵阵收紧，隐隐作痛。

再后来，日复一日，她和一个越来越耳背的老女仆、一个只在追忆往昔时才从一堆案卷里抽身的父亲一起过着一成不变的生活。梅拉尼貌似一帆风顺地长大了。在周围人看来，她不难相处，不神秘兮兮，也不愁眉苦脸。如果有人透露说她带着绝望，在忧郁灰暗的空虚中奋力游泳，抵抗这所充满回忆的豪宅、从来没有发生新鲜事的街道、浑浑噩噩的邻居给她带来的平淡庸常的焦虑，所有人定会大吃一惊。她热切地期盼发生什么事情，如某个人突然到访，但可怕的是，什么事也没有发生，什么人也没有到来。

当美国和苏联因为古巴差点儿引发一场核战争时，梅拉尼已经到了看报、听收音机、看电视上新闻播报的年纪。她仿佛感到有一股清风正横扫世界，一个希望在她的肺里鼓胀。因为，要把她从消沉中拉出来，或许少不了得来一场现代战争造成的巨大毁灭和恐怖杀戮。后来，战争的威胁消弭了，存在的盖子刚揭开一点点又盖上了，于是她明白，历史是没什么好指望的了。

到了春天,公证人习惯把中央供暖停了,只在晚上天气的确很凉的时候才在壁炉里生火。因此,一个四月的早晨,艾蒂安·荣歇送来一卡车的劈柴。他是埃库弗森林附近一家锯木厂的员工,这是他在不到一年的时间里干的第五份工作。他是那种坦率开朗的帅小伙,这些年轻人通常都把劳动谋生当作不公和可鄙的负担。他身上散发出树脂和丹宁的气味,衬衫的袖子卷起,露出结实、金黄的前臂,刺着艳俗的文身。梅拉尼下到地窖要付钱给他。就在她从钱包里掏钱的时候,他用一种奇怪的神情盯着她,看得她心里害怕。但这和他慢慢抬起手朝她的肩膀、她的头伸过来,掐住她的脖子比起来简直不值一提。她的膝盖发抖,嘴里发干,什么也看不见,除了刺了文身的手臂和手臂后头小伙子的笑脸。

"他掐我的脖子,"她心想,"他是想掐死我拿走钱包。"

她感觉自己快要昏死过去了,分不清是恐惧还是燥热的快感。

最后她虚弱地倒下,而他双手接住她,把她推到一堆无烟煤上,在这个黑黢黢的地窖里占有了她娇嫩、雪白的处子之身。

当她之后在楼梯上碰到她父亲时,后者惊讶地看到女儿浑身被煤弄得脏兮兮的,笑着扑上来搂住他的脖子。她被玷污了,弄脏了,却很开心。

他们又见面了。一个月后,她借口去一个女同学家度假，溜去会她英俊的伐木工，随身只带了搭在肩上的那件衬衫。

艾蒂安不是一个敏感的人，但新女友异常的举动还是惊到他了。她没有必要频频出现在锯木厂里。她不是每天早晨把中午吃的快餐塞到他的布挎包里，而是更喜欢亲自给他送饭，并坐在其他伙伴中间和他一块儿吃。姑娘年轻貌美，一看就是个富家女，这显然大大满足了他的虚荣心。本来午休结束再开始干活，她就应该悄悄走人。可她不，她围着机器转来转去，喜欢用手指摸摸锯齿，看它们够不够尖，够不够利，了解锯缝的宽度、带锯条的张力，摸摸因为总是受到剧烈摩擦变得无比光滑锃亮的锯条两侧。然后，她抓起一把锯屑放在手上，感受它们的清新、蓬松和弹性，她把锯屑放到鼻子底下，闻一闻它们散发出来的森林的气息，之后任由它们从她的指间溜走。人们竟然可以用紧实致密的树干制造出这如雪花般的絮絮，这真是令她心醉神迷的奇迹！

但是，没有什么比圆锯深入劈柴中心发出短促的轰鸣声、十二根平行的锯条锯向在刀架上前进的原木边材时发出的令人眩晕的喘息声更令她痴迷的了。

负责设备维护的是苏罗老爹。他过去是细木工，也曾过过好日子，但自从他妻子死后，他就酗酒成瘾，靠给锯木厂磨锯条勉强度日。梅拉尼想方设法笼络他。她去他的破房子里看望他，帮他做一些小事，以博取他的欢心。老实说，她知道自己想要什么，但估计没人能理解她千方百计让他帮她实现的那个伟大计划。她最终让他重拾"单簧管"，他这样称呼他的那堆工具，把工具都磨一磨，然后开始干活。是啊，他也许要花上好几年时间才能确保顺利完成他此生的杰作。

夏天在火热的阳光和爱情中度过，苏罗计划也在秘密进行。梅拉尼和艾蒂安的拥抱似乎永远不会结束。热恋一直持续到多雾的秋天，持续到夜雨打在他们茅屋屋顶的盖板上噼啪作响，持续到这个多雪、到处白茫茫一片的冬天。

三月初，艾蒂安和老板吵了一架后卷铺盖走人了。他出去找工作。他听说松木镇[1]在招人。他答应等他一安顿好就过来接梅拉尼。但她从此以后就没有了他的消息。而且祸不单行，苏罗老爹住院做了胸膜炎穿刺。对老年人而言，春天往往很难熬过去。

但梅拉尼没打算回父亲家住，她和父亲很少通信。到目前为止，爱情美妙的惊喜、锯木厂里疯狂的举动，还有因这两件事而起的苏罗计划，都在她现在的生活和仿佛泡在灰水里的父亲的房子之间，竖起了一堵墙，在她的记忆中，父亲的房子就像是一叶被虫蛀过的、搁浅的方舟。

但是，在春天不断袭来的刺骨潮湿的寒风中，空虚再次无情地将她包围。解冻后的森林黑黢黢的，带着令人不安的荒凉，茅屋也被这种氛围感染了。一天，梅拉尼惊讶地发现自己做了那个致命的动作：她打哈欠了，她惊恐地认出了这个信号，它问候并召唤如潮水般汩汩涌来的烦恼。用孩子气的小把戏来应对——柠檬、芥末——的时代一去不复返了。

---

[1] 松木镇（Haras du Pin）：位于法国诺曼底中心地区，被誉为"马术世界的凡尔赛"，以国家种马场而闻名。

既然她现在自由了,她本应该逃走的。但逃去哪里呢?因为这就是烦恼有毒的威力:它有很强的传染性,把它有害的冲击波蔓延到全世界、全宇宙。没有一个地方、没有一样东西能逃脱它的魔爪。

梅拉尼在工具间东翻西找,在那里,大大小小的斧头、楔子、锯子都在等着归期渺茫的艾蒂安。梅拉尼找到了解决之法,那是一根绳子,一根由制绳工坊制造的、好看的、崭新的、带着光泽的绳子,绳子的一头好像故意做成一个环状,把绳子的另一头从这个环里穿进去,就成了一个很适合上吊自尽的活结。

她激动得浑身颤抖,把绳子挂在屋顶的主梁上。活结在离地二点五米高的地方荡来荡去,这个高度很理想,因为只要站在一把椅子上就可以把头伸进活结里。梅拉尼还真搬了一把最好的椅子放到那个结的正下方。然后,她坐在屋里的另一把椅子上——这张椅子有点长短腿——欣赏着自己的作品。

并非这两样东西——绳子和椅子——本身有什么好看的。值得欣赏的是这把椅子和这根笔直垂下来的麻绳配,还有它们散发出来的毁灭气息。她陷落在一种心满意足、形而上学的沉思中。准备自己的死亡,硬生生用一个看得见、摸得着的屏障遮住此后凄凉的余生,用一道堤坝挡住时间的死水,这样,她的烦恼就一了百了了。绳子和椅子让她的死亡变得具体,死亡的临近赋予了她当下的生命无与伦比的浓度和热度。

她感受了几星期要上绞刑架的幸福。但当她看到难得一见的邮差出现在眼前时,死亡的魔力开始消散了。他给她带来了她最要好的女友的一封信。雅克琳娜·奥特兰被任命为邻村的女教师，负责教第三学期的课程[1]，她将独自住在学校的二楼。如果梅拉尼同意去她那里待几天，帮忙收拾安顿，她会很开心。

梅拉尼打好包袱，把茅屋的钥匙藏在一个艾蒂安知道的洞里，就动身去找她的女友了。

雅克琳娜的接待和村里的春光让她忘记了萦绕在脑海的执念和可怕的解脱之道。她的确是把悬在椅子正上方的漂亮绳子留在锁了门的黑乎乎的茅屋里了，但那根绳子就像在等待，仿佛算准了她必定会回来。当女友去上课时，梅拉尼就照看家里。后来，她对孩子们感兴趣，开始给学习跟不上的学生补课。在经历了从夏天持续到冬天的爱情之后，她在春回大地的季节发现了友情。在生命的这两个节庆之间，是一片影影绰绰、令人恶心、死气沉沉的沙漠，只有一根一头打了活结的绳子才能让这个沙漠变得可以居住。

雅克琳娜和一个正在共和国治安部队培训的小伙子订了婚。这个春天，她利用假期去阿尔让唐的兵营看过他两次。一天，他带着他的钢盔、橄榄帽、警棍和又大又鼓的手枪枪套突然到来。两个年轻姑娘拿他的这身行头寻开心。

他一共休三天假。第一天，这对未婚夫妻一直在秀恩爱，又是笑，又是抚摩。当场面变得过于香艳时，梅拉尼就想办法溜走。第二天，小伙子坚持要和两个姑娘一起去远

---

[1] 法国一学年分为三个学期，暑假开学到圣诞节为第一学期，圣诞节后到复活节为第二学期，复活节到暑假为第三学期。

足，尽管雅克琳娜显然更愿意待在家里，好充分利用难得团聚的时光。第三天，她对梅拉尼大发脾气，责怪她试图把太过天真的治安部队士兵的注意力转移到她身上。突然出现的小伙子加入了争吵，笨嘴拙舌地为梅拉尼辩护，结果让他的未婚妻失望透顶。当他踏上回阿尔让唐的归途时，他留下了一大堆乱糟糟的感情问题。

梅拉尼已经没法考虑和雅克琳娜再一起住下去了。她在阿朗松安顿下来，在这一学年接下来的两个学期里，她在一所私立学校教书。

之后暑假来临，学校、街道、整个小城都空了，梅拉尼发现只剩下自己一个人孤零零地在白色、无情、灼热的阳光下。在梧桐树落满灰尘的枝丫间，在广场高低不平的街石间，在被阳光侵蚀的斑驳的墙上，露出那张无聊苍白浮肿的面孔。

梅拉尼感觉自己越来越消沉，最近发生的事情萦绕在她心头久久不去。当她回想起雅克琳娜未婚夫的样子时，很奇怪，最先出现在她脑海里的总是那个鼓鼓囊囊的枪套。她写了信，寄到他在阿尔让唐的兵营，约他见一面。他回了信，还写了会面的日期、时间和咖啡馆。

如果他以为这是一段风流韵事的开始，那他可要失望了。梅拉尼跟他解释说，恰恰相反，她想消除一切误会，试图修复雅克琳娜和他之间的感情，过去她可能破坏了两人的感情，但那是无心之失。她请他尽快和他的未婚妻恢复交往，并把两人和好的消息告诉她。那样她压在心里的石头就放下了。

随后她又灵光一闪。为什么不让他马上从咖啡馆打个电话给雅克琳娜呢？这样她就知道梅拉尼的良苦用心了。

他先是弱弱地反对了一下，之后耸耸肩，站起来朝电话间走去。他把橄榄帽、钢盔、警棍和鼓鼓囊囊的枪套都留在桌上。

梅拉尼等了一会儿。电话想必很难打通，因为小伙子迟迟没有回来。说实话，她的视线无法从鼓鼓囊囊的枪套上挪开，枪套就这样鼓鼓地、无辜地躺在桌上。突然她忍不住诱惑。她把那玩意儿塞进她的手提包，飞快地朝门口走去。

回到她在阿朗松的小房间，完成任务的满足感让她内心平静了好几天。但她难以忘怀的，是在劝和这对未婚夫妻的同时，自己彻底失去了他们的友情。相反，手枪成了很大的慰藉。每天，她都在焦急和预知的快乐中颤抖地等待那一刻的到来，时间一到，她就拿出那个美妙又危险的玩意儿。枪怎么用她一无所知，但她有的是时间和耐心。光溜溜的枪摆在桌上，仿佛散发出一种能量，把梅拉尼包裹在一阵意乱情迷的燥热之中。它外观小巧，制作精良，修士一样肃穆的哑光黑，拿起来很称手，握着也舒服，所有这一切赋予了这个武器一种不可抗拒的**满怀信念的力量**。用这把手枪结束自己的生命该多美妙！此外，枪是雅克琳娜未婚夫的，梅拉尼的自杀会让她的这两个朋友终成眷属，就像她活着的时候差点儿让他们分手。

手枪没有上膛，但枪套里有一个装了六发子弹的弹夹，梅拉尼早早就发现了枪托上装弹夹的卡口。咔嗒一声告诉她弹夹已经装好。之后，到了她感觉再也不能推迟试枪的那一天。

一大早她就去了森林。走到林中一块空地的边缘，远离道路，她从手提包里掏出手枪，用两只手握着，尽量伸得远远的，然后闭上眼睛，使出浑身力气扣动扳机。什么动静也没有。或许枪上有保险。她仔细摸着枪托、枪管、扳机。终于摸到一个凸起的东西滑向枪管，露出一个红点。这应该就是保险了。她又试了一下。扳机被她的手指扣动了，而枪突然跟疯了似的，在她手中向后一冲。

枪声对梅拉尼来说太响了，但子弹在本该击中的树木和矮树丛里并没有留下丝毫痕迹。

梅拉尼浑身颤抖，把手枪放回包里，继续走。她两腿发软，不过她不知道这是因为害怕，还是因为快乐。她拥有了一个获得解脱的新工具，比绳子和椅子不知道要先进和实用多少倍！她从来没有这么自由过。她的牢笼的钥匙就在这里，在她的手提包里，在卸妆用品、钱包和太阳镜旁边。

走了一百米左右，她看到一个老先生朝她大步走来，他的穿着打扮既像是渔夫又像是登山者，斜挎着一个植物学家用的圆筒盒。他一见到她就跟她攀谈起来。

"怎么回事儿？您没有听到一声枪响？"

"没有，"梅拉尼撒谎道，"我什么也没听到。"

"奇了怪了。尤其是枪声好像是从您来的方向发出来的。我还担心自己耳背呢！罢了罢了，就当是我出现幻觉好了，是啊，怎么说的来着，出现了幻听。"

他用一种讽刺的夸张语气说出最后两个字，并怪笑一声

作为结束。随后,他看到梅拉尼的手提包:

"您也在找蘑菇?"

"是的,是在找,蘑菇。"梅拉尼连忙又撒了一个谎。

突然,她灵光一闪,说得更加明确:

"我尤其想知道如何辨认毒蘑菇。"

"好吧,毒蘑菇!对于一个真正的真菌学家而言,它们很少见,几乎不存在!您知道吗?我们学会里的一些朋友和我本人,我们经常举办夜宴,有几道菜全是用号称致命的毒蘑菇做的——只要烹饪得法,也许还要吃的时候不能提心吊胆。恐惧会让身体变得脆弱,这是众所周知的。总之,这是行家们给自己找的乐子。"

"毒蘑菇这么人畜无害吗?"梅拉尼的声音中透着一丝失望。

"那只是对我们,对我们这些真菌学家而言!但对普通人来说,万万不可!这就有点像马戏团里的猛兽,不是吗?驯兽师可以走进笼子,扯它们的胡须,但参观的人要是敢这么做,那可要倒大霉了!"

"您真有趣!"

老先生名叫阿里斯蒂德·高克班,在圣母修女会路开了一家古玩店,离童年耶稣的圣特雷兹[1]出生的故居不远。他

---

[1] 童年耶稣的圣特雷兹(Sainte Thérèse de l'Enfant Jésus, 1873—1897):玛丽-弗朗索瓦兹-特雷兹·玛丹(Marie-Françoise-Thérèse Martin),生于法国诺曼底地区的阿朗松,法国圣衣会修女,1925年被教皇宣布为圣人。

属于那种知识渊博、对什么都好奇的人。在藏龙卧虎的外省小城，这类人才还真不少。他把自己最有才华的一面留给学会，提交了很多内容丰富多彩的报告，从植物学的奇观到神秘主义者晦涩难解的天书，什么都有。

他很高兴找到一个陌生人愿意听他侃侃而谈，自然不肯马上放梅拉尼走，于是两人一边聊天，一边肩并肩走了好长一段时间。当她回到她那个简陋的住处时，包里的手枪已经完全被她和老先生一起采的牛肝菌、鸡油菌和小伞菌这些香喷喷的食物盖住看不见了。但她坚持要带回三朵青灰色的担子菌和两朵鬼笔鹅膏菌，自然是放在一个塑料袋里和其他菌菇隔开，它们可是灌木丛里最可怕的"杀手"。

傍晚，她把手枪从枪套里取出来摆在桌上，把五朵毒菌菇放在一个盘子里。寂静的暮色裹住了她的孤寂，但这些致命的东西散发出一种她很熟悉的令人振奋燥热的光芒。她又感到那股她曾经在茅屋里面对绳子和椅子时产生的冲动，欲仙欲死的战栗。但现在，她走得更远了，跟死亡更亲近了。

她先是被一种仿佛把这两种东西拉近的神秘的共性弄得心绪不宁。它们都简单有力，都有一种昏昏沉沉、半睡半醒的活力，这种活力藏在似乎很难盛装它们的外形里，而它们的外形又让人浮想联翩。手枪这种手握武器厚实的外形和蘑菇肉嘟嘟圆滚滚的样子都让她想起第三样东西，那样东西久久地藏在她记忆的最深处，但她最终还是把它赶了出来，虽然免不了难为情脸红，那就是艾蒂安·荣歇的性器，在那段悠长的日子里给过她那么多幸福和甜蜜。就这样，她发现了爱情和死亡之间有一种很深的默契，艾蒂安漂亮的胳膊上那些吓人、艳俗的文身赋予了他们拥吻的真正意义。艾蒂安在森林的景色中找到了她正确的位置，这个位置的中心就是绳子和椅子。

毒蘑菇、手枪、绳子，这是三把打开另一个世界三扇门的钥匙，三扇门都宏伟、气派、风格各异。

毒蘑菇是软软的、变形的钥匙，对应的那扇门仿佛一个巨大的又圆又软的肚子。它像是为了歌颂消化、排泄和性爱而立起来的一个大大的解剖台。这扇门只是慢慢地、懒懒地打开一条缝。只有通过吃毒蘑菇、吸收毒蘑菇，梅拉尼才能像一个拼命想要倒着出生的婴儿，用坚持不懈、古灵精怪的法子，钻进那条窄窄的缝里。

第二扇门是铜铸的。黑漆漆的、平平的，竖在一个熊熊燃烧的秘密面前岿然不动，秘密从钥匙孔里透出令人不安的微光。只有一声可怕的爆炸声，贴在梅拉尼耳朵上发出的一声巨响，才能一下子打开这扇门，露出一片火海的景象，大火炉里炽热的火光直蹿，还有一团团硫黄硝石的烟云。

第三把钥匙是绳子和椅子做的，简朴的外表下隐藏着和大自然最直接、最深切的默契和丰富蕴涵。把头伸进麻绳打的圈套里，梅拉尼就会发现森林腐殖土的隐秘，因雷雨的雨水变得肥沃，因圣诞节的严寒而变得坚硬。这是一个散发着树脂和篝火气息的彼岸，回荡着大风刮过大树发出的管风琴般的轰鸣声。当梅拉尼成为悬在伐木工茅屋主梁绳子上坠着的一堆腐肉和白骨时，她将在这个由匀称的树顶和摇曳的枝丫、笔直的树干组成的复杂的宏大建筑中找到自己的位置，这个建筑叫：森林。

高克班曾经邀请梅拉尼去看他。一天晚上，当她推门进去的时候，门碰到里面的一串管子，发出一阵银铃般的乐声。整个天堂里的彩色石膏圣像都张开手臂或抬起祝福的右手欢迎她。上百个大大小小的修女特雷兹像的复制品，穿着圣衣会修女服，紧紧握着带耶稣像的十字架，抬眼望向天花板上的线脚。

"因为她就诞生在离这儿两步远的地方，"高克班热忱地解释道，"在圣布莱兹路42号。如果您愿意，我们可以一起去参观她的故居。"

梅拉尼一脸惊愕地向他表达了谢意，她的表情没有逃过他的眼睛，他明白自己把话题引错了方向，在这种情况下，他不该摆出虔诚的古玩商的姿态，而应该表现出哲学家的风度。如果他想了解这位奇特的姑娘的个性，就应该睁大眼睛，显得谦逊。这个姑娘独自一人在森林里走，开枪射击，对采毒蘑菇情有独钟，肯定不是普通人。可惜谈话似乎很难进行下去，因为她更想从他那里了解一些简单明确的东西而不是谈论她自己。

一刻钟后她就离开了，但她隔了一天又来了，他们的关系渐渐亲密起来。高克班把梅拉尼时不时向他透露的简短经历串联起来，越听越觉得惊讶。年龄的差距和古玩店里祥和的氛围让梅拉尼感到安心，使她袒露心扉。有一天，她告诉他,她给孩子们上课,他忍不住吓了一跳。因为此前她已经让他大概知道了她和文身的帅小伙的艳遇,还有她对绳子和活结的痴迷。"可怜的孩子们!"他心想,"但不管怎么说,完全正常的人在教育界真的很罕见,或许,孩子们,这些我们当中受到宽容的半疯子[1],由一些怪人来教育很正常,甚至更好。"

后来,她又跟他说了螺旋式楼梯、窄窗、让她看到花园里景象迥然不同的彩色窗玻璃。"康德!"他心想,"感性的先天形式!她十岁时就无师自通地发现了先验哲学的要义!"但当他试图给她讲解康德哲学的时候,他明显看出来,她并没有注意听,甚至根本就不想听。

再追溯到更久远的记忆,她委婉地提到了她小时候的好恶:喜欢柠檬,讨厌糕点,提到有时像灰暗油腻的潮水般淹没她的无聊愁绪,提到她最初在刺激性的食物和饮料中隐约发现了些许让人兴奋愉悦、提神醒脑的慰藉,之后在母亲的死亡中醍醐灌顶。

这时他不再怀疑她有一种天生的形而上学的禀赋,且这种禀赋对任何本体论都有一种本能的排斥。他试图让她明白,她身上体现了千年来两种思维方式天然的对立。从西方人文最久远的黎明起,两股思潮就相互交织、相互对抗,一

---

[1] 这个对孩子的定义出现在让·波朗(Jean Paulhan)给《O的故事》作的序中。这里显然是记忆的再现,但是想到高克班或许读过波琳·瑞(Pauline Réage)的小说也不足为奇。

股以埃利亚的巴门尼德[1]为首，另一股以爱非斯[2]的赫拉克利特[3]为首。对巴门尼德而言，现实和真理溶在静止不动、庞大、有认同感的存在之中。这种僵化的看法让另一个思想家赫拉克利特深恶痛绝，他在颤动、轰轰作响的火焰中看到万物的雏形，在哗啦啦唱着歌的清澈流水中看到创造不息的生命的象征。本体论和形而上学——基于存在和超越存在——一直以来都是两种智慧和两种思辨的彼此对立……

当他这样说的时候，他完全沉浸在自己谈论的崇高主题中无法自拔，梅拉尼用一双阴郁多情的大眼睛盯着他。他原本可以相信她在听他讲话，痴迷于自己为她描绘的令人眼花缭乱的肖像。但他到底是敏锐的、清醒的，他知道自己脸上有一个小疣，疣尖上长了一根红棕色的长毛，只要看一眼梅拉尼，他就明白她盯着看的只是这个难看的小疙瘩，而他说的话少女一个字都没有听到心里去。

显然没有，应该承认，梅拉尼没有哲学家的头脑，尽管她天赋异禀，可以自然而然地、不自觉地、本能地感受到

---

[1] 巴门尼德（Parmenides of Elea，约前515—约前445）：出生在埃利亚（今位于意大利南部沿岸的古希腊城市）的古希腊哲学家，埃利亚学派的主要代表之一，他认为世间一切变化皆幻象，因此人不可凭感官来认识真实。
[2] 爱非斯（Ephesos）：又译以弗所，是吕底亚古城和小亚细亚西岸的古希腊重要城邦。
[3] 赫拉克利特（Heraclitus，约前540—约前480与前470之间）：古希腊哲学家，爱非斯学派的创始人，认为"火"是万物的本原，万物从永恒的活火产生而又重新分解为火。在欧洲哲学史上，首次提出对立面的统一与斗争的学说。

永恒思辨的重大问题。令她痴迷的富有哲理的事实,坚定不移地指引着她的命运,对她而言是无法用观念和词语来说破的。她是天才的形而上学者,但她停留在未开化的状态,永远上升不到用言语表达的阶段。

她不再去看望高克班了。高克班对此也并不感到惊讶。他的话并没有在少女的心里留下什么影响,他知道两人的交往不过是一种说不清道不明、不可预见的机缘巧合。但他最终还是忍不住去敲她住的小房间的门。一个邻居对他说她已经搬走了。

她是受到了什么本能的提醒,决定回埃库弗森林的茅屋的呢?或许很大原因是一个突然出现在她脑海中挥之不去的想法。

只有死亡的前景,用一个特殊工具实现的某一种死亡的前景,才能让她摆脱要淹没她的对存在的厌恶。但这种解脱只是暂时的,渐渐失去了它的效力,仿佛因和空气接触而变质的药,一直到另一把"钥匙"带着一种新死法的许诺,一个更适合年轻人、更清新、更令人信服、有口皆碑的许诺出现。但是,这个游戏显然不能长期这样玩下去。所有这些没有兑现的许诺,所有这些错过的约会,总有一天还是免不了要到来。在存在的泥潭里沉没,当梅拉尼再次感到这一威胁时,她把自杀的日子和具体时间定了下来:十月一日[1],星期

---

[1] 这是童年耶稣的圣特雷兹的节日。或许在梅拉尼的心里,对她的老友高克班有一种令人感动的关心,但谁能担保他真的欣赏这样的关心。——原注

日，正午。

想到这个承诺一开始让她很恐慌。但随着她越来越认真地考虑这件事，她的决心也渐渐变得坚定，她越来越感到有一股力量和一种快乐像波浪一样，一浪推一浪，越来越汹涌地鼓舞着她、激励着她。主要是这个感觉支配了她的行动。死亡，尽管还很遥远，就其确定性，就其发生日期的精准性而言，已经开始了它改头换面的工作。这个日期一旦确定，每天，每小时，这种仁慈的光芒都在增强，就像迈出的每一步都让我们离欢乐的熊熊火焰更近，让我们更能感受到它的光与热。

就这样，她回到了埃库弗森林，曾经在那里，她先是感受了艾蒂安有文身的臂膀的拥抱，之后在凝视绳子和椅子时体会到了终极迷醉所预示的幸福。

到了9月29日那天，一个突如其来的上天的安排令她惊喜万分。一辆小卡车停在茅屋门口。一个坐在司机身边的老人从卡车上下来，敲响了她的房门。是苏罗老爹，他之前的病不过是对他身体的一个严重警报。两个男人从车子里把一个高高的、易碎的、沉甸甸的东西抬下来，搬到了茅屋的客厅里，那东西用黑布裹得严严实实的，就像一个高大、僵硬、庄重的寡妇……

"如果我不怕发一通怪论的话，"年轻医生放下听诊器说，"我猜她是笑死的。"

接着他解释说，笑可分为不同的等级，第一级的笑的特点是口轮匝肌和原本处于收缩状态的笑肌、犬牙肌、颊肌突然扩张，同时伴随断断续续的呼气。但是到了第二级，肌肉收缩会蔓延到面神经牵动的所有部位，甚至会蔓延到颈部肌肉，尤其是颈阔肌。到了第三级，笑会牵动全身，让人流泪，小便失禁，横膈膜收缩引起痛苦的痉挛，损害肠道和心脏。

对围在梅拉尼·布朗夏尔尸身旁边的目击者而言，这堂可笑的生理课对他们每个人的意义都很不相同。他们认识梅拉尼，因此比医生本人更清楚，笑死的这种看似荒谬离谱的理论跟死者古怪的性格倒是很搭。她的父亲，腼腆又心不在焉的老公证人，仿佛又看到那个春日，她衣衫不整，脸上和胳膊上沾满了煤屑，像疯子一样笑着扑过来搂他的脖子的样子。艾蒂安·荣歇回想起她用手抚摩锯木厂最吓人的锯条时露出的奇怪而幽深的笑容。女教师想到小姑娘大口咬柠檬时忍不住流露出来的满足销魂的怪样。而阿里斯蒂德·高克班试图用亨利·柏格森在《笑》[1]一书中阐述的理论来说明这个特例，根据柏格森的理论，滑稽是镶嵌在活的东西上面的机械的东西。只有雅克琳娜·奥特兰什么也不理解，她趴在未婚夫的肩膀上抽泣，她认定梅拉尼也爱上了这个小伙子，但为了他们的幸福牺牲了自己。至于苏罗老爹，他惦记的只是

---

[1] 亨利·柏格森（Henri Bergson，1859—1941）：法国哲学家、作家，倡导生命哲学，1927年凭借哲学著作《创造进化论》获诺贝尔文学奖。《笑》（也译为《笑论》《笑——论滑稽的意义》《笑与滑稽》）是他1900年出版的作品。

他这辈子木匠生涯的杰作,他的眼睛从鸭舌帽的帽舌下盯着把房间尽头填满的那件杰作的黑影。

在死之前,梅拉尼给他们每个人都发了一封临终通知信,告诉他们她自杀的日期和时间,但信寄出时为时已晚,谁也来不及赶来阻止她。因此,他们是在艾蒂安·荣歇——只有他一个人没有收到通知信——回来取工具,发现尸体后,才一个个陆陆续续来到森林茅屋的客厅里。

绳子还一直悬在天花板上,那根好看的、上过蜡的新绳子,挂下来的一头打了一个标准的活结。床头柜上摆着手枪——弹夹里只少了一颗子弹——和一个茶碟,里面盛着五朵开始变干的蘑菇。梅拉尼毫发无伤地躺在大床上,被突发的心脏病夺去了性命,但她满脸快乐的表情并没有消隐。事实上,她似乎翱翔在不用再苟活下去的喜悦之中,这样的死法不需要借助任何粗暴的方法就迈出了关键的一步。

"这是什么?"医生最后指着那个"寡妇"问道。

苏罗老爹走上前去,用新婚丈夫亲手给新娘子脱衣服的那种细心又温柔的动作,把裹住那个东西的黑棉布取下来。每个人都愣住了,认出那是一架断头台。不过那不是一架普通的断头台,而是倾注了爱意,用果木精心打造的供观赏的断头台,用燕尾形榫头接得严丝合缝,上过蜡,用岩羚羊皮擦过,涂了古香古色的涂料,是一件真正的细木工杰作。断头台上的刀锋寒光凛凛,外形毫厘不爽,透出一丝残酷冰冷的气息。

作为资深的古玩商,高克班注意到夹住刀身上下滑动的两块木板是按照古代的式样装饰的,叶饰和花枝图案相映成趣,架在顶上的那根横木也颇有古希腊时期柱顶盘的下楣的味道。

"此外,"他赞叹地喃喃道,"它有路易十六时代的风格!"

大松鸡

三月末的一个上午，雨夹着冰雹噼里啪啦地打在阿朗松练剑房的玻璃天窗上。房中，第一猎骑兵团的顶尖击剑高手正在文雅又激烈地交锋。同样的装束：膝盖下绑紧的马裤，带软垫的护胸，网格状的面罩掩盖了爵位、军衔甚至年龄。这两个吸引了其他剑手注意力的高手几乎可以被当成是一对孪生兄弟。但凑近了看，其中一个显得更干脆利落、更矫健、更灵活，而且他正将对手逼得节节败退。他的对手后退，回击无效，再后退，最终垂下手臂，被对方一个长刺击中。

掌声雷动。击剑双方摘掉面罩。落败的是一个面色红润、鬈发的小伙子。他扯下手套，也为胜利者鼓掌。战胜他的是一个头发花白的消瘦男子，六十出头，老当益壮。人们围住他。在朝他涌来的一片欢呼声和祝贺声中，有热情友爱，有羡慕崇拜，还有尊敬亲切。他神采奕奕，谦逊又开心，站在一群论年纪都可以当他儿子的剑友中间。

但他并不总是甘心接受这些年轻人推他出来扮演的老神童的角色。说到底，周围胜利的欢呼声甚至会惹恼他。他就曾堵得小尚布赫哑口无言。再说，为什么总要不断地提醒他，他们之间有四十岁的年龄差距？人是多么不愿意服老啊！这一点在他一小时后告辞时大家看得一清二楚。门一开，出现在眼前的就是灰蒙蒙的雨帘，雨下得又密又急，一时半会儿估计不会停。他正准备就这么出去淋雨。尚布赫冲过来，手里拿着一把雨伞。

"上校，拿着这个！明早我派人到您家里去取。"

他犹豫了片刻。

"雨伞？用不着！"他抗议道，"雨伞适合你这个年纪的人，年轻人。而我，我在伞下像什么样？"

说完他就英勇地、头也不低地冲进了暴雨中。

纪尧姆·乔弗瓦·艾蒂安·埃尔维·德·圣弗尔西男爵上校和本世纪一起诞生在诺曼底一个同名村庄的家族城堡里。从1914年起，他就为自己太年轻而不能入伍、不能和普鲁士皇帝一样叫纪尧姆这个名字而感到痛苦，他把这当成是双重的不幸。但他还是遵从父亲和祖父的传统，也进了圣西尔军校。虽然他的数学成绩很差，怎么请人给他补课都无济于事，但毕业后他还是当上了骑兵中尉。不过他在社交沙龙、剑术和马术比赛方面大放异彩。他主要的马术奖杯都归功于一匹名噪一时的牝马。长期以来他让小花[1]经历的每一次考验都抵得上一个银杯。"我爱它胜过爱一个女人。"有时他会这样说。但这只是随口开的玩笑，因为他爱女人，他爱她们

---

1 牝马的名字（Fleurette）。

胜过一切。骑骑小花，练练花剑，给女人献献殷勤，这就是他全部的生活。不过，还应该加上打猎，因为男爵是这个地区最有名的神枪手之一。而且在他霸气十足的言谈中，他会把一切都扯到一起。比如他解释说，征服一个女人就跟制服一匹马一样——首先控制住嘴，然后臀部自然就顺服了——或者像猎杀一只大松鸡（**第一天，我把它从窝里赶出来，第二天我让它疲于奔命，第三天，我开枪打中它**）。因为他的这些论调，同时也因为他的罗圈腿和他总是高高挺起的胸脯，大家都亲切地叫他"大松鸡"。

他很年轻就结了婚，太年轻了——在他的一些朋友看来太年轻了，因为他二十二岁就娶了奥古斯蒂娜·德·丰塔纳小姐，她明显比他年长，不过是个富有的遗产继承人，至少希望如此。让他们很悲伤的是，他们没有孩子。1939年他是现役军官，曾经战功赫赫，但1940年的大溃退让他身心都受了重创。对他而言，当时只有唯一一个可能的救星：贝当元帅[1]。因此战争一结束，他就提前退役了。

从那以后，他就一心一意地经营起妻子继承的产业。他用骑马、练剑和调情来打发外省无聊的生活，虽然一年年过去，女人的确也越来越难追了。因为对一个成天在外面打拼的男人而言，窝在家里等同于自暴自弃，而衰老就意味着毁灭。

这个故事发生在纪尧姆男爵人生的最后一个春天。

---

[1] 贝当（Henri Philippe Pétain，1856—1951）：法国陆军元帅、军事家、政治家，法国维希政府的元首，第一次世界大战中的民族英雄，二战期间推行绥靖政策，成为和平派投降政府的首脑。

大松鸡

在朝向花园的那扇窗户前,德·圣弗尔西男爵夫人和杜塞神父的背影是两个不同的图形——一个是方的,一个是圆的——这和他们各自的性格竟然惊人地吻合。

"这个冬末异常湿润,"本堂神父说道,"对牧场而言真是老天爷开恩。在我的家乡,村子里的人都说:'二月雨水赛厩肥。'不过确实,一切还是黑乎乎的,一派冬天的萧瑟!"

男爵夫人似乎从斗嘴中找到一种令她精神振奋的乐趣,而跟杜塞神父斗嘴是多么愉快啊!

"是的,今年春天迟迟不来,"她语气肯定,"这样更好!瞧,这花园看起来多宁静、多整洁。一切还保持着秋天时我们打理过的模样。您瞧,神父,冬季来临前打扫花园,就有点像入殓前给死人梳洗打扮!"

"我不同意您的说法。"神父反驳道,他总担心男爵夫人有时候有点想入非非。

"过个一两周,"她继续坚定地说道,"杂草就会丛生,草坪将漫到小路上,鼹鼠将四处打洞,还要驱赶燕子,它们每年都热衷于在窗檐和马厩里做窝。"

"是啊,但绽放的生命多美啊!看看李子树下最早盛开的点点黄色的番红花。还有我住处的花园,那里开的全是白色花朵。最早是水仙,之后是丁香,接着自然是玫瑰,**神秘的玫瑰**[1],最后,尤其是,啊,百合花,圣母玛利亚忠贞的丈夫

---

1 原文为拉丁文:rosa mystica。

圣约瑟夫的百合花,纯洁、天真、无邪的花……"

仿佛神父的这些话让她有些词穷,男爵夫人离开窗边,走到沙发跟前坐下,剩下神父一个人待在原地望着花园。

"纯洁、天真、无邪!"她叹了口气,"真得是像您这样的圣人才能在春季看出这些。塞雷斯蒂娜!塞雷斯蒂娜!怎么回事,茶呢?可怜的塞雷斯蒂娜,她现在动作可真慢啊!自然耳朵也聋了。让她过来伺候要喊破喉咙才行。有时我会想,您是不是把圣洁和天真无知混为一谈,听您上教理课的那帮小浑蛋是不是比您这位神父更清醒!的确,今天的年轻人……甚至您教导的那些虔信圣母玛利亚的少女。有一个……她叫什么来着?朱利安娜……阿德里安娜……多纳蒂亚娜……"

"吕西安娜。"神父用几乎听不见的声音喃喃说道,没有回头。

"吕西安娜,啊,是的。所以,您明白我想说什么了。好吧,似乎您是唯一一个没有发现她的肚子已经藏不住的人,甚至穿她母亲的裙子都不行,而要不了几个星期,您那位虔诚的少女……"

神父突然离开窗边,朝她走过来。

"请别再说了!您在谈论丑闻。丑闻就是在我们用没有爱的目光看待身边人时滋生的。是的,小吕西安娜今年夏天要当妈妈了,我知道该为此负责任的男人是谁。但我决定装作什么也没看见。因为如果我看见了,我就要把她赶走,甚至要去警察局报案,那结果对好几个人而言都是毁灭性的,而首当其冲就是她。"

"请原谅，"男爵夫人让步了，但仍心有不甘，"恐怕我目光中的爱永远不够多。"

"那就闭上眼睛！"神父用惊人的威严打断她。

塞雷斯蒂娜托着茶盘走进来，分散了他们的注意力。她笨拙地放下茶壶、茶杯、糖罐、牛奶和水壶，然后退了出去，心里清楚自己笨手笨脚惹男爵夫人不高兴了。

"这个老实巴交的塞雷斯蒂娜！"她耸耸肩说道，"在同一户人家勤勤恳恳、忠心耿耿干了三十年。不过她现在已经到了退休的年龄了。"

"以后她该怎么办啊？"神父问道，"您需要我把她推荐给圣卡特琳娜养老院的院长嬷嬷吗？"

"也许以后吧。她要回她女儿家养老。我们会继续付工资给她。看看她是否能留在那里。那将是最好的解决方案。如果她和子女处不好，到时我再跟您说。我现在发愁的是谁来接替她。"

"您已经有人选了？"

"绝对没有。我已经去教区的职业介绍所试过一次了。那些姑娘什么活儿都不会干，但提的各种条件离谱得很。太——离——谱。而且，"她压低声音又补充了一句，"还有我丈夫呢。"

神父吃了一惊，有点担心，朝她俯过身去。

"男爵？"他轻声问道。

"唉，是啊，我也得考虑他的喜好。"

神父的眼睛都瞪圆了。

"选女佣您得考虑男爵的喜好？可是……什么样的喜好？"

男爵夫人朝他凑过去，悄悄透露道：

"他对女佣的喜好……"

神父不只是惊讶，简直惊呆了，挺直了他的小身躯。

"我希望自己没明白您的意思！"他嚷起来。

"不过，是为了避免他的这种喜好有机可乘！"男爵夫人气愤地解释道，"我绝不会让一个年轻漂亮的姑娘进我家的门。这种事之前只发生过一次，大概……呃……在十四年前。简直是地狱！家里成了一个名副其实的妓院。"

"真要命！"神父感慨道，松了一口气。

"我在《奥恩觉醒报》上登了一个广告。我想，从下周起就会有人来应聘了。哟，我丈夫回来了。"

男爵的确出现在客厅里。他穿着马裤，手里挥舞着马鞭。

"您好，神父，您好，亲爱的！"他愉快地叫道，"我有两个大消息要告诉你们。第一是我那匹不满三岁的小牝马刚刚成功跃过石头垒的田埂。这个小家伙！一周以来它一直在逃避。明天，我要让它去赛场试试跳障碍。"

"到头来您会把脖子摔断的，"男爵夫人预言道，"等到您需要我用小车推着您走时，您就后悔莫及了。"

"另一个大消息是什么？"神父礼貌又好奇地问道。

男爵已经把这事儿给忘得一干二净。

"另一个大消息？啊，对了！是啊，春天已经到我们家门口了。空气里有什么东西……您不觉得吗？"

"有点让人陶醉，是的，"神父接过话头，"我刚才正好提到草地上点缀着最早开放的番红花。"

男爵端着茶杯，陷坐在一张扶手椅上。他哼着歌：

> 如果番红花开出的是一个个铃铛，
>
> 那铃声喧闹会让人听不清彼此讲话。

接着，他朝妻子投去狡黠的一瞥。

"我刚才进来时，听见您说：有人来应聘。是不是可以冒昧问一声要来应聘什么？"

男爵夫人徒劳地试图否认。

"我，我说有人来应聘？"

"是的，是的，是的，难道不是在说要接替塞雷斯蒂娜的人？"

"啊，是的，"男爵夫人承认道，"我刚才正在讲要找一个具备各种优点的女孩太难了，她……"

"对我而言，"男爵打断她的话，"我告诉您她首先要具备两个优点。她必须既年轻又漂亮！"

为了闲暇时找点儿和贵族头衔相称的事儿做，男爵把一个直通他的办公室的外屋打造成一个车间，里面有工作台、成套工具和摆放技术类书籍的书架。他就在那里保养他的猎枪、刀剑、皮革、马鞍和马具。那天早上，他正在摆弄他的子弹，听到妻子走进他的办公室，坐在他的办公桌前。身穿他所谓的"零号服饰"——军人橄榄帽、旧野战服和灯芯绒裤子——他认为已经把自己摆在家庭和日常生活的边缘，因此，他对男爵夫人的闯入感到深恶痛绝，就像她僭越了不许女性涉足的军事禁地一样。当她的声音从敞开的门那头传来时，他还是尽量保持他的好心情。

"纪尧姆，我在列我们四月晚宴的客人名单。您愿意和我一起看一下吗？"

"亲爱的，我在做子弹呢。不过您说吧，我听着。"

男爵夫人的声音像念珠一样一声声传来。

"德尚、科农·达尔库尔、多尔贝克、埃尔梅兰、圣萨凡、德卡泽尔·杜弗洛、纳维尔……这些人，像往年一样，我们肯定是要请的。"

"没问题，行。只是现在，我的填弹塞不够用了，真见鬼，昨天没在欧内斯特家拿点儿过来真是愚蠢透顶！"

男爵夫人的声音有点不耐烦。

"纪尧姆，别骂骂咧咧，想想我们的晚宴。"

"不骂不骂，亲爱的，听您的！"

"布雷多尼埃一家就算了。我们不能再接待他们了。"

"啊？为什么？"

"可是，纪尧姆，你究竟在想什么呢？您当然知道人们都在议论他们建筑公司破产的事儿。"

"好吧，人们是在议论，是的。"

"我不想让不可靠的人来我家。"

"不管怎么说,这也怪不到他妻子头上……而且她挺可爱的。"

"要是她在梳妆打扮上少花点儿钱,她丈夫或许也不会破产破得这么彻底!"

"或许能稍微好一点。不过,对我而言,以后6号子弹绝对不能用来打山鹬。禁止用6号子弹打山鹬!虽然它很管用,是的,打这个,是很管用!但场面太血腥了!上一次,我捡起一只打下来的山鹬,一只支离破碎、像花边一样稀巴烂的鸟儿。瞧,听上去还挺美,花边一样的鸟儿……"

"所以布雷多尼埃一家就不请了,"男爵夫人不为所动地继续说道,"塞尔内·杜洛克一家的问题更微妙,要不要请他们呢?"

"说吧!塞尔内·杜洛克一家又怎么啦?"

"我的朋友,有时,您真得问问自己是生活在哪个星球上的人。您不晓得这家人的道德观很奇特吗?"

"哟,哟,哟,哟,"男爵一边哼唱,一边用力转动药筒紧口器的曲柄,"能知道他们的道德观奇特在哪儿吗?"

"您一定碰见过那个名叫弗洛努或弗鲁诺的人,他整个冬天都没有离开过他家。"

"没见过,但那又怎么样?"

"这位看上去跟安娜·杜洛克关系很好的先生似乎帮了塞尔内·杜洛克大忙,帮他的建筑事务所拿下了一些订单。"

"这事儿闹的!因为仰仗他的帮忙,丈夫就睁一只眼闭一只眼了。是这样吗?"

"不管怎么说,大家都这么议论。"

男爵突然停下手中的活儿,好像对这个新消息很感兴趣。

"安娜·杜洛克……一个情人。开什么玩笑!这太匪夷所思了!可是亲爱的,您仔细看过她吗?安娜·杜洛克,您知道她多大年纪吗?"

办公室里响起椅子移动的声音,突然,男爵夫人的身影出现在门口,显得威严、悲壮。

"安娜·杜洛克?她比我小十岁!您自个儿的话您好好掂量掂量!"

看到妻子就站在眼前,男爵放下手里的活儿,做出要起身的样子,但实际上一动没动。

"话说回来,奥古斯蒂娜,这没有任何联系!您总不会拿自己跟这个……这个……"

"这个女人去比?为什么不呢?好歹我也算女人吧!"

"从某种意义上说,"男爵说道,好像突然对妻子的性别问题产生了兴趣,"哦,当然!您不是一个女人,您是我的女人。"

"我不太喜欢这种区别。"

"啊,可这个区别很大,甚至是最重要的!在这个区别中,满满的都是我对您的尊重,对出生在德·丰塔纳家的奥古斯蒂娜·德·圣弗尔西男爵夫人的尊重。"

"尊重,尊重……有时我会想,您在某种意义上滥用了对我的这种感情。"

"不过,在这点上,亲爱的,我们要避免彼此误会!很久以前,您曾暗示我说……夫妻生活的某些方面打扰到您了,您希望看到我……夜里不要来得那么频繁。"

"我一直认为,做任何事都要看时机,而且,到了一定的岁数,有些事就不合时宜。当我请您,就像您说的,减少夜里来的次数,我没想到您会乖乖听我的话,更没想到您夜里会去找别的女人。"

男爵感觉在妻子高大的身影前坐着有点不自在,于是他也站了起来,但没想到这反而让他们的谈话变得更加尖锐。

"奥古斯蒂娜,您愿意我们彼此都坦诚一点儿吗?"

"您直接说我假惺惺好了。"

"我实话实说。我要说的是,您说的这些事儿,您得承认,对您而言,它们从来就不合时宜。我承认对我而言,它们从来就没不合时宜。"

"您是头野兽,纪尧姆,这才是应该承认的!"

"我谦卑地承认,忠贞不是我的长处。"

"可您毕竟不年轻了!"

"这个嘛,亲爱的,就要由命运来决定了。只要我手脚灵便、耳聪目明,只要我既有胃口又有办法得到满足……"

他说这话时带着一种天真的大言不惭,小身板挺得笔直,用一根手指捋了捋小胡子,仿佛在照一个并不存在的镜子。

"那我呢?"男爵夫人激烈地抗议道,"您口口声声说尊重我,难道就是当着全城人的面用您……夜里出去寻花问柳来让我成为大家的笑料吗?"

"啊,那要先弄清楚您想要的是哪种尊重!我们千万别这么莫名其妙又吵一架。"

他好像突然觉得累了,心烦意乱地看了看四周。

"我想跟您再说一遍,奥古斯蒂娜,就是……啊,太难了。我仿佛突然又回到了二十岁,笨嘴拙舌说不出话来,就像第一次求爱一样结结巴巴。怎么说呢?就是,不管发生什么,不管我做什么,您对我而言都是一个非常重要的人,奥古斯蒂娜。当我说尊重,这个词并非真的贴切。但我没有忘记,当我们一起去找我母亲请她同意我们的结婚计划时,她当时说的那番话。我们手牵着手,那么年轻、那么自信地站在那位既亲切又睿智的老太太跟前。在我们看来,比起本堂神父和市长,更应该由她来祝福我们的结合。她说:'小奥古斯蒂娜,我很高兴您愿意嫁给我们的纪尧姆,因为您比他聪明乖巧上千倍。我们把他交给您了,奥古斯蒂娜。关心他,爱护他,对他要非常耐心,非常宽容……'"

"对我们的小松鸡而言,"男爵夫人接着说道,"您要成为他生命中所需要的宁静、力量和光明,为了**好好过日子**。"

"是这么说的,她还强调要'好好过'。"男爵回忆道。

两人都不说话了,默默地看着对方,感动着,浮想联翩。之后男爵突然坐回到工作台前,重新开始投入地做他的子弹。

"老实说,"男爵夫人问道,"您这是在为哪场狩猎做准备呢?冬天快结束了,似乎狩猎季已经过去了,不是吗?"

"在这个问题上,奥古斯蒂娜,我倒要问问您是生活在哪个星球上的了！要知道，历年来一直都是这样。冬天结束时，我们要庆祝新的一年，我们会开几枪以免手生。哦，当然，我们不会猎杀任何动物。无非就是要听个响声。这是传统。"

"总之，"男爵夫人总结道，"就是你们庆祝狩猎期结束。"

"正是，狩猎期结束。"

"那就去庆祝狩猎期结束吧！"

男爵夫人回到办公室，留下她丈夫聚精会神地摆弄他的子弹。但过了一会儿，他抬起头，眼神有些困惑，用手托住下巴。

"不过，她说的结束狩猎期究竟是什么意思呢？"他喃喃自语道。

《奥恩觉醒报》上刊登的一对有钱的退休夫妇要雇一位全职女佣的消息隔了两天就有了回音。

男爵夫人一直待在客厅，坐在一张堆满卡片的桌子前面。"您就像是用纸牌算命的女人。"情绪低落的男爵冷嘲热讽地说道。门铃声传达的是第一个信息，可以看出来人的个性是坚决还是腼腆。当塞雷斯蒂娜去开门的时候，男爵夫人就戴上她的远视镜。经过几分钟颇考验心理素质的等待后，应聘者被带过来。面试的首个环节是静静地听她自我介绍并打量她的外表。

面对各种矛盾的诉求，男爵夫人内心很纠结。她自己并没有要找一个丑陋的女佣这样变态的心理。和所有人一样，她也愿意有一个干活机灵、长得又不犯嫌的姑娘来侍候。但绝不能让男爵起色心，这是明确且首要的条件。因此，她梦想能找到一个长相不丑，但不惹眼、没有光彩、平平淡淡、透明人似的女佣。或者一个双面女人，在女主人眼里漂亮优雅，在男主人面前却面目可憎。就像一个个应征者所证明的那样，那只是不现实的梦想，应聘者在这种情况下要么因为腼腆显得又笨又呆，要么就是傲慢狂妄、自命不凡。

男爵最终还是溜掉了，不想多看这一通他感觉是跟他作对的操作。啊，要是让他来招聘"新人"该多好啊！肯定不会拖那么长时间，在诺曼底这个迷人的春天！他一边踏上新桥街，朝国王广场走去，一边浮想联翩，满脑子都是应征者进门面试时那个刺激又美妙的场景："没事，没事，过来，别怕，我的孩子。这个小额头，这个小鼻子，这个小下巴，好，好，不错。再看看胸部，我的上帝，还可以再丰满些，再大方些。再看看腰身，腰身，腰身，我的双手一合差不多就能卡住的小蛮腰，我说什么来着，双手就能卡住！现在，小鸟儿，退后，再退后，让我看看您的腿，别不好意思，看，有这么漂亮的腿还怕亮出来给人看吗？真要命！"突然他的思绪被拉回到现实，他不禁有点羡慕那些生活在贩奴时代的人了。

此时映入眼帘的，正好是巨幅的电影海报，预告了这周在雷克斯影院放映的影片：《蓝胡子》（*Barbe-bleue*），由皮埃尔·布拉瑟（Pierre Brasseur）和塞西尔·奥布里

（Cécile Aubry）主演。皮埃尔·布拉瑟？不咋地，他心想。一个意志薄弱的人，假硬汉，大嘴巴，没有个性。证据：他的下巴。一个后倾的下巴，一个松弛的下巴注定他只能演那些欠揍的角色。直到有一天，这个男演员有了一个绝妙的主意，留起了胡子。总是老一套：装饰是为了掩盖瑕疵。就像画家们钟爱天鹅颈的马，而这恰好暴露了它们患有喘息症。

但塞西尔·奥布里……嘿嘿！个子的确有点矮，头大身子小，一脸赌气的神情就像京巴犬。但再怎么说，再怎么说，在这个疯狂的春天里，她是多么窈窕漂亮的小姑娘啊！这就是他希望家里雇用的全职女佣。真的是什么都干的女佣？塞西尔·奥布里，什么都干，太迷人了，什么都干，太美妙了！男爵想象塞西尔——当然，人们总是喊女佣的名字——手里拿着鸡毛掸子，在他的办公室里舞来舞去，巧笑嫣然，逗得人想凑上去一亲芳泽，而她又调皮地闪身躲开！

两小时后等他回到家，一切已尘埃落定。他差点儿被一个堵在门厅的大柳条箱绊倒，这也让他明白女佣已经到了，新人来自普雷昂帕伊，八十公里外马耶讷公路边的一个小镇。她五十岁，嘴唇上绒毛很重，像搬运工一样膀大腰圆，她叫欧也妮。

一开始，欧也妮让男爵夫人很满意。她力气大，双臂一抱就可以搬动家具。而且，男爵夫人利用她的到来搞了一次冬末大扫除，把家里翻了个底朝天，惹得男爵气急败坏。这真是女佣们占领家里所有空间的时候，留给他的唯一出路就是逃之夭夭。眼下看来，欧也妮比可怜的塞雷斯蒂娜还可怕。那天，她抱着一个五斗柜后退，一不小心把男爵撞翻在地，他算是领教过她的厉害了。

在男爵夫人看来，欧也妮还有另一个优点。虽说像她这样下人身份的人话都不多，但她会在倾听主人说话时恰到好处地回应一声来表示她的关注和赞同。她们的对话建立在对付男人时女人之间的默契上，但她知道和女主人保持社会地位不同造成的距离，因此在这些敏感问题上，总是表现出经验不如女主人丰富。

这天早上，她全副武装：头上缠着头巾，身上系着围裙，卷起袖子，手上拿着全套打扫工具，扫帚、鸡毛掸子、长柄掸帚和鞋刷子。男爵夫人跟着她，跑前跑后指挥她干活。

"在冬天，"男爵夫人说，"灰是看不到的。但当第一缕阳光照进来，就发现有活儿要干了。"

"是的，夫人。"欧也妮赞同道。

"我想要家里一尘不染。不过我没有洁癖。但我肯定不允许床底下有一团团的毛絮。我的祖母曾要求她的女佣用发卡清除地板缝隙里的灰尘。我没到那个份上。"

"没，夫人。"

"镜框、小摆设、瓷器，您不要碰。那是我的事。"

"好的，夫人。"

"我丈夫的办公室，还真是不好办。他在里面时，不要进去，会打扰到他。他不在里面，但如果听到他的声音，也不要进去。所有清扫工作都不能让他发现。"

"好的，夫人。"

"当我还是小姑娘的时候，修道院的院长嬷嬷总对我们说：一个干净整洁的家是灵魂奉献给神圣天使的表现。"

就在这时，正在搬一堆文件的欧也妮不小心把一堆色情图片和刊物散落了一地。

"又是这些脏眼睛的东西！"男爵夫人叫道，"我就知道他把它们藏起来了！"

她把它们捡起来，堆在一起，厌恶地瞥了一眼。

"这些搔首弄姿的裸体，太丑陋了！"

"这倒是。"欧也妮从她的肩膀上探过头去附和道。

"太烦人了！只有满脑子肮脏欲望的男人才能从中找到乐趣。"

"说到肮脏，他们是真的脏，那些臭男人！"

"请别这么说，欧也妮，这也在说男爵呢！"

"请原谅我，夫人。"

"男人就是这副德行，"男爵夫人推论道，"算了，不提了。但我不明白的是，这些女人为什么会由着他们的性子，听他们摆布。"

"或许是为了钱吧。"欧也妮试探地说道。

"为了钱？这样问题倒不大。但我怀疑，您知道，有一些淫荡的女人就喜欢卖弄风骚。"

"这倒是真的，唉！"

男爵夫人已经起身，朝放满马术奖杯的壁炉走了几步。

"我进天神报喜修道院寄宿那年九岁，"她带着做梦般的神情浅笑着说道,"里面有浴室。有四个浴室供所有寄宿生用。每人每周可以洗一次澡。浴缸边挂着一件用未漂白的粗麻布做的斗篷一样的衣服。那是脱衣、洗浴和穿衣时遮挡用的,以免看到自己赤身裸体。第一次,我没弄明白这是干什么用的。我就这样一丝不挂地洗了澡。当舍监看到我没有用这个遮羞罩时,您知道她对我说了什么吗?"

"不知道,夫人。"

"她对我说:'怎么,我的孩子,您在这亮堂堂的地方一丝不挂!您难道不知道,您的守护天使是个年轻男子?'"

"竟有这种事儿!这我可从来没想过。"

"我也没有,欧也妮,"男爵夫人总结道,"但从那以后,我一直不能释怀。是的,我一直想着这个年轻男子,非常温柔,非常纯洁,非常忠贞,时时刻刻守护在我身旁,就像一个忠诚的伴侣,一个理想的朋友……"

男爵夫人早就跟杜塞神父说过:春天是萌芽和开花的季节,充满了麻烦和骚动。欧也妮刚彻底地把屋子打扫了一番,刚把扫帚、鸡毛掸子、长柄掸帚和鞋刷子这整套工具收起来,刚扯掉头巾、解开围裙,她就收到了从普雷昂帕伊发来的电报。她的妹妹马上要生了,但她不能把七个孩子丢在家里,尽管大女儿玛丽耶特已经十八岁了。

欧也妮把情况讲给男爵夫人听。那个要生孩子的妹妹没什么本事,而且她还嫁了一个只会让人生孩子的酒鬼。至于玛丽耶特,她被宠坏了,没什么头脑,只知道梳妆打扮或看看言情画报，不能指望她。简言之，欧也妮要求请二十四小时的假，好回去看看具体什么情况。

二十四小时过去了，然后是三十六小时，四十八小时。终于，到了第二天晚上，男爵夫人出去的时候——总得有人出去买买东西——门铃响了。男爵喊妻子开门，却生气地发现她不在家。他决定不去理睬，整个身子往扶手椅上一靠，打开一张报纸，把自己和外界隔开。就在这时，门铃声再次响起，这一次铃声急切、嚣张、气势汹汹。男爵起身跑到门厅，准备把这个不知好歹、没教养的家伙臭骂一通。他猛地打开门，但立刻后退了一步，仿佛被什么炫目的东西晃到了眼睛。谁站在他面前？塞西尔·奥布里，活脱脱就是她本尊。他惊呆了，简直不敢相信自己的眼睛。不过，这的确是她，浓密的头发下执拗而稚气的小脸，赌气似的小嘴，放肆的绿眼睛，还有乡下丫头的笨拙和一股散发着诺曼底乡土气息的廉价香水浓烈的气味。

"我想见见圣弗尔西男爵夫人。"她一口气说道。

"我就是……这么说吧，我是圣弗尔西男爵。我太太这会儿不在家。"

"啊，好啊。"少女松了口气。

随后，她冲男爵露出一个灿烂的笑容，擅自走了进来，朝门厅四下看了看，仿佛这一切都归她管。

"是这样，"她说，"我是玛丽耶特，欧也妮太太的外甥女。我姨妈还不能回来。不能。我母亲一直病着，住在诊所，您知道，她刚生了老幺。这孩子本不该生的，尤其是在村子里没人能帮忙。于是,我想,为了给你们救急,我可以过来代替她。"

"您?代替欧也妮?这,不过……也未尝不可。"

男爵恢复了所有自信,面对这一连串的奇迹,他又成了大松鸡。

"至少能改变一下我们的生活。不过……是欧也妮派您来的?"

"嗯……也是也不是。我提出要替她来。她耸了耸肩。她说我肯定干不了这事儿。"

"啊,怎么会这么想!"

"可不是?而且我,您知道,在普雷昂帕伊都生活了整整十八年了!"

"十八年?"男爵惊讶地问道,"那之前您在哪儿呢?"

"之前?我还没出生呢!"

"啊,原来如此!"

"所以我抓住这个机会。我什么也没说就走了。我只是在厨房的桌上留了一张纸条,说我去给男爵夫人帮忙了。"

"太好了,太好了。"

"但您认为夫人会要我吗?"

"当然,说实话,当然不会要。但这里我说了算,不是吗?所以就这么定了,同意了,您被雇用了。拿上您的包袱,我带您去看您的住处。或者不如先参观一下房子。这是我的办公室。总是打扫得太频繁,把我的文件都弄乱了,我什么都找不到。这个,对,是我父亲圣弗尔西将军的照片。

这是我，上尉军衔，当时我二十岁。"

玛丽耶特拿过照片。

"哦，先生变化可真大啊！太惊人了！我还真认不出来。照片上的他真是年轻，充满朝气。"

"是啊，在那个年纪当然了。"

"岁月催人老啊！"

"好了，好了，够了。"

"不过，您看，"玛丽耶特赶紧加了一句，"我觉得您现在比原来强。"

"这话太客气了。"

"一个太年轻的男人，我觉得，算不上一个男子汉。"

"我也是这么想的。太好了，太好了。来，我们再从门厅去到餐厅。"

他在她面前殷勤地一闪身，差点儿撞到她，因为她在一个高高的黑影前猛地停下脚步。男爵一脸陶醉，差点儿忘了他的太太。

"嘿，您好，亲爱的，"他赶忙说，"这是玛丽耶特。她姨妈欧也妮还留在她妈妈身边照顾。于是她过来帮我们。真好心，不是吗？"

"太好心了。"男爵夫人冷冰冰地附和道。

"而且，家里有一个年轻人，也会让我们有所改变，不是吗？"

"我谢谢您，纪尧姆。"

"不过，亲爱的，我这话不是说给您听的！我是替……

对啊，我是替欧也妮着想。"

"或许您也有点替自己着想吧？"

"替我自己？"

男爵让两个女人走在前面，自己在一面镜子前停下。

"替我自己着想？"他喃喃道，"改变。一下子变年轻。找回那个二十岁的中尉？为什么不呢？"

在接下来的几周里，男爵巧妙地利用这个天赐良机轻轻松松首战告捷。男爵夫人对玛丽耶特苛刻得要命，还一直拿要欧也妮回来威胁她。于是她只有到男爵那里寻求庇护，这样他就更容易得手了。或许男爵夫人本应该考虑得更周全一些，不要一味地把年轻姑娘往她丈夫那边推。可能她已经意识到这个问题了，但她对"这个小贱人"的厌恶之情太过强烈，让她没办法猜到别人的心思。

相反，大松鸡保持足够的冷静，至少维持表面上相安无事。显然，玛丽耶特花在买东西上的时间常常比所需的时间多得多，而且凑巧的是，她不在家的时候，男爵也总是不在。但他勾引她的一举一动都很谨慎，因此在妻子的眼里玛丽耶特也算不上是定时炸弹。就这样，他带着乡下丫头去了该地区唯一的美容美发师罗歇那里，还带了一张塞西尔·奥布里在电影《蓝胡子》中的剧照作模特。当男爵夫人看到回到她家里的是一个修了指甲、化了妆、做了发型、喷了发胶的梦中美人时，她惊呆了，立刻就明白了谁是这一变化的幕后人。

但有一天，她还是下定决心积聚足够的智慧和耐心，同丈夫进行一次严肃而深情的交谈。最佳时机，就是晚饭后，当玛丽耶特简单道声先生、夫人晚安，之后就悄然退下。男爵夫人等到二楼的房门关上后，才开口向坐在她对面看报纸、两条细腿紧张地交叉在一起的男爵发难。就在这时，一阵疯狂的爵士乐从玛丽耶特的房间里喷涌而出，飘到房子的每一个角落。

"这是什么？"男爵夫人叫道。

"新奥尔良爵士乐。"男爵回答，依旧在看报纸，连眼皮都没有抬一抬。

"我没听清楚，请再说一遍？"

"New Orleans，如果您更喜欢听这个。"他用标准的牛津口音说道。

"这还是您的主意吧？"

"您以为这个小姑娘需要我来帮她买电唱机和唱片吗？这更是她这个年纪的人玩的，而不是我这个年纪。"

"是的，我就是这么认为的。"她发飙了，"她需要您或您的钱。啊，不，真的，我再也受不了了，我再也受不了了。"她一边重复一边离开房间，一条手帕按在唇上。

男爵轻轻地咬着他的小胡子，过了片刻，他起身，朝妻子的房间迈了一步。这是他亏欠她的，她是他的妻子。为他们主持婚礼的神父把她的终身都托付给他了。但他却停了一下，朝音乐传来的方向走了两步。玛丽耶特，塞西尔·奥布里。她们娇小青春的身躯和散发着麝香气味的春天融为一体。他回到扶手椅边。坐下。拿起报纸。音乐更加欢快。这台电唱机和这些唱片是他们一起选的。这音乐难道真是给人在单身宿舍里独自一人听的吗？他扔下报纸。站起身。然后大步流星地走过去，取下帽子，把罗登呢厚大衣披在肩上，重重地摔门出去，这样就没有人不知道他出去了。

为什么大松鸡最终会选择逃离呢？当然，比起那些道德准则，他对高贵和粗鄙的感受更强烈，在男爵夫人自己的屋檐下，这几乎就是当着她的面背叛她，这和荣誉是不相符的，而荣誉是第一猎骑兵团格言的一半：**荣誉与祖国**。但这种事他以前也不是没有做过，是的，他曾经和女仆就在自己家的阁楼上偷情。可见这次还有别的什么，对他而言，这是一种全新的感受，和玛丽耶特的这场艳遇比以往其他的都重要，有一种悲情的预感，仿佛是一个总结，一个终章，一个无论付出什么代价都不愿错过的"致青春"。因此，不要心急，要有勇气、有行动、有策略，这才是一个男人完美的收官之作。这个男人一辈子都人见人爱，而不是一个爱拈花惹草的碌碌之辈。

相反，男爵夫人已经决定采取行动了，她坚信自己有权这么做，而且这么做对所有人都有好处。因为她脑子里已经有了一套理论，认为玛丽耶特这个天真又有点傻乎乎的乡下丫头受到了城市的诱惑和毒害，正在无药可救地迅速堕落。她一心想要的证据就是这个年轻女孩在短短几天时间就朝着最坏的方向蜕变了。

但玛丽耶特对男爵夫人一直都是非常顺从和尊重的，当男爵夫人告诉她自己决定不等欧也妮回来就把她送回普雷昂帕伊时,她没有丝毫反对。

"不过,您知道,玛丽耶特,"因为大获全胜,她的语气缓和了下来,补充说,"我还是非常感谢您在欧也妮帮助您母亲的这段时间过来帮我。只是,您看,我觉得城里的环境对您很不合适。每个人都有属于自己的位置,不是吗?一个人如果出生在乡下,那最好还是待在那里。"

"那是当然。"玛丽耶特身子一颤,结结巴巴地应了一声。

"回普雷昂帕伊后您打算做什么?"男爵夫人冷冷地问了一句。

"那还用说!给奶牛挤奶,给四季豆培土,拔土豆呗,既然我是一个乡下丫头。"

刚走进来的男爵觉得这两个女人扯得都有点远了,各有各的心思。

"我希望,玛丽耶特,"他用上流社会轻浮的语调加了一句,"您会扶犁和砍树吧?"

"纪尧姆,这不好笑。"男爵夫人打断他。

但玛丽耶特走之前,男爵夫人送了一个拨浪鼓给她的小弟弟,一个十字架和一条项链给她本人。她坚持亲自送她去火车站,看她上了车厢,而男爵开着他的潘哈德老爷车去卡鲁日种马场看马去了。

在火车停靠的第一站,萨尔通河畔圣德尼,玛丽耶特拎着行李箱下了车。男爵的潘哈德老爷车就停在出口。他俩又是笑又是拥抱。之后,他们又踏上回阿朗松的路。男爵把他的小情人安顿在第一猎骑兵大道他刚租下的一套漂亮的单身公寓里。

接下来是风平浪静的三天，是坠入误会深渊的单薄脆弱的跳板。因为男爵夫人一直庆幸自己这么顺利就把玛丽耶特打发走了，而男爵却沉浸在把她弄回来的喜悦之中。但久而久之，他脸上洋溢的幸福最终还是让男爵夫人起了疑心。尽管他使劲去想一些悲伤的事情好让自己的脸色阴沉一点，编出一些赢了赛马之类的借口来解释自己藏都藏不住的好心情，但都无济于事，男爵夫人开始暗中调查。欧也妮的回来让她最终相信，玛丽耶特事件并非她想象的那样已经了结，因为欧也妮听说她外甥女已经回普雷昂帕伊的消息时，惊得眼睛都瞪圆了。不，小姑娘已经有十天没在村里露面了。那她究竟在哪里呢？男爵喜形于色的神情就是问题的答案。毕竟，像圣弗尔西男爵这样出名的人物，在阿朗松这样的小社会，过双重生活时间一长是瞒不住的。风言风语传开了，传得慢却板上钉钉，说他金屋藏娇。大家都挺喜欢他的。不管怎么说，他比骄傲自私的男爵夫人人缘好。人们对他是一种友善、宽容、调侃的态度。相反，男爵夫人很快就感到自己被一群思想正统的人包围了，他们愤慨的表情深深地刺伤了她。男爵并不是第一次出轨，但这是他第一次公开和情妇同居。

当然，男爵夫人向她的灵魂导师倾诉了她的不幸。杜塞神父再次劝她忍忍算了，应该想想男爵的年龄。他已经到了这个岁数，越是时间所剩无几，就越迫切希望激情之花怒放。爱的火焰烧得比以往都旺，那是因为这多半是最后一次了。犯错的丈夫第一次这么无法无天这一事实本身就证明他现在正受到魔鬼最后的蛊惑。随之,宁静、安详、理智的晚年即将到来。

"闭上眼睛,"神父跟念经似的一再开导,"闭上眼睛,当您再睁开眼睛时,暴风雨就已经过去了!"

闭上眼睛?这个建议触到了男爵夫人的道德底线和自尊,因为她从中看到了纵容和屈辱。当她置身在阿朗松的上流社会时,如何才能忍受凝结在她周围的那种虚情假意的安慰呢?有一刻她想一走了之。她在东维尔海边有一栋旧别墅。为什么她不去那里享受夏日时光,把阿朗松的房子交给欧也妮照看呢?但这个解决办法,她从中看到的也是放弃、失败和逃避。不,她要留下来。尽管神父苦苦劝说,她还是要睁大双眼看清真相,不管现实有多残酷。

闭上眼睛。如果说圣弗尔西男爵夫人的良知排斥这个过于宽宏大量的建议,但她的内心似乎已经把这话听进去了,并且立刻就付诸行动。她的内心比她的良知更简单、更深沉。事实就是,有一天晚上,男爵兴冲冲地回到家中,看到他的妻子正在用浸了眼药水的纱布揩拭眼睛。他很惊讶,礼貌地关心了一下。

"没什么,"她对他说,"应该是这个季节飘在空中的花粉引起的过敏。"

她刚刚无意中触到了一个会让男爵侃侃而谈的话题。

"啊,是的,"他叫道,"春天!花粉!花粉会让有些人患上哮喘。而您，花粉让您的眼睛难受。对其他人而言，后果又大不相同。"

但当他的妻子朝他转过身，泪水直淌，脸都哭肿了，两只眼睛黯淡无神时，他一下子就沉默了，脸色阴沉下来。

两天后，她戴上一副灰色眼镜，显得她又老又可怜又可悲。之后，她养成了让人把家里所有百叶窗都关上的习惯，逼得大家和她一起生活在半明半暗的微光中。

"都是这双眼睛，"她解释道，"我现在只能忍受透过百叶窗照进来的柔光，而且每天也只能看几分钟。"

不久，她又把灰色眼镜换成了黑色墨镜。她看起来就像是被一个平静又耐心的魔鬼附身了，这个魔鬼讨厌光，正在慢慢地将光明从她的生活中驱散。

一开始，男爵利用妻子闭门索居的便利。从此玛丽耶特可以大着胆子在城里逛，而不用担心碰到她从前的女主人。当然，她有朝一日和她的姨妈碰个正着的风险依然存在。但至少，那只是她们自家人之间解释，风声不一定能传到男爵夫人那里。至于大松鸡，他从来没有这么幸福过。玛丽耶特不仅是他有过的小情人中最迷人的一个，此外她还扮演了上天不愿意给他的孩子的角色。他让她学开车。他为她订制了马裤，裤子让她紧实、丰满的臀部凹凸有致。他梦想到尼斯或威尼斯度假，狩猎季开始后，穿上猎装，拿着小巧的猎枪去打猎。他甚至还教她英语。但最让他高兴的，是他周围响起的充满暗示的窃窃私语，让他感觉飘飘然好不得意，在俱乐部，在军官食堂，在驯马场，在练剑房，都能听到这些恭维的话。他引起的闲言碎语让他的幸福感暴涨了十倍。

多亏了这一切，他才能忍受男爵夫人在欧也妮的鼎力相助下在家中营造出来的那种阴郁颓唐的气氛。形势似乎在朝着不可避免的破裂方向发展。而真实发生的情况正好相反。

那天天气很好，男爵兴致勃勃地回家。一楼的窗户开着，但百叶窗是按照男爵夫人的指示虚掩上的。走过去的时候，男爵停止了哼唱，狡黠地从小客厅百叶窗的缝隙里望过去。他发现男爵夫人坐在她的女红桌前，手里拿着一本书。或许是听到了一点动静，她合上书，把它藏在针线篮里，起身离开了房间。

男爵暗暗发笑，这下可把偷偷看书的妻子抓个正着了。"瞧瞧，"他心想，"她开始看书了。是时候揭穿她的小把戏了！"他蹑手蹑脚地走进小客厅，走到桌前，从篮子里取出书——还是一副嬉皮笑脸的表情——走到窗前看书。

他的笑容瞬间凝固。他完全蒙了。以几何方格排列的凸起的小点点代替了文字。他还是没弄明白，但脑海中浮现出一个可怕的猜想。他冲到走廊上喊他的妻子。最终在他们的卧室里找到了她。她高大的身影映在挂着十字架的白墙上。

"啊，您在这里！这是什么？"

他把书放在她手上。男爵夫人坐下来，打开书，把脸埋在里面，好像要哭了。

"我多么希望您不知道真相啊！总之，越晚知道越好。"

"什么真相？你拿这本书做什么？"

"我在学习认字。盲文字母表。给盲人看的。"

"给盲人看的？但您不是盲人啊！"

"还不完全是。我的左眼还有0.2的视力，右眼0.1。不出一个月，一切就结束了。只剩下漫漫黑夜。我的医生很肯定。所以，您瞧，我必须抓紧学盲文！在还能看到一点的时候学，好歹容易点儿。"

男爵大受震动。他的善良，他的正直，他的荣誉感，他害怕人们在军官食堂、驯马场、练剑房里对他说三道四，这一切交织在一起，让情况发生了变化。

"但这太离谱了，太匪夷所思了，"他结结巴巴地说，"而我竟然什么都没有察觉！您的眼镜，您的眼药水，您把自己关在黑乎乎的地方。我是十足的傻瓜！自私的混蛋！而与此同时……说实话，我是故意不想知道！啊，我们彼此憎恨真的有一段日子了。"

"不是的，不是的，纪尧姆，是我一直瞒着。您想我能怎么办？我为这种可怕的残疾感到羞愧，这会让我成为所有人的负担。"

"眼睛瞎掉！我简直无法相信。那医生怎么说？"

"我先去我们的老朋友热拉尔医生那里看的。之后又看了两个专家。当然，他们都尽可能说得委婉。但我很清楚真相是什么，得了！所有的好话都会被残酷的现实打破：我的视力一天不如一天，现在我已经几乎什么都看不见了。"

面对命运的打击，男爵从来没有这么束手无策过。他不是遇事就放弃、就认命的人。他要振作，要鼓起勇气。现在，又是那个大松鸡在说话了。

"好的,这样吧,奥古斯蒂娜,"他下了决心,"我们一起面对,一起抗争。一切都结束了。我再也不离开您了。我会牵着您的手,就像这样,我们一起慢慢走向康复,走向光明。"

他把她搂在怀里哄她。

"我的蒂蒂娜[1],我们俩将一起找回过去的幸福。你还记得我们年轻时,我故意唱改了歌词的《来吧,小母鸡》来惹你生气:'来吧,蒂蒂娜,来吧,蒂蒂娜,来吧!'"

男爵夫人依偎在丈夫的怀里。她靠在他身上,噙着泪水笑了。

"纪尧姆,您总是没个正经!"她温柔地数落他。

不,不能愚弄一个盲人。不能利用妻子的失明。从第二天起,男爵就用建造爱巢时同样的热忱去摧毁他的幸福。他去见了玛丽耶特,但只是为了向她告别。他会继续帮她付这个小公寓的房租。只要她还没有找到工作,他就会一直资助她——因为他压根儿没有想过,如果她没有工作,可以找另一个人保护她。但他们彼此再也不见面了。她号啕大哭。他忍住没有掉一滴眼泪。但当他永远离开他生命最后一春的爱巢时,他的心都碎了。

接下来的几个星期,他一心扑在病人身上,那情景十分动人。他帮她把盘子里的肉切成小块。他读书给她听。挽着她的胳膊陪她慢慢散步,给她指路,告诉她迎面碰到或和他

---

[1] 奥古斯蒂娜的昵称。

们聊天的人是谁。阿朗松全城的人都被他感动了。

男爵夫人生活在纯粹的幸福之中。她已经不再整天把自己关在黑暗中了。她越来越经常地摘掉墨镜。有时她甚至惊讶地发现自己在翻阅一份报纸或打开一本书。事实上,她似乎从不幸的谷底慢慢在往上爬。

一天,她急匆匆地把杜塞神父叫来,他一到,她就把他和自己一起关在房间里。

"我请您过来是想告诉您一件事。一件很严重的事情。"她直截了当地说道。

"严重,我的上帝!我希望不是新的不幸……"

"不是,甚至可以说是一件幸事。一件严重的、非常严重的幸事。"

说完,她面对神父,突然摘下墨镜。然后她盯着他,眼睛眯了起来。

神父也盯着她看。

"不,我……真奇怪!"他结结巴巴地说道,"您的眼神不像盲人。眼睛炯炯有神。"

"我能看见了,神父!我不再瞎了!"她叫道。

"主啊,真是奇迹!您的忍耐得到了多大的回报啊!还有男爵的照顾,还有我的祈祷。但,这是从什么时候……"

"一开始我就像是生活在一片晦暗、不确定的暮色里,有时眼前会闪过一道亮光,但也只能持续一小会儿。什么时候有这种情况?就是我感到我的纪尧姆离我特别近的时候。后来,慢慢地,眼前亮了起来。"

"那么,是什么导致或者说至少加速了您的康复?"

"是的,除了您,谁听了我的话都会觉得可笑的,因为这……太有教化作用了。"

"教化作用?的确,今天'教化'一词会让人觉得好笑,甚至让人害怕,比丑闻更让人害怕,奇怪的时代!"

"那好,神父,您可以把我们的故事讲给您的教徒们听,因为我还没听说过比这个更美好的故事。治好我的只靠一个姓名,甚至只靠一个名字。这个名字就是纪尧姆!"

"男爵?"

"是的,我丈夫。他用爱,用夫妻之爱治愈了我。话说最好还是把这个故事藏在心里,免得惹人笑话。"

"太美好了!我真高兴在我有限的神职任期里能听到这个故事!您把这个奇妙的消息告诉男爵时,他是怎么想的?"

"纪尧姆?他对此还一无所知呢!您是第一个我敢坦然承认自己康复的人。我把这件事说出来,好像它是一件坏事似的,不是吗?"

"但应该立即告诉男爵,"神父急了,"您想……"

"别。千万别告诉他。先别着急。事情没那么简单。"

"我不明白您的意思。"

"好好想想。纪尧姆和那个女人有染。我病了……最后,我失明了。他和那个女人断了来照顾我。几个星期后,我重见光明。"

"太神奇了!"

"正是。我说的这个故事非常美好,而且绝对真实。但是不是太美好了反而听上去不像是真的？"

"事实摆在眼前，男爵还是会认的。"

"什么事实？对他而言，事实难道不是他被骗了吗？一想到他或许会认为我是装病，这是我无法忍受的。不是所有人都像您一样相信奇迹。"

"但应该相信……"

"还有另一种看法也值得考虑。只有我的残疾才能成功地把纪尧姆从那个女人手中抢回来。难道不应担心我的康复会让他重蹈覆辙？我需要您的建议，甚至还需要您帮我圆谎，神父。"

"这的确要好好考虑。因此，就算是为了男爵好，也应该把您康复的消息向他隐瞒一段时间。我想，对事实稍做隐瞒，这一善意的谎言是情有可原的。"

"只是出于爱惜他。让他慢慢知道我康复的消息。"

"总之，不过就是拖延一点时间，仅此而已。"

"拖到他彻底忘了那个女人。"

"这样就不算是谎话，而只是一个暂时被悬置、推迟，慢慢被揭开的真相。"

"当然，这个真相目前不能让任何人有所怀疑。而且我只告诉了您，我知道您一定可以帮我保守秘密。"

"您可以放心，我的孩子。我们这些当神父的，保守忏悔的秘密已经让我们养成了守口如瓶的习惯。是的，如果男爵通过别人得知您已经复明的消息，那后果将是灾难性的。总有一些人爱嚼舌根！"

"尤其是那些不怀好意的人！"男爵夫人添油加醋地说道。

男爵夫人和神父原本可以按部就班把真相慢慢公布。只可惜天不遂人愿。一个星期日下午，在半月广场散步时，突然一个不慎，真相败露了。

在气候宜人的季节，来这里散步是阿朗松人的惯例。整个有闲阶层的人都在这里，手挽手在榆树成荫的庭院里散步，互相致意或互不搭理，根据微妙的关系网和社会地位，准确地权衡每一次停下来打招呼寒暄的时间。自从男爵完全承担起照顾一个残疾妻子的丈夫的责任后，德·圣弗尔西夫妇就在这个"棋盘"上占据了一个众星拱月的位置。他们被众人温暖的关怀和敬意包围了。为什么惨剧会在这样天时地利人和的情况下发生呢？

男爵差点儿蓦地停下脚步，因为他看到树下有一个奇特、不同寻常的东西，实际上是一个人，一个年轻女子。玛丽耶特，是的，她比任何时候都更朝气蓬勃、美丽动人。但这还不是全部。这个普雷昂帕伊的乡下小丫头是有人陪着来的。人们向来不会独自一人来半月广场。她挽着一个男人，一个年轻男人的臂弯。青春年少的两个人是那么般配，看上去是那么幸福！

眼前的景象只持续了片刻，但男爵已经开始责怪自己竟然受到这么大的震动，紧紧靠在他身上的妻子是不可能什么都没有察觉的。但她为什么不问他怎么啦？她不是向来喜欢不停地问东问西的吗?他不安地抬眼看她。而他所看到的,甚至比玛丽耶特出现在阿朗松有闲阶层的圈子里还令他惊讶:男爵夫人竟然在微笑。她不是冲任何人笑,不像是平时大家遇到打招呼时的微笑致意,这个微笑从戴着墨镜的脸上洋溢开来,绽放出来——很久以来都没有过这种事了——她笑了,她无法抑制住这个显而易见、幸灾乐祸的微笑。

为什么微笑,为什么笑?首先,当她感觉到身旁的丈夫受到这么大的震动时,她为什么不闻不问?为什么?因为她和他一样,也看到了这一幕:玛丽耶特挽着一个年轻男子,因为她和他一样看得真真切切!

男爵受到了双重打击。以他的性子,反应是立竿见影的。他面对妻子,盯着她的脸看了片刻,突然一把扯掉了她的眼镜,眼镜掉在了地上。

"夫人,"他的声音有些失真,"我刚受了两次伤害。被您和另一个女人。就您而言,我心里很清楚。我严重怀疑您根本不需要我的帮助就可以回家。"

说完他就快步离开了。

回到家后,他给热拉尔医生打了电话。后者给了他一位眼科医生的姓名和地址,接着又给了他巴黎一位心身科医生的信息。在他的建议下,男爵第二天早上就去看了后面这位医生。

他讨厌巴黎,他已经有好几年没去过那里了。斯特林医生的候诊室里那些流线型的家具和抽象画最终让他感觉很不自在。他让自己陷在一张扶手椅里,感觉就像被一只巨型水母吞噬了,他也就勉强能够到一张摆满杂志的茶几。他拿了一本放在腿上。标题好像一条眼镜蛇一样窜到他脸上:《转换性癔症和神经官能症》。他厌恶地把杂志推开。终于一个女护士请他进医生的诊室。那是一个瘦得可笑的男人,一个小男孩,男爵心想。长长的头发,翘翘的小鼻子勉强能架住一副大大的眼镜,这大大影响了他的威望。"我敢打赌他口齿不清。"男爵心想。

"我能为您做点儿什么?"

不,男爵气恼地注意到,他并没有口齿不清。

"我先自我介绍一下。纪尧姆·德·圣弗尔西上校。我来找您是因为我妻子,她是您的病人。"他解释道。

"德·圣弗尔西夫人?"

"没错。"

医生揿了一下自动卡片柜,将弹出的卡片拿到跟前。

"奥古斯蒂娜·德·圣弗尔西夫人,"他咕哝道。随后飞快地念了几句别人听不太清楚的话,"是这样,你们的家庭医生让她去找一个眼科医生,眼科医生又把您夫人介绍到这里。您究竟想知道什么?"

"嗯,很简单,不是吗?"男爵精神了一点,回到他所关心的问题上来让他松了一口气,"我妻子曾经失明。至少我以为是。或者不如说她让我这样以为。而之后,她突然康复了,和您和我一样能看见了。所以我想问自己,也想问您的问题非常简单:我妻子是真瞎还是假瞎?"

"我想请您先坐下来。"

"坐下？"

"是的，因为，您看啊，您的问题的确很简单，但答案却不简单。"

男爵同意坐下来，但颇有点不情不愿。

"我们简单回顾下，"医生接着说，"德·圣弗尔西太太患了眼疾，可能会发展为完全失明。她自然先去看你们的家庭医生，而后者也很自然地介绍她去看一个眼科专家。"

"这一切我都不知情。"男爵表示。

"但接下来发生的事情是，眼科医生用了各种必要的方法、最高端精密的仪器检查了德·圣弗尔西太太的眼睛。你猜他查出什么了？"

"是啊，他查出什么了？"

"什么都没有。什么毛病都没查出来。从解剖学和生理学来看，德·圣弗尔西太太的眼睛，视神经、视中枢神经都完好无损。"

"所以她是装的。"男爵总结道。

"别这么快下结论！眼科医生要怎么办？要知道他碰上了一个超出他专业范畴的病例，于是他把他的病人送到心身科医生这里，我呢，我又做了检查，我得出了和我同行同样的结论。"

"我妻子的眼睛非常健康，所以她的失明是装的。别转移话题。"

"听我说，"医生继续耐心地说道，"我要举一个很极端的例子，幸好跟德·圣弗尔西太太的情况无关。每天，在精神病院，都可以看到有精神分裂症的患者去世。这些人在长期缓慢的人格分裂后突然死亡。而当人们对死去的精神分裂症患者进行尸体解剖时，发现了什么？什么也没发现。从医学的角度看，完全正常，这具尸体是一个健康人的身体。"

"那是因为检查得太马虎了，"男爵打断他的话，"再说了，您自己也说是精神……精神……"

"分裂症。"

"幸好分裂症跟我妻子的情况没有任何关系。"

"也是也不是。这其中的关联，是有些病显然是生理上的，而精神分裂症患者的死亡，德·圣弗尔西夫人的失明，是心理引起的。我们称其为心因性的。我要补充一点，对我而言，您夫人的来访是非常非常让我欣喜的。"

"很高兴知道这一点。"男爵讽刺道。

"是的，是的，我的上校，想一想，这可是心因性失明！在我的诊室里我见过精神性溃疡、精神性胃炎、精神性厌食、精神性贲门痉挛、精神性便秘和腹泻、精神性黏膜结肠炎和溃疡结肠炎、精神性支气管哮喘、精神性心动过速、精神性高血压、精神性湿疹、精神性甲状腺肿大、高血糖、子宫炎、关节炎……"

"够了，"男爵气愤地叫道，"我再问您最后一次这个问题：我妻子是不是装瞎？"

"如果人表里如一，我可以回答您。"医生很平静地说道，"但其实根本不是这么回事儿。有'自我'，有意识、理智、深思熟虑的'自我'，这您是知道的。但在这个有意识的'自我'下面,有一个无意识的、本能的、情感的结,这就是**本我**。而在有意识的'自我'之上,还有**超我**,一种类似于被理想、道德和宗教占据的天空。因此,您看,有三个层次,"他用手势比画解释给不由自主变得专注的男爵听,"地下室的是'本我',一楼的是'自我',楼上的是'超我'。"

"现在,假设地下室和楼上建立了某种联系,而一楼却不知情。假设'超我'给下面下了一道命令,但这个命令没有传到'自我','自我'这里短路了,命令直接传到了'本我'。'本我'会服从这个命令,但它就像动物一样,不假思索,按照字面意思去执行。于是您就有了精神性的疾病,即心因性的,而有意识的、清醒的'自我'却对此一无所知。不仅仅是疾病,还有一些意外,都是'本我'误解了'超我'的决定而完成的自杀性行为。例如,每年几千个被车撞的人当中,有相当一部分人——这已得到证实——下意识地冲到车轮底下,就为了服从'超我'下达的命令。这是一类特殊的自杀,是自愿的,却是下意识的。"

男爵好像被说服了。

"简言之,就是,"他用自己的话阐释了一下,"总司令部下了一道战略命令,这道命令通常应该由参谋部转换为战术词汇去传达给部队。但参谋部不知情,这道命令直接下达给了士官,而他们理解有误。"

"正是,我很高兴您听懂了我的意思。"

"再来说说这一切产生的机制。那么,为什么会这样?"

"为什么？这的确是心身科医生提出的大问题。如果找到准确的答案，就可以治好病人。对我们而言，这个问题会这样问：为什么德·圣弗尔西夫人的'超我'要命令她的'本我'变瞎呢？"

男爵突然感觉自己被针对了，再次变得咄咄逼人。

"我倒是很好奇想知道。"

"可惜，只有您能回答这个问题，"医生继续说，"我只是旁观者。德·圣弗尔西夫人被一件事情困扰。而您，我的上校，您是始作俑者也是第一个目击者。"

"您想要我说什么？我又不是医生！"

"我想让您告诉我的是，在德·圣弗尔西夫人的生活中，有什么是她不想看到的？"

男爵再次站起身，转身背对医生，这样他面对的就是壁炉上的镜子。

"您想暗示什么？"

"某种丑陋的、不道德的、卑鄙的、可耻的、下流的东西，一件就发生在她身边的丑事，而与此同时，她只有一个办法才可以避而不见：变瞎。是的，德·圣弗尔西夫人把一个不幸——您明白吗——把一种无法忍受的屈辱转化了，转化成了身体上的残疾，一旦转化了，屈辱就消失不见了，这种转化在她身上，恰恰就是失明。"

医生跟他解释的时候，男爵一直盯着镜中的自己。最终，他转过身面向医生。

"先生，"他对医生说，"我来这里是因为我怀疑有人在骗我。现在，我确定有人想戏弄我。"

说完他很快就出去了。

回到阿朗松，他跟妻子告别，她愣在那里一句话也没说。

"我从您那个废物医生那里回来，"他对她说，"我还真知道了不少东西。似乎您的'超我'正和您的'本我'背着您的'自我'一起策划一起阴谋。请问，这起美妙的阴谋的目的何在？为了把一个耻辱、一桩丑事、我的爱情转化为身上的残疾，是的，夫人！而这一切的结果呢？心因性失明。心因性，也就是说，时隐时现的。我丈夫行为不检，啪，我眼睛瞎了；我丈夫回到我身边了，啪，我的视力又恢复了！这可真方便啊！显然，都在与时俱进啊！而我呢，我说不！不要'本我'，不要'超我'，不要阴谋！至于转化，从今往后，您一个人慢慢转去吧！永别了，夫人！"

走出门后，男爵径直去了第一猎骑兵大道上的小公寓。玛丽耶特正在梳妆台前宽衣解带，看见他突然闯进来惊呆了，因为他留着这里的钥匙。他一口气说出了一切，男爵夫人的失明、康复，他去巴黎的闪电之旅，还有最后的告别。

"又是！"她只提醒了这一句。

"又是什么？"一头雾水的男爵问道。

"又是最后的告别。因为您已经这样做过了。跟我告别。六周前。"

二十四个小时以来，男爵过得就像在冲锋陷阵一样，顾不上往后看一眼。玛丽耶特说的第一句话，这个"又是"猛地把他拉回过去。的确，他已经和这个女孩分手了，为了全身心地去照顾失明的妻子！分手后她都做了什么？为什么她要乖乖地等着他呢？

他在房间里转来转去，一方面是出于尴尬，另一方面也是为了重新成为这里的主人。最后，他决定去洗个手，于是进了浴室。他旋即挥舞着一把机械剃须刀从里面走了出来。

"这是怎么一回事儿？"

"我的剃须刀。用来刮腋毛的。"玛丽耶特解释道，并且用一个撩人的动作把手举过头顶，露出光滑、湿润、诱人的腋窝。男爵的魂都被勾走了。他跪在她身边，朝那散发出芬芳的乳白色腋窝俯过身去，热烈地吮吸着。

玛丽耶特笑得花枝乱颤。

"纪尧姆，纪尧姆，您弄得我好痒！"

他把她抱在怀里，不顾她的反对，想把她抱到床上去。一个烟灰缸掉在地上，高卢烟的黑色烟蒂撒在地毯上。他决定当作什么也没看见，几分钟后又可以变回过去那只大名鼎鼎的大松鸡。真美好啊！

生活重新开始。男爵丝毫没有改变他的习惯。人们继续看到他在练剑房里比剑，在赛马场上骑着他的栗色小牝马跳跃障碍。自然，没有人不知道他和妻子闹翻了，和玛丽耶特有私情。他只是避免去那些可能会受到谴责的地方——例如省厅和主教府的沙龙聚会——只在他确定能得到赞赏和宽容的地方出现。对难得几个胆敢问起玛丽耶特的知心好友，他总是重复说："完美的幸福！"同时露出一个好色暧昧的表情，眯着眼睛，一只手故作风雅地握着，搭在他的背心上。

这不是真的。当然，他也有快乐，强烈、狂野甚至是怦然心动的，这是他原本没想到在他这个年纪还能体验到的。"这种快乐会要了我的命。"有时他会这样想，满足中带着隐隐的担忧。但是幸福，完美的幸福……

纪尧姆男爵不想承认。他与玛丽耶特的相处全靠双方每时每刻做出的努力，努力掩盖那个坐收渔翁之利的第三者的存在。玛丽耶特并不缺少脚踩**另一条船**的自由时间。但她得多么小心翼翼才能避免露出马脚，男爵得多么一厢情愿才能故意看不见那个幽灵般的第三者留下的致命痕迹！一天晚上，事情做得太过分了。鞋子，赶大车的车夫的大头鞋在橱柜下面露出一截，鞋已经穿得变形了，还沾满了泥巴。男爵嗅了嗅，也是徒劳，什么味道也没闻出来。他被激怒了。他确信这些脏东西还在散发臭气！怎么能这么委屈自己呢？另一个人是只穿袜子走的吗？或者说他还在这里，近在咫尺，藏在衣柜或洗手间里？

什么也别看，闭上眼睛，把玛丽耶特芬芳的头发、玛丽耶特娇小的乳房、玛丽耶特性感的小三角区……当布条蒙住眼睛。闭上眼睛？这几个字让他不由得想起了什么，是他过往生活中一段痛苦的插曲，男爵夫人的失明。他是不是也要让自己变瞎，把绝对意念**转化**为身体的残疾，迫使自己看不见**另一个**？

夏天到了，城里人渐渐少了。阳光灿烂的日子在召唤人们出去度假。男爵有时会当着玛丽耶特的面计划出去玩的事儿。维希、贝鲁特或是威尼斯？这些经典度假胜地的名字似乎并没有在这个年轻女孩的脑海中引起任何反响。她撇撇嘴，摇摇头，然后依偎在他的身旁，"我们两人一起待在这里，难道不好吗？"她问道，一脸母猫般柔媚的表情。

那一天，当男爵晚上从第一猎骑兵团的军官食堂聚会结束回到他的爱巢时，他没有看到玛丽耶特。他在屋里等她。但她迟迟不回，于是他看了看大衣柜。她的东西全不见了。她那个土里土气的大行李箱也不见了。小鸟飞走了。也许她留下了一封信？他查看了一下家具，翻了翻自己的西装口袋。什么也没有。最后他注意到纸篓里有一个纸团。他把纸展开。显然。可怜的小美人本打算写点什么。他想象着那个场景。她咬着她的笔，努力地遣词造句。另一个人站在那里，万事俱备，他变得不耐烦，骂骂咧咧，恶言恶语。这太难了，最终，她放弃了。既然都要走了，为什么还要写"我走了"这几个字呢？难道还不够明显吗？他费力地看了几行，字写得幼稚，各种奇怪的拼写错误。

我的樱桃[1]（这是她学过英语课的痕迹。）：

这种捉迷藏一样的生活已经过不下去了。真的，我不能总是说谎。而且你看，我知道我们之间有一道鸿沟，当您建议我去维希度假的时候，我都不知道那是什么地方。我啊，我只知道圣特罗佩，您以为呢！但要您去圣特罗佩，那简直难以想象！

---

[1] 她把法语的chéri（亲爱的）写成了英语的cherry（樱桃）。

所以我和纪尧姆，我们两人走了。是的，因为他也叫纪尧姆，很好笑是不是？即使这让我避免了很多麻烦！我们会回来的。为什么我们三个人不能幸福地在一起呢？为什么您不能做我们的

信就写到这里，男爵试图辨认被她涂掉的几个字，却是白费力气。

为什么他不能做他们的，到底是什么呢？戴绿帽的傻子？老爷爷？钱包？电灯泡？每个字都给他造成了残酷的伤害，他在脑海里不停地听到从第一猎骑兵团那里传来的嘲讽和幸灾乐祸的笑声以及议论，就像古典戏剧里的大合唱一样。但他却没有感到那种强烈的、想要发泄的愤怒，要是发生在几年前，这样的打击肯定会让他重新振作起来。或许是因为年龄的差距，玛丽耶特的年轻、他自己的年迈让他的心肠变软了。他发现，陷在一种超出她能力和智力可以解决的处境下，这个小姑娘表现出来的笨拙令他动容，这从她的信中，尤其是她犹豫到底是用"你"还是"您"来称呼他这一点上就可以看出来。如果说，一切都太复杂了，这难道是她的错吗？难道不是他——既有钱又有头脑——没有尽到责任，让她过上快乐、单纯、无忧无虑的生活吗？

他还能再一次，最后一次面对打击。他赢得了夏季赛马场上的所有奖杯。他在练剑房把最灵活、最嚣张的剑手打趴在地上。他的生命之火从来没有燃烧得这么炽烈，大松鸡！当人们看到他在七月十四日的阅兵式上，骑着他栗色的小牝马做半旋转动作，就是他说它柔情似水，他爱它就像爱一个女人一样的那一匹。但他没有承认的是，这匹牝马是他生命中残存的所有女性元素了，真是残酷的讽刺。

之后，一切都停止了。七月的最后几天，阿朗松在进入昏睡的八月前已经打起了瞌睡。男爵害怕空虚、孤独。他在空荡荡的城里游荡，快被太阳晒化了，"就像一个迷失的灵魂"。后来，德热奈特街服饰用品店的老板娘这样形容道。

终于有一天，他不由自主地被他的双脚带回了自己家，他妻子的家。奥古斯蒂娜在家吗？她是不是已经去东维尔的别墅避暑去了？房子看上去完全荒废了，栅栏门锁着，百叶窗关着，花园里杂草丛生。甚至信箱里也少不了有一堆广告宣传单和说明书露出半截，没有信，都是一堆废纸。

火辣辣的太阳直射在街道上，勾勒出一栋栋楼房黑白分明的轮廓。这样的强光照在这空荡荡的街上有一种让人感到不安、压抑、忧郁的东西。男爵隐约感到一阵恶心。在他看来，他的血液正致命地涌到他的太阳穴那里。就在这时，在这些既熟悉——他自己的家——又仿佛是另一个世界的建筑物的寂静中，他清楚地听到一种咔嗒咔嗒的声音，微弱的响板声，就像鼓槌敲打在鼓沿儿上一样。声音越来越清晰，也越来越阴森恐怖。现在听到的仿佛是生病时牙齿打战的声音。忽然，两个高大的黑影戳在他面前。

那是两个悲悲戚戚的女人搂在一起的身影，紧紧地挨在一起，正朝他慢慢走过来，像一堵正在坍塌的墙。个子高的那个戴着墨镜，用一根白色手杖的末端不停地敲打着人行道的边缘，发出咔嗒咔嗒的声音。那堵墙慢慢向男爵压过来，充满威胁，无处逃避。他往后退，脚一滑，摔倒在排水沟里。

医生说不清他到底是突然中风倒下的，还是相反，因为额头磕到地上引起了脑溢血。当男爵夫人和欧也妮把他抱起来时，他已经昏迷不醒。他之后慢慢醒了，但整个右半身都瘫痪了。她们用令人钦佩的忘我精神照顾他。在男爵夫人心中，她丈夫的偏瘫和她自己的失明合在一起构成了一幅歌颂夫妻忠贞不渝的双联画。而造成他俩一个偏瘫另一个失明的根源——玛丽耶特已经完全从画面上消失不见了。

总之，这也是在半月广场散步的人势必会看到的画面：彻底恢复了视力的男爵夫人像正义女神一样直挺挺、严肃、安详地推着男爵的轮椅。半身不遂的大松鸡仿佛缩了一半，蜷着身子，那么忧伤，那么矮小。他的半边脸和半边身子瘫痪了，定格成一幅残酷的对昔日的他的讽刺漫画：半边脸是僵的，轻佻地咧嘴强笑，眯着眼睛，一只手故作风雅地握着，搭在他的前胸上，仿佛没完没了地默默重复着："完美的幸福！完美的幸福！"

铃兰空地

"皮埃尔,起床了,到点儿了!"

皮埃尔二十来岁,睡得很踏实,也因为他对母亲的警醒抱有一种盲目的信任。他母亲上了年纪,经常失眠,神经衰弱,是绝对不会睡过头的。他整个身子朝墙那边转过去,用强壮的背和剃光的后颈脖护住他的睡意。母亲看着他,昔日时光仿佛近在眼前:一大早,她叫醒熟睡的儿子,再把他送到村里的小学。皮埃尔似乎又睡熟了,但母亲不打算再去叫他,因为她知道,对儿子而言,黑夜已然结束,白天已然降临,一天的安排就要避无可避地接踵而来。

一刻钟后,他来到厨房,她在一个大花碗里给他冲了一杯浓浓的热巧克力。皮埃尔望向眼前的窗子,外面仍是漆黑一片。

"天还没亮",他说,"但不管怎样,白天变长了。不出一个钟头,我就可以把车前灯关了。"

母亲好像在做梦,十五年来,她从未离开过布莱莱特鲁。

"是啊,春天到家门口了。在南方,说不定你还能在那儿看见杏花呢。"

"噢,你知道,南方!这阵子,我们最远也就到里昂。至于高速公路旁的杏树……就算有,我们也没时间去看。"

他站起来,出于对母亲的尊重,他把碗放到水槽的水龙头下冲了冲——因为按照农村的传统,男人是不洗碗的。

"我什么时候能再见到你?"

"老样子,后天晚上。我和朋友加斯东一起跑一趟里昂,晚上就睡在车里。"

"老样子,"她低声自言自语道,"可我还是不太习惯,不过既然你喜欢……"

他耸了耸肩。

"不是喜欢,是只能这样。"

黎明破晓,半挂车巨大的影子在地平线上渐渐清晰。皮埃尔围着它慢慢转了一圈。每天早上都是如此,隔了一夜,和他心爱的"大玩具"重逢总让他心里感觉暖暖的。他从没和母亲说过这种感情,但在内心深处,他更喜欢把床安在车上,睡在车里。不过把一切都关好锁好也是白搭,遇上各种突发情况还是防不胜防,如撞车啊,拆零部件啊,偷车上的货啊!甚至连车带货一起偷走也不是不可能,虽然听上去匪夷所思,这种事也不是没见过。

不过这次,一切看上去又很正常,但还是要尽早把车子清洗一下。皮埃尔把一个小梯子倚在散热器护栅上,开始擦拭鼓起来的大挡风玻璃。其他所有东西都可以凑合,沾点泥蒙点灰也不打紧,但是作为卡车的灵魂,挡风玻璃必须一尘不染。

接着,他近乎虔诚地跪在车灯前。他对着玻璃哈气,再用一块白色抹布轻轻擦拭,就像母亲给孩子擦脸那样,既温柔又仔细。随后他把小梯子放回卡车侧栏,爬上驾驶室,坐到座位上,发动了车子。

在布洛涅-比扬古,黎明河岸和塞纳街的拐角,矗立着一栋歪歪扭扭、破破烂烂的楼房,和一楼兼售香烟的咖啡馆形成强烈反差,咖啡馆霓虹灯闪烁,镀镍家具锃亮,还有五颜六色的电动弹子台。加斯东独自住在七楼的一个小房间里。不过他已经准备就绪,等在咖啡馆门口,半挂车只要停一下就可以把他接上。

"好吗?老兄?"

"还好。"

一问一答干脆利落。加斯东照例先歇三分钟,然后他把旅行袋拎起来,放在他和皮埃尔中间的软垫长椅上打开,从里面飞快地掏出保温杯、冷藏箱、布包、饭盒、梳洗包,在四周放好,一看就知道这是长期养成的习惯动作。加斯东瘦瘦小小,年纪不太轻,一副专注而平静的神情。能感觉到他身上有一种弱者悲观的明智,因为他从小就习惯了处处提防这个充满敌意的世界的种种打击。收拾好之后他开始换衣服,脱下皮鞋,换上方格莫列顿呢拖鞋,脱下西服上装,换上高领毛衣,摘下巴斯克贝雷帽,换上一顶羊毛风雪帽,甚至还把外裤脱了,这一番操作可不容易,因为驾驶室空间狭小且地板一直晃动。

皮埃尔不用朝他看就能感知他的一举一动。他盯着通往环城大道的错综复杂又拥挤不堪的街道，但加斯东在他右边这一通见惯不怪的折腾也丝毫没有逃过他的眼睛。

"总之，你这不才穿戴整齐下楼，一上车又从头到脚换掉。"他评论道。

加斯东懒得搭理他。

"我在想，你为什么不直接穿着睡衣下楼呢？那岂不是一举两得，多省事？"

加斯东坐在椅背上。趁绿灯车一开动，他顺势轻巧地滚到座椅后面布置好的小床铺上。这是他睡觉前最后一次说话。

"等你有聪明一点的问题要问时，再把我叫醒吧。"

五分钟后，半挂车冲下了通往环城大道的支线。在早晨这个点儿，道路已经开始有些拥挤。对皮埃尔来说，这不过是个普通的开场。这些由小卡车、有闲阶层的小轿车和工薪阶层的大巴车汇成的滚滚车流，把真正跑公路的司机们淹没其中，难以区分。得等到过了伦吉斯、奥利、隆瑞莫和科尔贝埃索纳的出口和通往枫丹白露的岔路口后车辆才逐渐实现分流，最后才能抵达弗勒里梅罗吉收费站，那条长长的混凝土公路的起点。

当皮埃尔把车停在另外四辆正在过收费窗口的重型卡车后面时，心里洋溢着双倍的喜悦。不仅因为是他在开车，还因为加斯东睡着了，这样把车开上6号高速公路的人就非他莫属了。他一本正经地将卡递给收费站职员，取回来后，松开离合器踏板，向通往法国腹地的光滑的白色大道驶去。

在茹瓦尼服务站加满油后——这也是老规矩——他重新

开始高速行驶,一直开到普伊昂诺克苏瓦的出口处才放慢速度,开到铃兰空地去享受他早上八点的快餐。他刚把车停在小树林的山毛榉下,加斯东就从座位后面冒出来,把早餐要用到的东西一一取出来。当然,这也是雷打不动的老规矩。

皮埃尔跳下车。他身穿蓝色尼龙运动套服,脚蹬无带低帮轻便鞋,看起来就像一个参加训练的运动员。他应景地做了几个体操动作,弹跳着空打了几拳,踩着无懈可击的步伐走开了。当他完成热身,气喘吁吁地回到起点时,加斯东已经穿好了他的"日装"。接着,他从容地在空地的一张桌子上摆好了小资情调的早餐,有咖啡、热牛奶、羊角面包、黄油、果酱和蜂蜜。

"我最欣赏的,"皮埃尔说,"就是你的安逸。总让人有种感觉,仿佛你身后时而拖着你母亲的公寓,时而拖着高档旅馆的一间客房。"

"凡事都讲究个岁数,"加斯东边回答边倒了一点蜂蜜在掰开的牛角面包上,"三十年来,在早上开始干活前,我都习惯性只喝一小杯干白葡萄酒。除了一杯夏朗德白葡萄酒,其他什么也不吃。直到有一天我意识到我要保护好肠胃。于是,这个习惯就被我改掉了。戒酒,戒烟。给先生上全脂牛奶加咖啡!配烤土司和橙子酱。就像一位在克拉里奇酒店喝下午茶的老奶奶。我甚至还要告诉你一件趣事……"

他停下,咬了一口羊角面包。皮埃尔在他旁边坐下。

"那件趣事呢,酝酿好了?"

"好吧,我在想我是不是应该换掉不好消化的牛奶咖啡,改喝柠檬茶。因为柠檬茶是饮料中的极品!"

"那好,既然你这么讲究,为什么不像英国人那样点培根鸡蛋呢?"

"哦,不!千万别!早餐不要吃咸的!不,你看,早餐应该保持……怎么跟你解释呢?应该保持温文尔雅,不,是和蔼可亲,不,是充满母爱。正是,充满母爱!早餐应该让你有点像回到童年的感觉。因为到来的这一天并没那么有趣。所以你需要一些甜蜜的、令人安心的东西来唤醒你。所以我们要吃热的、甜的食物,此外都不合适。"

"那你的法兰绒腰带呢?"

"说到点子上了!这也是充满母爱的东西!你是看到了其中的关联还只是随口一说?"

"没有,我没看出来。"

"婴儿的襁褓!我的法兰绒腰带是对襁褓的一种回归。"

"你在跟我开玩笑吧?那奶瓶呢,对应什么时候?"

"老弟,看看我,好好跟我学学吧。因为我至少有一点比你强。我有过你这个年纪,无论谁,哪怕上帝都不能从我这儿夺走它。而你呢,能不能活到我这个岁数你自己都打不了包票。"

"跟你说吧,这些关于年纪的鬼话,我压根儿不感兴趣。我认为人要是一时蠢就会蠢一辈子,同样一时聪明也会聪明一辈子。"

"对但也不对。因为蠢有各种不同的程度,在某个年纪人特别容易做蠢事。过了这个年纪就会好起来。"

"那依你看,特别容易做蠢事的年纪是多大?"

"这因人而异。"

"譬如说我吧,不会是二十一岁吧?"

"为什么刚好是二十一岁?"

"因为我现在正好二十一岁。"

加斯东抿了口咖啡,用嘲笑的眼光看着他。

"自从我们开始搭档开车,是的,我就一直在观察你,想看看你有没有做蠢事。"

"然而你没有发现,因为我既不抽烟也不喜欢来两口干白葡萄酒。"

"确实,但你看,这还要分大蠢事和小蠢事。烟草和干白,这是小蠢事。它们可能会要你的命,但只会是慢慢地。"

"而那些大蠢事,会一下子就要了你的命?"

"对,就是这样。当我在你这个年纪的时候,不,比你还要年轻时,应该十八岁吧,我参加了抵抗运动。"

"这是大蠢事?"

"很大很大的蠢事!那时我完全没有意识到危险。显然是我运气好。但是当时和我一起的好朋友没有脱身,他被捕了,被押送到集中营,从此杳无音讯。为了什么?对什么有好处?三十年来我一直问我自己这些问题。"

"在这一方面,我不会有任何风险。"皮埃尔说道。

"不会了,是的,在这方面不会了。"

"因此你继续在我身上找大蠢事,而你目前还没有找到?"

"对,我还没有找到,虽然我还没有找到,但我已经嗅到了……"

两天后,皮埃尔和加斯东的半挂车又在早晨同一时间来到了弗勒里梅罗吉收费站。这次是加斯东驾驶,皮埃尔坐在他右边,以副手的角色开始新的一天总让他感觉有些沮丧。虽然他无论如何不会流露出这种荒唐的心态,况且他自己都不愿意承认这一点,但他的情绪变得有点乖张易怒。

"你好,贝伯尔!怎么你今天还当班啊?"

加斯东居然要跟收费站这个有点神秘又有点让人瞧不起的家伙称兄道弟!在皮埃尔眼里,正式进入高速公路具有一种仪式感,不应该让闲聊瞎扯来搅扰。

"是啊,"收费员解释道,"我和蒂埃诺调班了,他要去参加他妹妹的婚礼。"

"是吗?"加斯东得出结论,"那么周五就见不到你了?"

"见不到了,那天是蒂埃诺当班。"

"那么下周见。"

"好,一路顺风!"

加斯东把通行卡递给皮埃尔。车子驶进高速公路。加斯东不慌不忙地一挡挡加速,并没有猛地踩油门。迎着预示着好天气的黎明,大卡车全速前进,这让他们怡然自得。皮埃尔舒舒服服地坐在座位上,把玩着手里那张通行卡。

"你瞧,那些坐在窗口收费的家伙,我真不懂他们,他们属于这里,又不属于这里。"

加斯东看他开始胡言乱语，懒得跟他费神。

"他们属于这里，又不属于这里，这里指什么？"

"当然是属于高速公路了！他们守在高速路口，到晚上下班，又骑着摩托回到农场。那高速公路呢？怎么办？"

加斯东有些恼火了："什么，高速公路又怎么了？"

"该死，你好好想想。你拿着通行卡经过高速入口的窗口时，难道你没有感到有什么不同吗？接着，你就冲向了这条笔直的混凝土路，这路又平、又干净、又快，畅通无阻。你换了个世界，你现在来到了一个新世界。这就是高速公路！你属于高速公路了！"

加斯东依旧不理解。

"不，对我来说，跑高速公路就是打工，仅此而已。我甚至还要告诉你，我觉得这活儿有点儿无聊，特别是坐在咱们这样一辆车上。啊，要是我现在还是年轻小伙子，我一定很喜欢开着玛莎拉蒂，以每小时两百公里的速度在高速路上飞驰。但要是身后拉着四十吨货，突突突地开，那我觉得还是有平交路口和沿途小酒馆的国道更有意思。"

"好吧，"皮埃尔松口道，"玛莎拉蒂和两百公里，这个，我跟你说，我以前干过。"

"你，你以前干过？开着玛莎拉蒂以时速两百公里在高速路上飞驰？"

"啊，当然不是一辆玛莎拉蒂，而是一辆旧的克莱斯勒。你知道贝尔纳改装升级的那辆吗？在高速公路上可以开到时速一百八十公里。"

"两百和一百八可不是一回事儿。"

"啊,你不会跟这二十公里较真儿吧!"

"我不较真儿。我只是说:这不是一回事儿。"

"好吧,不过我要告诉你的是,我还是更喜欢我们这辆车。"

"你倒是说说看。"

"因为无论是坐在玛莎拉蒂里……"

"还是坐在改装升级的克莱斯勒里……"

"都一样:你陷在座位里,紧贴地面。你不是居高临下。但我们的车,它很高,你可以俯瞰一切。"

"你难道需要俯瞰?"

"我呢,我喜欢高速公路。所以我想看。瞧,你看看这条望不到尽头的路!很漂亮,是不是?你要是贴在地面上,就看不到这样的风景了。"

加斯东包容地摇了摇头。

"其实你呀,你应该去开飞机。那样的话,说到居高临下,那才是动真格的居高临下。"

皮埃尔被惹恼了。

"你是真不明白,还是故意和我找碴儿!飞机,那不一样。太高了。感受高速公路,就应该在高速公路上。应该身在其中。不能身在其外。"

这天早上,铃兰空地在黎明的阳光下显得色彩缤纷、喜气洋洋,相比之下,高速公路就像是喧嚣的混凝土地狱。加斯东在驾驶室里打扫收拾，抹布、鸡毛掸帚、小扫帚和其他各种保养工具摆了一堆。皮埃尔嘲讽地看着他忙活，已经下车在外面活动腿脚了。

"我算过，这间驾驶室是我这辈子待的时间最长的地方，所以要尽可能保持整洁。"加斯东好像自言自语似的解释道。

皮埃尔走开了，小树林的勃勃生机吸引了他的注意力。他在发芽的树下越朝前走，来往车辆的轰鸣声就越轻。他感到一阵奇怪、陌生的情绪袭来，整个人都被触动了，这种感觉他从来没有过，如果一定要说有过的话，也许还是很多年前当他第一次走近妹妹的摇篮的时候。从嫩绿的树叶丛中传来鸟儿的歌唱和昆虫飞舞的声响。他深吸了几口气，仿佛穿过一条令人窒息的悠长隧道，终于来到了露天空地上一样。

突然，他停下脚步。在离他不远的地方，他看到一个诗情画意的迷人场景。一个穿着粉色连衣裙的金发少女坐在草地上。她没看到他，只顾着看那三四头在草地上悠闲自在走来走去的牛。皮埃尔想凑近看得更仔细些，想跟她说说话。他又往前走了几步。突然，他被拦住了。一道栅栏横在眼前。一道可憎的、像监狱甚至像集中营里的那种铁栅栏，顶上弯成圆形，上面还围着刺铁丝网。皮埃尔是属于高速公路的。一块用来休息的空地并不是他消遣的地方。远处传来的往来车辆的嘈杂声不断提醒他该回去了。但是他好像呆住了，手指抓着那道铁丝网，眼睛盯着那棵老桑树下的金色斑点。终于，汽车喇叭响了，这个信号声他再熟悉不过了。加斯东等得不耐烦了。他必须回去了。皮埃尔从他的沉思中醒来,回到现实,回到半挂车上,回到高速公路。

开车的是加斯东。他还在一心一意想着彻底打扫的事儿。

"现在总算干净些了。"他满意地说。

皮埃尔一言不发。他的思绪还没有回来,依然停留在铃兰空地的铁栅栏那里。他很开心。仿佛有天使在澄净的蓝天中飞翔,他冲着这些看不见的天使微笑。

"你突然好安静啊!不说些什么吗?"终于加斯东好奇了。

"我吗?没啥。你想让我说什么呢?"

"我也不知道。"

皮埃尔打起精神,试图回到现实中来。

"好吧,是这样,"他最终叹了口气,"春天到了!"

卸下来的挂车用脚撑撑着。在搬运工卸货期间,车头可以驶离里昂仓库。

"半挂车的好处,"加斯东一边开车,一边赞叹,"就是在装货和卸货的时候,可以把车头开走。这样就变得跟资产阶级的小轿车差不多了。"

"对,但在某些情况下,最好各有各的车头。"皮埃尔提出异议。

"你为什么这么说?你是想单独行动吗?"

"不,我是站在你的角度说的。因为我们这会儿要去自助餐厅,而我知道你不太喜欢。要是你有自己的小轿车,就可以一直开到玛罗德大娘的小酒馆去,那儿有最好的炖菜,别家都烧不出这么好的味道。"

"也对,跟你一块儿吃饭,就跟在牙医诊所似的,每次都吃得急匆匆的。"

"自助餐就是又快又干净,而且选择还多。"

餐台上摆着一盘盘盛好的菜,他们一边排队,一边将自己的托盘沿着台边的滑槽向前推。加斯东板着脸,怨气显而易见。皮埃尔选了一份蔬菜沙拉和一份烤肉,加斯东是一份乡村肉酱和一份牛肚。接下来还要找个空位子。

"你看到了吧?品种多得很,"皮埃尔扬扬得意,"而且一秒钟都不用等。"

接着他看了看加斯东的盘子,吃了一惊。

"这是什么东西?"

"按理说这应该是牛肚。"加斯东谨慎地答道。

"在里昂,这是道家常菜。"

"没错,要趁热吃,可惜它马上就要凉了。"

"不应该选这道菜,"皮埃尔指了指他的蔬菜沙拉说,"它就不怕变凉。"

加斯东耸耸肩。

"你赞不绝口的快捷,它让我不得不午饭一上来就吃主菜。否则,我这份牛肚的油都要凝固了。吃冷牛肚可不行。不——行!要记牢。你只有跟着我才能学到这个,不会浪费时间。也因为这个,我更喜欢和小伙伴们在小酒馆一边喝酒一边等着上菜。老板娘亲自端来热气腾腾、煮得刚刚好的当天特色菜。这说的是速度。再说厨艺,就更别提了。因为在自助餐厅,我不知道为什么他们不敢加作料。比如牛肚,就该加洋葱、大蒜、百里香、桂皮、丁香和很多胡椒。上的牛肚要很热,味道很足。你给我尝尝这个,简直就是给忌盐的病人吃的清汤挂面!"

"应该挑别的东西吃。选择很多呀。"

"选择?那我们就说说选择!我啊,我要跟你说句实在话:在一家餐馆里,选择越少越好。如果餐馆里有七十五道菜可供挑选,你可以立马走人,肯定没有一道好吃的。好菜谱就是一招鲜:当天特色菜。"

"来吧,喝口可乐,会让你精神一振!"

"可乐配牛肚!"

"有话好好说。你刚跟我解释了十分钟说这不能算真正意义上的牛肚。"

他们安静地吃饭,各想各的心事。最终是皮埃尔说出了他的结论。

"说到底,你看,我们对工作的看法不同。我是彻头彻尾的6号高速公路。你似乎还停留在7号国道线。"

晴空万里,仿佛天气会一直这么好下去。此刻铃兰空地比任何时候都更名副其实。加斯东躺在离车不远的地方,嘴里衔着一根草,透过白杨树的细枝望着天空。皮埃尔飞快地朝空地深处走去。他手指钩着铁栅栏,朝草地上张望。眼前的景象让他大失所望。牛倒有不少,却没有放牛姑娘的身影。他等了等，犹豫了一下，之后决定隔着栅栏尿尿。

"你可别不好意思呀！"

一个带勃艮第口音的年轻声音从左边的小树林里传来。皮埃尔急忙拉上裤子拉链。

"既然装了铁栅栏，就不会只是摆设。是为了防止高速公路上的脏东西。防止污染！"

这十天来，皮埃尔的脑海里一直浮现着一个有点遥远、理想化的形象。他努力使它和面前这个少女的具象重合起来。在皮埃尔的想象中，她应该更高、更瘦，特别是没有这么年轻。眼前的她真真是一个少女，还有点儿土气，满脸雀斑，不施粉黛。他立刻认定，她这样子更让他喜欢。

"你常常来这儿吗？"

这是他在尴尬中所能挤出的唯一一句话。

"常来。我相信你也常来。我认得你的卡车。"

一阵沉默。沉默中满是春天的呢喃。

"这儿离高速公路这么近，可真安静呀。铃兰空地。为什么叫这个名字？这儿有铃兰花吗？"

"过去有，"年轻姑娘纠正他的话，"这儿原来是一片树林，到了春天就开满铃兰花。高速公路一修，树林就不见了。被高速公路吞没了，就像被地震震没了似的。于是铃兰花也消失不见了！"

他们又陷入一阵沉默。她席地而坐，肩膀靠着栅栏。

"我们每周经过这里两次，"皮埃尔解释说，"当然，两次中有一次是我们北上回巴黎。所以会在高速公路的另一边，要想到这儿来，必须步行穿过两道行车道。这很危险，也是被禁止的。你呢，你在这里有一片农场吗？"

"嗯，是我爸妈的。在吕西尼，乌兰河畔吕西尼。离这儿五百米，甚至还不到。我哥哥去城里了。他在博纳当电工，他说他不想耕地。也不知道，等我爸干不动了，这片农场会怎么样。"

"这是不可避免的，社会在进步嘛。"皮埃尔表示赞同。

风轻轻穿过树木。又传来半挂车的喇叭声。

"我该走了，"皮埃尔说，"也许很快会再见。"

女孩站起身。

"再见！"

皮埃尔刚跑开，很快又转身回来。

"你的名字，是什么？"

"玛丽奈特。你呢？"

"皮埃尔。"

很快，加斯东感到小伙伴心里有什么东西发生了变化。他不会突然关心起结婚的事情了吧？

"有时候，"他说，"我会想那些结婚的人是怎么做的。像我一星期都在路上。之后，一回到家，绝对累得很想睡觉。这样当然不可能开车去兜风。那老婆肯定会感到自己受了冷落。"

皮埃尔沉默了一会儿，说：

"那你呢，你从前结过婚吗？"

"嗯，结过。"加斯东意兴阑珊地承认。

"然后呢?"

"然后,她跟我一样。"

"什么跟你一样?"

"是啊,什么一样,我总在外面跑。她也跑了。"

"可是,你会回来啊。"

"她呢,她没有回来。她跟一个开食品杂货店的家伙好上了。一个不挪窝的家伙!"

他沉思了一会儿,意味深长地下了结论:

"说到底,高速公路和女人,你看,是不可兼得的。"

照理说,加斯东和皮埃尔应该轮流洗车子。这也是搭伙跑公路的惯例。但是,皮埃尔几乎每次都主动洗车,而加斯东也心安理得地接受同伴替他干活。显然,无论是在审美方面,还是对自身和劳动工具的卫生要求上,他俩都意见相左。

这天,加斯东无所事事地坐在车上,而皮埃尔则用水枪冲洗车身,水很急,打在车上发出震耳欲聋的声响。隔着敞开的车窗,他们难得的几句谈话也被这水声打得七零八落。

"你不觉得你已经够了吗?"加斯东问。

"够什么?"

"够卖力呀。难不成你以为你是美容院的啊?"

皮埃尔没有回答,他关上水管,从桶里拿出一块淌着水的海绵。

"当咱俩开始搭伙时,我就明白了,小伙子们挂在车上的装饰物,像玩具娃娃啊,幸运挂件啊,贴画啊……所有这些你都不喜欢。"加斯东重拾话头。

"确实，你说得没错。"皮埃尔赞同道，"我感觉这些玩意儿和汽车那种风格的美不搭。"

"哦？那你认为汽车是哪种风格的美？"

"是一种实用、恰到好处、功能性的美。就像高速公路的美，不需要拖拉、累赘、光为了好看而毫无用处的东西。"

"你知道的，我很快就把所有这些披披挂挂的东西都拿掉了，包括那个在散热器护栅上光着大腿滑冰的小美妞。"

"那个，你本来可以留下的。"皮埃尔坦言道，顺手又拿起了水管。

"瞧瞧，瞧瞧，"加斯东惊讶道，"清心寡欲的先生您转性了？一定是春天来了。你应该在车身上画些小花。"

水柱射在铁皮上噪声很大，皮埃尔没太听清。

"在车身上什么？"

"我说，你应该在车身上画些小花。比如说铃兰花。"

水柱朝加斯东射去，他赶紧把车窗摇上去。

同一天，在铃兰空地他们通常停车的地方发生了一件小事，让加斯东觉得有趣，但更让他感到担心。皮埃尔以为他在车里睡着了，就打开了拖车的后备厢，拿出一个爬车顶用的金属小梯子。然后，他向空地深处走去。有时运气不好真的做什么都不顺。接下来的这一幕，在沿着这个空地的弯道上任何一处都能看到。事实就是，正当皮埃尔把梯子靠在栅栏的一根柱子上准备爬的时候，两个骑摩托车的交警就突然出现了。他们来到他跟前，叫住他，他不得不爬下梯子。加斯东也来了。两人指手画脚地解释着。其中一个警察伏在摩托车的翼子板上开始做笔录，与此同时，加斯东把梯子放回原处。接着，像两个命运骑士一样，那两个警察骑着摩托车走了，卡车继续上路，朝里昂驶去。

过了很久，开车的皮埃尔先打破了沉默。

"你看见那边的村庄了吗？每次我打那儿路过，都会想起我的家乡。那儿的教堂矮矮的，四周围满密密麻麻的房子，就像石灰山附近的帕林纳。那真是奥弗涅的犄角旮旯。也就二十年前吧，人跟牲畜都还住在一块儿。房间最里面是牛棚，左边是猪圈，右边是鸡窝，还开了一个可以上下拉开的小洞，用来让鸡鸭出去透透气。窗户旁边是饭桌，两边各放着一张床，一家人就挤在那里睡觉。这样一丝热气也散不掉，冬天的时候就很暖和。但是每次从外面进来，家里那股味儿真让人受不了！"

"可你又没经历过，你太年轻了。"加斯东反驳道。

"我是没经历过，但我生在那儿，可以说是遗传吧，我有时就会想啊，我是不是真的从那儿走出来了。比如说地，那都是踩实的泥地，都没见过瓷砖或地板。进门的时候也不需要把鞋擦干净！因为你从田里回来鞋上沾的土和房间的地是一样的，混在一起也没关系。所以我对我们工作最满意的一点就是可以穿着软底便鞋工作。但是在我们村也不是什么都不好。比如我们用木头生火取暖和做饭。不管怎么说，这跟煤气和电可一点都不一样。这些新玩意儿都是我的老母亲守寡搬到布莱才有的。木柴给人一种充满活力的温暖。还有圣诞节装点过的冷杉……"

加斯东听得有些不耐烦了。

"可你为什么要跟我说这些?"

"为什么?我不知道。我就是想到了而已。"

"你要听我跟你说说吗?梯子的事儿。你以为那就是去吻一下玛丽奈特吗?那可不光为了这个。主要是为了离开高速公路,回到你的那个什么山附近的帕林纳去!"

"滚!你懂个屁!"

"因为我出生在巴黎北郊的庞坦,我就不懂你这种乡巴佬儿的思乡病吗?"

"难道我就懂吗?你以为我就很懂我自个儿的事儿吗?不,但说真的,有些时候,生活变得太复杂了!"

"星期六晚上,你有时候会去参加舞会吗?"

皮埃尔本来只是想坐在玛丽奈特身旁,默默地待在她身边,但是这堵围墙,这道他用手指钩住的栅栏,让他们中间产生了一段距离,所以他们不得不开口讲话。

"嗯,有时候会去。"玛丽奈特支支吾吾地回答,"但是很远。在吕西尼从来没有舞会。所以要去博纳。但我爸妈不让我单独去。总让邻居家女儿陪我一起去。她叫让奈特,很本分,有她在,我爸妈才放心。"

皮埃尔浮想联翩。

"等哪个星期六我来吕西尼接你。我们去博纳。既然这样,那就带上让奈特一起去吧。"

"你用四十吨卡车来接我吗？"务实的玛丽奈特吃惊地问道。

"当然不是！我有一辆350摩托车。"

"三个人坐一辆摩托车，估计会不舒服吧。"

一阵难堪的沉默。皮埃尔觉得她不太乐意。或者正相反，也许是她太希望梦想成真，因而看到了实际的困难呢？

"不过我们可以在这儿跳舞。"她突然说道，仿佛脑海中灵光一现。

皮埃尔不明白。

"在这儿吗？"

"那是，就在这儿。我有个小半导体。"她一边说一边弯腰从深草丛中拾起收音机。

"隔着这道把我们分开的铁栅栏？"

"有些舞不用抱在一起跳。比如抽筋舞。"

她打开收音机，放了一首音乐，歌曲轻柔，节奏缓慢。

"这是抽筋舞的舞曲？"皮埃尔问。

"不，这应该是圆舞曲。要不我们跳起来试试看？"

没等他回答，她就伸着胳臂，手握半导体，开始转动起来。皮埃尔呆呆地看着这一幕。

"哎！你也跳啊，你不跳吗？"

他于是学她跳，起初很笨拙，后来渐入佳境。三十米外，加斯东来找他那个对喇叭声充耳不闻的同伴，看到这一既奇怪又忧伤的场景，他一下子愣住了，焕发着青春气息的这一对年轻人竟然隔着带刺铁丝网的栅栏正一起跳舞。

当他们再次启程的时候，是加斯东开的车。皮埃尔伸出手打开了仪表盘上的收音机按键。玛丽奈特的圆舞曲一响起，皮埃尔就往后躺了下去，好像沉浸在美梦里了。他突然觉得，身边闪过的风景和这支曲子完美融合在一起，仿佛此刻鲜花盛开的勃艮第与施特劳斯曲中帝国时代的维也纳有某种默契。可爱典雅的老房子、连绵起伏的山丘、嫩绿色的草地在他的眼前一一闪过。

"奇了怪了，这里的风景真美啊，"最终他感叹道，"我之前路过几十次，从来也没注意到。"

"是音乐营造了这一效果，"加斯东解释道，"就像在电影院里，一段精心编排的音乐响起，电影场景马上就会变得更强烈。"

"也因为有挡风玻璃。"皮埃尔补了一句。

"挡风玻璃？你到底想说什么？"

"挡风玻璃啊，保护风景的玻璃啊。"

"啊，你的意思是，你觉得这块挡风玻璃是用来保护风景的？"

"从某种意义上说是这样。因为这让风景变得更美，但是我也说不出个所以然来。"

之后他想了一会儿，又纠正道：

"不，我知道为什么了……"

"说吧，为什么挡风玻璃会让风景变得更美？"

"我小的时候，喜欢去城里看看橱窗，尤其是圣诞前夕。橱窗里的东西都摆放在天鹅绒上，还搭配着花环和冷杉树的小枝丫。橱窗隔着，不许触摸，也触摸不到。当你走进商店，让人把橱窗里的东西拿出来给你看时，它立马就没那么好了。它失去了原有的魅力，如果你明白我想说的意思的话。透过挡风玻璃看到的风景也是一样，就像是透过橱窗看。精心摆放并且触碰不到。或许正因为这样风景才显得格外美丽。"

"总之，"加斯东总结道，"如果我没理解错的话，高速公路，就是那些漂亮的东西，但只能看。没必要专门停下来，伸出手。不准碰，禁止摸，把爪子拿开！"

加斯东停了下来。他原想再说点什么，把自己的意思表达完整，但他迟疑了。他不想太打击这个如此年轻、如此笨拙的小皮埃罗[1]。最后他还是想好了怎么说。

"不过，"他轻声说，"高速公路挡住的不只是风景，还有女孩子们。挡风玻璃后面的风景，栅栏后面的女孩子们，都像是在橱窗里。不准碰，禁止摸，把爪子拿开！高速公路，就是这么一回事儿！"

皮埃尔一动不动。他这种消极态度把加斯东惹毛了，他一下子就火了。

"难道不对吗，皮埃罗？"他嚷嚷道。

皮埃尔吓了一跳，一脸迷茫地看着他。

卡车一动不动的巨大影子立在星光闪闪的夜空下。驾驶

---

[1] 皮埃罗是皮埃尔的昵称。

室里透出了微弱的光线。加斯东穿着睡衣,鼻梁上架着一副钢边眼镜,专心致志地读着一本小说。躺在卧铺上的皮埃尔关心他为何这么晚了还迟迟不睡。

"你在干什么?"他睡眼惺忪地问道。

"如你所见,我在看书。"

"你在看什么书?"

"在你找我说话,我回答你的这会儿,我就没在看书了。我现在停下来了。一心二用可不好。所以说,在我们聊天前,我当时正在看一本小说,叫作《沙漠佳人》(*La Vénus des sables*)。"

"《沙漠佳人》?"

"是的,《沙漠佳人》。"

"它讲的什么?"

"故事发生在沙漠里。确切说是在塔西利[1]。应该在撒哈拉以南的什么地方。故事的主角是沙漠商队。小伙子们赶着驮了货物的骆驼穿越沙漠。"

"有意思吗?"

"说出来你可能不信,这个故事跟我们有某种联系。"

"说来听听。"

"沙漠商队啊,一整天都赶着骆驼在沙漠上走啊走。

---

[1] 塔西利(Tassili)在阿杰尔高原上,位于阿尔及利亚东南撒哈拉沙漠中部,与尼日尔、利比亚两国接壤。该地区有大量公元前6000年—公元初几个世纪的岩石壁画,1982年塔西利被联合国教科文组织列入世界遗产名录。

他们把商品从一个地方运到另一个地方。总之，他们就是过去的卡车司机。或者还可以这么说，我们就是今天的沙漠商队。你用大卡车代替了骆驼，高速公路代替沙漠，这不就是一回事了。"

"嗯。"昏昏欲睡的皮埃尔嘟囔了一声。

但是加斯东沉浸在自己的话题里，继续说道：

"故事里面还有绿洲。沙漠商队会在绿洲中途停留，那里有泉水、棕榈树，还有等着他们的姑娘们。这也是小说书名《沙漠佳人》的由来。讲的是一位留在绿洲的美丽姑娘。沙漠商队无人不想念她。来，你听听这一段：

"*年轻的骆驼骑手从他的白色单峰驼上下来，就是一种骆驼，从他的白色单峰驼上下来，寻找阿依夏，那个姑娘的名字，来到了棕榈林的树荫下。他没有找到她，因为姑娘躲在井边，透过面纱的缝隙正在观察努力寻找她的年轻骑手。最终，透过开粉红花的柽柳枝，他发现并认出了她隐约的倩影。看到他朝自己走过来，她站起身，因为这儿的女人是不能坐着和男人讲话的。*你看，这些国家还保留着等级观念。

"*阿依夏，他对她说，我在砂岩高原上赶了八天的路，但每当我在炎炎烈日下闭上双眼时，你温柔的脸庞就浮现在我脑海中。阿依夏，这些日子里你可曾有一次想起我？*

"*年轻姑娘的深色眼睛中闪烁出淡紫色的光，嘴角露出洁白的微笑。*

"*阿赫墨德，达赫玛尼的儿子，她说，你今天晚上这样保证。但明早天一亮，你就会骑着你的白色单峰驼，头也不*

回地一路向北。说实话，我觉得比起爱我，你更爱你的骆驼和沙漠！"

"嗯，你听了觉得怎么样？"

皮埃尔在床铺上翻了个身。加斯东听见一阵叹息，他相信从叹息声中听出了一个人的名字："玛丽奈特！"

离铃兰空地越来越近了，开车的是皮埃尔。加斯东在后面的卧铺上打盹。

车子开到岔道上，停了下来。

"我下去一下。"皮埃尔解释道。

"我待着不动。"从卧铺那边传来回答。

皮埃尔在树下朝前走。阴沉的天气让林中的色彩和鸟儿的歌唱都消隐了。空气中仿佛有一种幻想破灭、阴郁甚至是可怕的等待。皮埃尔到了栅栏前面。他既没看见牛也没看见放牛的姑娘。他失望地待了一会儿，手指钩在栅栏上。喊一嗓子？不必白费力气了。显然没有人在那里，也正因此一切才没有了迷人的魅力。突然，皮埃尔好像一下子下定了决心，扭头往回走，大步朝车子走去。他回到驾驶室的位置上，发动了车子。

"这一次你倒没怎么耽搁。"后面卧铺传来一声点评。

车子飞快地绕上高速公路的入口，不管不顾地朝高速公路冲去。一辆保时捷像流星一样飞驰而来，方向盘朝左一打，猛地避开，亮了亮车灯表示愤怒。皮埃尔踩油门加速，灵活换挡，尽管车上载满货物，他还是让这辆半挂车马力全开。随后是通往博纳的绕行公路出口。车子暴风骤雨般地驶上这条路。加斯东惊呆了,他戴着风雪帽的头从驾驶座后面突然探了出来。

"你到底在搞什么鬼?你疯了吗?"

"吕西尼,乌兰河畔吕西尼,"皮埃尔咬牙切齿地说,"我非去一趟不可。"

"但你知道这会让我们付出什么代价吗?你啊,你完全不在乎。我们今晚什么时候才能到里昂?发生梯子那件事之后,你以为自己还能逞强吗?"

"只是绕个弯而已!别大惊小怪的!给我半小时。"

"半小时,你说得倒轻巧!"

车子在收费站前停下。皮埃尔把通行卡递给收费员。

"吕西尼,乌兰河畔吕西尼?你知道在哪儿吗?"

收费员瞎比画了一下,还说了几句莫名其妙的话。

"什么?"

收费员又比画了一下,手势和话更加晦涩难懂了。

"好吧,没关系!"皮埃尔边说边开动车子。

"说到底,"加斯东对他说,"你不知道你要去哪里?"

"吕西尼,乌兰河畔吕西尼。很清楚,不是吗?玛丽奈特说的,就五百米远。"

车子开了一会儿,在一个小老太太跟前停了下来,她一只手撑着伞,一只手拎着一个篮子。她看到车吓坏了,赶忙闪到一边。

"太太,请问去吕西尼要怎么走?"

老太太走上前去,把伞夹到腋下,腾出手支在耳朵后面。

"去工厂[1]?你说的是哪个工厂?"

"不不,我们要去吕西尼,乌兰河畔吕西尼。"

"吃的东西?那应该去食品杂货铺呀!"

加斯东俯身趴在皮埃尔的肩膀上,觉得该换他来问问看,他一字一顿地说道:

"不是的,太太。我们在找吕西尼,乌兰河畔吕西尼。"

老妇人冷笑一声。

"乌龙?啊是的,这一切就是乌龙,大大的乌龙!"

"他妈的!"皮埃尔嘟囔着,踩下离合器踏板。

半挂车慢慢开了将近一公里。之后,当一个赶着一头奶牛的男人出现在加斯东的窗口时,车速更加慢了下来。加斯东赶忙向这个男人问路。那人没有停下脚步,也没有说一句话,只是伸出手臂指了指右边。

"我们得向右转。"加斯东说道。

笨重的半挂车十分艰难地驶进一条狭窄的省级公路。这时突然出现了一个小伙子,他骑着一匹耕地用的大马,把一袋土豆当马鞍。

"嘿,小子,吕西尼,乌兰河畔吕西尼,你知道在哪儿吗?"

男孩傻傻地望着他们。

"怎么啦?你是知道还是不知道?吕西尼?"

---

[1] 法语中吕西尼(Lusigny)的发音和工厂(l'usine)很像。老太太耳背听岔了,后面对话还有一系列类似的误会。

又是一阵沉默。紧接着马伸长了脖子，露出了一排又大又黄的牙齿，发出了一声令人发笑的叫声。男孩像被传染了似的，也跟着傻笑起来。

"算了吧，"加斯东说，"你一看就知道他是个傻子！"

"这是什么鬼地方！"皮埃尔怒火中烧，"他们是故意的，对不对？"

他们来到公路和一条乡间小道的交叉路口前。路口有一个路标，但是路标上的指示牌已经不见了。皮埃尔跳到斜坡上，仔细查看路标周围的草丛。他最终找到一块发绿的铸铁牌子，上面有好多个村庄的名字，其中就有吕西尼。

"瞧！你看到了吗？吕西尼，三公里！"他得意地说。

"没错，但人家和你说的是五百米。"加斯东提醒道。

"这说明我们绕路了！"

车子启动，拐上乡间小道。

"你该不会要开到这条路上去吧！"加斯东叫道。

"当然了，为什么不呢？看好了，妥妥的。"

车子像海上的船一样，摇摇晃晃地前行。一道道树枝刮过车身，划过挡风玻璃。

"麻烦事儿还在后头呢。"加斯东抱怨了一句。

"别乌鸦嘴了。"

"有时候，这只能说明我有先见之明罢了。嘿，你瞧瞧我们前面！"

果然，他们一拐弯就看见一辆拖拉机迎面而来，后面拖着的犁挡住了整个路面。大家都停下来。皮埃尔下车和拖拉车司机说了几句。然后他又重新坐回到加斯东旁边。

"他说我们可以在前面远一点的地方会车。他要往回倒。"

困难的操作开始了。半挂车一步一步前进,把挡在车前被挂犁妨碍的拖拉机往后赶。果然到了路面稍微宽阔一点的地方,半挂车小心翼翼尽可能朝右边靠,拖拉机试着从旁边开过去,可挂犁却过不去。半挂车退了几米,然后再次朝右前方靠。道路已经宽敞到挂犁可以通过的程度了,但是庞大的卡车已经危险地向右边倾斜。皮埃尔踩油门,发动机无奈地轰鸣,右边的车轮陷进草和烂泥里。

"这下可好了!卡住动不了啦。"加斯东幸灾乐祸地说。

"别担心,我事先都想到了。"

"你事先都想到了?"

"是啊,这不现成有辆拖拉机吗?它会把咱们拉出来的!"

皮埃尔下车,加斯东看见他跟开拖拉机的人商量。那人摇手拒绝。比埃尔掏出皮夹。那人仍旧拒绝。最后拖拉机开动,挂犁顺利地从半挂车旁边开过去。加斯东跳下车,跑过去赶上拖拉机。

"喂,我们要去吕西尼,乌兰河畔吕西尼。你知道在哪儿吗?"

开拖拉机的人比画了一下,指的是他自己要去的方向。加斯东垂头丧气地回来,皮埃尔正在驾驶室里头翻来翻去,找一捆钢索。

"好消息,"加斯东对他说,"我们得掉头。"

但现在还没到那一步。皮埃尔展开钢索,钻到散热器护栅下面,将钢索固定在绞盘上。紧接着,他拿着钢索的一端,漫无目的地往前走,寻找一个拴钢索的地方。他在一棵树前犹豫了一下,之后在另一棵树前又犹豫了一下,最终选定一个竖在土路口的古老十字架。他把钢索系在十字架底座之后便返回车内。绞盘的马达轰鸣,慢慢收短的钢索在石子路面上扭动,之后绷紧颤动着。皮埃尔一动不动,仿佛是在用力之前静心祈祷。接着他重新发动绞盘并紧握方向盘,仿佛自己也在为把这四十吨的卡车从陷进去的车辙里拉出来使了一把劲。加斯东在驾驶室后头默默注视着这一通操作。他知道,如果站位不当,一旦钢索断了弹回来可能会扫断人的两条腿。车子晃动起来,慢慢从烂泥里挣扎出来。皮埃尔眼睛紧盯地面,一米一米目测着车子的进度。加斯东先看见十字架让人不安地倾斜了,之后,当四只轮子最终都到了路面上时,十字架一头栽倒在草丛中。

"十字架!看你干的好事!"

皮埃尔很高兴摆脱了困境,不以为然地耸了耸肩。

"你瞧好了,到头来你会让我们坐牢的。"加斯东强调道。

"如果刚才那个坏家伙肯用他的拖拉机帮咱们,这种事就不会发生了!"

"你去向警察解释吧!"

车子继续在高低不平的路上颠簸着朝前开去。

"乡下，还真挺好看的，但是你别忘了要掉头。"

"总能开到前面什么地方掉头的。"

果然，在一公里开外的地方有一个小镇广场。那儿有一家兼卖杂货的小酒馆，一家药房，还有一个由几排生锈的铁管子支撑起已经卷边的篷布的集市，但空无一人。广场尽头是一座第一次世界大战阵亡战士的纪念像：一个士兵端着上了刺刀的枪在冲锋，一只穿着皮靴的脚踩在一个尖顶钢盔上。对卡车掉头来说，这个地方不够理想，但又别无选择。加斯东从车上下来指挥。必须利用一条有坡度的小街，把车头开进去，然后向左斜着退出来。麻烦的是车子向前稍微开开，这条小街就不够宽了。必须试着尽可能向后倒退，一直退到阵亡战士纪念像边上。

加斯东从挂车后面跑到驾驶室的窗口，指挥皮埃尔倒车。

"向前！……再向前……停……现在右转……向后……停……左转……向前……"

这真是在手绢大的地方要把戏。既没有行人，又没有居民，他俩比刚开始鲁莽往这边开时更加不安。他们这是闯到一个什么地方来了？他们能成功出去吗？

最难的还在后面，因为车头的保险杠几乎要贴着药店的橱窗玻璃了，而半挂车的尾部现在已经直接威胁到烈士纪念像了。但加斯东都看在眼里。他嚷嚷着，跑前跑后，忙个不停。英勇的加斯东，这个既不希望发生意外，也不希望白费力气的人，今天可要倒大霉了！

车子不能再前进分毫，否则就要撞上摆放着止咳糖、药茶和治风湿的腰带的橱窗了。皮埃尔将方向盘打死,开始倒车。他隐约感到,加斯东过于谨慎而让他在每一步操作时都错失了宝贵的几厘米。这个人啊,就得稍稍破一下他的指令!他往后倒。加斯东的声音传过来,遥远又清晰。

"倒!慢慢地。倒。再倒。慢慢地。停。好。"

但是皮埃尔认定还可以再退足足一米。这点距离可以避免再倒一次车。所以他继续往后倒。加斯东的声音慌乱起来。

"停!停!停啊你!天哪!"

先是一下刮擦的声音,接着是沉闷的撞击声。皮埃尔终于停了下来,跳下车。

原本双手握刺刀的士兵,刺刀没了,手没了,手臂也没了。但他也曾勇敢抵抗过,因为挂车的钢板上被划坏了一大块。加斯东弯腰拾了几块碎铜片。

"他现在没有胳膊了,"皮埃尔说,"但不管怎么说,一位伟大的伤残军人,也没那么糟糕,对吧?"

加斯东耸了耸肩。

"这次,我们得去警察局了。逃不掉的。而你那个该死的乌苏河畔的劳什子村,今天算是泡汤了!"

办手续花了将近两个小时,当他们从警察局出来的时候,天已经黑了。加斯东注意到皮埃尔——面色阴郁,神情坚定,像是在生闷气——甚至都没有问警察们吕西尼在哪里。他们开着四十吨的卡车来这个小镇做什么?对于笔录中的这个问题,他们说有一个零件着急要换,人们告诉他们有家修理厂,之后发生了一连串误会。

现在只能重新回到高速公路。加斯东开车。皮埃尔依然一言不发,憋着一肚子火。他们走了大概两公里,突然一阵噼里啪啦的声响盖过了发动机的声音。

"这回又怎么了?"加斯东担心起来。

"没什么,"皮埃尔嘟囔道,"是发动机的声音。"

他们继续往前开,直到一束微弱却晃眼的光拦住了去路。加斯东停下车。

"等一下,"皮埃尔说,"我去看看。"

他从驾驶室跳下来。发现不过是在马路上刚烧完的焰火。正当皮埃尔要回车上时,一阵狂野怪异的铜管乐声响起,紧接着一群蒙面舞者挥舞着火把将他团团围住。一些人吹着芦笛,另一些人则吹着小号。皮埃尔奋力挣扎,想从这群滑稽的人当中抽身出来。五彩纸屑将他淹没,一个小丑用彩色纸带卷将他缠住,一个戴粉色猪头面具的人把纸舌头伸到他脸上。

"啊,快停下,一群傻瓜!"

一个鞭炮在他脚下炸开。皮埃尔抓住了那个粉色猪头面具人的翻领,狂怒地摇晃他,一拳头捶在猪嘴上,把猪嘴捶到弯曲变形。其他人赶来帮忙。皮埃尔被绊了一跤。这时加斯东匆忙从驾驶室里下来,带着一把手电筒。他吼道:

"够了!这群蠢货!我们可不是来这里寻乐子的!你们知不知道,我们认识你们的警察。我们这就叫他们过来!"

喧闹静下来。小伙子们摘下面具,露出了欢乐的脸。这些年轻的乡下人盛装打扮,他们的翻领上都有三色标志和新兵绶带。

"干啥呢？我们要服兵役了，所以来乐一乐，就这么回事儿！"

"还有，先说一下，你们这个时候开这大车在这里瞎折腾啥呢？搬家吗？"

他们用手点点自己的太阳穴，大笑起来。

"对，就是这样，他们在搬家呢！"

皮埃尔揉了揉腰。趁事情还没有变得更糟之前，加斯东急忙把他推到车前，拉进了驾驶室。

在高速公路上，加斯东一边开车，一边用眼角观察同伴冷酷的脸，路上偶尔过来几辆车，强烈的灯光一闪一闪照出他倔强的侧脸。

"要知道，你的吕西尼，"加斯东最后开口说，"好吧，我已经开始怀疑它是否存在。或者你的玛丽奈特，她不会是要你的吧？"

"吕西尼不存在，这很有可能。"皮埃尔沉默了一会儿后回答，"但玛丽奈特不会耍我，不会。"

"如果她没有耍你，那你跟我解释解释，为什么她给了你一个不存在的村庄的名字？"

又是一阵沉默，随后加斯东听到了一个让他目瞪口呆的回答：

"玛丽奈特，很可能她也不存在。那么一个不存在的姑娘，生活在一个不存在的村庄里，这就很正常了，不是吗？"

第二天，当车子北上巴黎快到铃兰空地时，天已大亮。开车的是皮埃尔。他的神情一直和前一天一样阴沉，除偶尔嘟囔着骂两声以外，一直保持沉默。加斯东蜷缩在角落里，担心地观察着他。一辆旅游客车超过了他们，并且向右转太快了一点，皮埃尔火了。

"瞧瞧！这些游客！简直是公路上的祸害！万一发生了交通事故，总要怪到跑长途的卡车司机头上！这些游山玩水度假的人，他们坐火车不就得了！"

加斯东回过头去。一辆两匹马力的摩托车使劲想超过他们。

"甚至连两个轮子的也来凑热闹了！还是一个女人在驾驶。但是如果她没有我们跑得快，为什么她一直想要超车呢？"

让加斯东大吃一惊的是，皮埃尔放慢了速度，两匹马力的摩托车轻轻松松超过了他们。当摩托车经过车子时，女司机向他们微微示意表示感谢。

"你真客气，"加斯东在皮埃尔继续放慢速度时说，"可是，经过昨天那一通折腾，我们再也没有时间可以浪费了。"

这时，他发现皮埃尔一边继续减速，一边打开右转向灯，并且向高速公路路边驶去。看到在马路另一边的铃兰空地，他顿时明白了。

"啊不，该死！你不会又来了吧！"

皮埃尔一言不发跳下车。两条车道上来往车辆又密又快，想要横穿过去是非常困难的。但很显然，皮埃尔根本不把这放在眼里，好像瞎了一样。

"皮埃尔，你疯啦！天哪，小心！"

皮埃尔险些被一辆奔驰撞到，司机鸣笛抗议，接着他又继续猛冲到隔离护栏处，翻了过去，冲向"巴黎—外省"车道。一辆大卡车擦身而过，让他不得不停下来。他绝望地奋力一跳只为了躲过一辆雪铁龙，继续向前，又一跳。第一下把他撞得天旋地转，另一下把他往地上撞去，但还没等他倒地，又一下猛撞，他被撞飞到空中。"就好像这些车把他当球玩似的。"后来加斯东解释道。刺耳的刹车声和喇叭声一道响起，交通顿时堵塞。

加斯东第一个来到皮埃尔身旁。在三个司机的帮助下，皮埃尔被抬回他们的车子旁边，他血淋淋的脑袋晃来晃去，毫无生气。加斯东用两只手将他的脑袋固定好，温柔又悲痛地看着他的眼睛。这时，皮埃尔的嘴唇颤抖着，想要说些什么。他含混不清地说着，慢慢地，话变得连贯起来。

"高速公路……"他喃喃道，"高速公路……你看，加斯东，既然已经是高速公路的人，就别想着离开。"

之后，加斯东开着半挂车重新上路，走在前面的是救护车，它的车顶上的灯光转个不停。很快，救护车向右靠，驶进博纳出口。卡车超过了它，继续向巴黎开去。救护车减速上坡时，经过一块指示牌，上面写着：**乌兰河畔吕西尼，0.5公里**，可惜皮埃尔已经昏迷，看不见了。

拜物者*

一个男人的独幕剧

* 《拜物者》(*Le Fétichiste*)创作于1974年,由艾蒂安·勒莫尔(Etienne Le Meur)导演,在柏林由雷蒙·菲泽利耶(Raymond Fuzellier)搬上舞台,在巴黎由奥利维·于斯诺(Olivier Hussenot)搬上舞台。

（他出现在演出大厅中间过道的尽头，朝舞台走去。他不安地频频朝身后回望，之后放心了，微笑着对观众说：）

"好了。他们现在彼此信任了。他们正在某某咖啡馆（剧院附近的一家咖啡馆的名字）喝一杯……我趁机出来买买东西。（朝四周张望。）这里都是体面人！漂亮的卫生间！这个样子我喜欢。这让我安心。彬彬有礼，温文尔雅，宽厚敦和。"

（他走上舞台。把帽子挂在一个挂衣钩上。）

"而且卫生间很干净！健康的人都衣冠楚楚。医生说：'把衣服脱掉！'好了！我们就已经变了一个人了。开始不对劲了。而他呢，当然那个混蛋自己穿着衣服。穿着白大褂，全副武装，扣子一直扣到下巴下面。病人就站在那里，很可笑，背带耷拉下来，裤子全堆在鞋子上，衬衫的衣摆像旗帜一样飘扬。'好了，把衣服穿起来！'这还好。但有些情况，不会把衣服穿回去。永远都不会！精神病院里全是再也没有把衣服穿回去的男男女女。他们穿着麻布大褂、长袍、约束衣或睡衣游荡。但所有这些，都不能算是正儿八经的衣服。都不贴身。一件真正的衣服，要挺，要结实，就像一副铠甲。但我那些疯人院里的朋友，只要一声是或不是，啪嗒，他们所谓的衣服就滑落在地，一丝不挂，病人们光着身子接受检查、去洗澡、去睡觉、接受电击治疗！我有个邻居，他一口假牙。他被带走接受电击治疗！好像怕他咬人似的！既然如此，干脆给他戴个嘴套得了！"

（他把手搭在眼睛上，朝观众席的一个年轻女人的方向望去。）

"不，不会吧！是你吗，我亲爱的小安托瓦内特？这些灯光太晃眼了。"

（他走到演出大厅。在一个女观众面前停下。久久地盯着她看。）

"啊。不是她，当然啦。否则也太不可思议了。"

（他回到舞台上。）

"已经二十年了，你们想得到吗？不过我呢，我很有耐心。我一直在等她。因为只有她才能把我从这个地方弄出去。每次我出来，都好像是出来找她的。前一次她来看我……（长时间的沉默。）医院院长前一天把我叫去。我问他要我做什么。他对我说：'马丁，我们认识很久了，您很健康，这一点我们都同意，不是吗？'我回答：'哦，是的，我感觉良好，除了可能有一点点感冒的苗头。''不，我想说的是精神上，您没病吧？''我？精神病？这个问题！好啊，医生，这还真得是您来告诉我！''啊，不是不是，不过说到底，我们都明白，您很脆弱，特别容易激动，而且您也有一

些奇怪的嗜好，的确，但您不是人们通常所说的疯子。'

"真没想到！我还以为他要放我出院！甚至让我一下子还有点害怕。因为久而久之，我们已经不再习惯户外，不太清楚外头那些事儿，责任啊，所有一切！于是院长安慰了我，他甚至让我很高兴，满心欢喜，我差点儿哭了。不，我真的哭了。他对我说：'我之所以这样跟你说话，是因为明天马丁太太，是的，您的妻子，要来看您。'于是，我不再害怕。我对自己说，她要来接我了。他们放我出去，而她会照顾我、保护我。之后院长又补充了一句：'她和她的律师一起来。'这句话显然把我惹恼了。律师来干吗？院长继续说：'所以您的精神没问题。您的签字是有效的。这就是您的前妻，也就是您妻子，她所希望的：她想再婚。而这显然需要她先离婚。如果您病了，我想说的是如果您有精神病，也就是说疯了，那就不可能。法律反对这么做。如果夫妻一方疯了，另一方则不能办理离婚。但您没有疯，马丁，我们都同意这一点不是吗？'不疯。没疯到愿意失去安托瓦内特；也够疯，愿意被关在精神病院。不管怎么说，我都是输家！第二天，我拒绝去院长办公室。我说我闭着眼睛，什么都会签，不管什么，如果人们愿意，甚至是我的死亡执行书。但我什么人也不想见。最终，我还是在公共大厅见到了律师。我签字，签字，签字，他公文包里的所有文件我都签。结束了。再没有安托瓦内特。应该说是那个新的安托瓦内特，那个我以前不认识、再也不想要我、已经永远消失的安托瓦内特，是的。另一个，以前那个，曾经和我一起度过美好岁月的安托瓦内特一直都在,在这里。(他拍拍自己的心。)

"安托瓦内特……当我认识她的时候她十六岁,我十九岁。我们两家是邻居。几乎每天都会碰面。但我很腼腆。她让我感到害怕。但我最终还是去跟她搭话了。一个星期日的早上,当我出门的时候,我在人行道上看到她。她穿着一身白衣。可能要去做弥撒。她掉了一只手套。我赶紧上前把它捡起来。那是一只很时髦的细亚麻布手套,确切地说是白色的上等细麻布。出于腼腆,我犹豫了片刻,也因为有点想把它留作纪念,把这只布做的小手握在手里,揣进兜里,安托瓦内特的手……最终我跑过去,把手套还给了她。好了,我们认识了!毕竟如果错过那次机会,那就太蠢了。要是我早知道这些的话!我就应该已经明白。之后又有另一次相遇,而那次我还是一点也不开窍,不过……

"后来我服兵役。在第一骑兵团。我有一匹母马,我很喜欢它。它名叫阿伊莎。每天早上当我给它套上马具的时候,我感觉在给它穿衣服,给一个女人穿衣服,上笼头、马鞍、肚带,所有一切!一天我们出去操练。野战服、头盔、短筒马枪、军刀、堆在马鞍上的军大衣、水壶,全副武装。天热得要命。突然在一条街的拐角,我看到谁了?安托瓦内特!一道阳光照在她身上,她一身白衣,独自一人,像神明显灵一样。后来她告诉我说她当时很害怕,一个年轻女子就这样孤零零站在一群朝她走来的骑兵面前。骑兵们看到她肯定要打趣她、取笑她、开她玩笑!但她希望自己表现得勇敢,她积聚力量,她继续让士兵的目光都转到她身上。之后,嘭!倒霉透顶!就在军队从她身边走过的时候,她听到她的衣服发出一声轻轻的爆裂声。接着她感觉腰上一松,立马有什么很轻的东西掉到她脚上。她的短裤掉下来了!她愣住了,僵在那里,头开始晕了,她不停地说,我要晕了,我要晕了,我要晕了,我要晕倒在地了,我的裙子会撩起来,士兵们要把我团团围住,太可怕了,太可怕了!就在这时,她注意到骑兵队伍里发生了骚动。其中一个人从马上一头栽下来,跌倒在地。为了不踩踏到他,其他马匹停下四散开来。那个人就是我!只有我看到安托瓦内特的小短裤掉到鞋子上了,这让我喘不过气来,仿佛心被击中了,我晕倒了!有点像捡到她手套的那一天,但要强烈百倍、千倍。安托瓦内特。她趁机把短裤脱下来塞进包里。她正准备仓皇逃走,这时候她认出了我:躺在地上的是她的小邻居!几个人从马上下来。他们在我的颈下垫了一件军大衣,试着让我喝几口水壶里的水。水沿着我的下巴流下来。于是安托瓦内特心疼了。她没有溜走,而是用她的手绢给我擦了擦!因为被抬回军营医务室的时候,我在脖子上发现了什么?小短裤!浸满了酒精!我醉了,是的,让我醉的不是酒精的味道!它成了我的护身符,这条小短裤。三周后,战争爆发了,先是奇怪战争[1],之后是没那么奇怪可笑的战争,尤其是对骑兵而言!过时的骑兵团面对德国的装甲部队。威风凛凛,哦,看着是挺威风!一天,我们正在一个山头。在山谷里我们看到了什

---

[1] 指二战全面爆发初期英法在西线对德国"宣而不战"的奇怪状态。

么？一队敌军的装甲车。上尉当机立断。刀出鞘！准备战斗！冲啊！为了第一骑兵团的荣誉！

"我们冲了。德国鬼子用机关枪迎接我们。阿伊莎胸口中了一枪。我呢，我被甩到苜蓿地里。摔得晕晕乎乎的，但没摔坏。所有同伴都牺牲了。只有我安然无恙。为什么？因为我的脖子上系着我的护身符。当我和成千上万的战俘被送去西伯利亚的集中营时，它也没有离开我。应该说安托瓦内特和我，我们从某种意义上说又重逢了，因为两家是邻居。安托瓦内特成了我战争时期的守护神。她给我写信，给我寄巧克力、糖、罐头还有内衣。那是给我的内衣，男士内衣。在我的任何一封回信中我都不敢告诉她哪种内衣会让我欢喜。

"男士内衣……这个和环境显得尤其格格不入，在战俘营，所有男人都衣衫褴褛，衣服上打满补丁。制服。还真重要！光身子洗澡，一个军官、一个士官、一个普通士兵，就是三个男人，不管长得丑还是长得俊，都大差不差。更有甚者：德国人和我们，战胜者和囚徒，没了制服，我们也没了区别。人靠衣装，是的。甚至还不止：衣服能塑造人！一个光着身子的人就像毫无尊严、毫无功用的虫子，在社会上没有一席之地。我啊，我一直害怕赤身裸体。赤身裸体，这比猥琐还糟糕，因为会让人跟野兽没有区别。衣服，就是人的灵魂。比衣服更重要的，就是鞋子。

"鞋子……被关押的那段时间，我学到了很多和鞋相关的东西。每晚在棚屋里，他们都会没收我们的鞋子。为了避免我们逃跑。没有鞋子，我们就低人一等，是软蛋，是地地道道的垃圾。而且,战胜者主要也是通过鞋子和我们有所区别。靴子……是的,靴子,就代表了那个时代的德国,德国纳粹。要知道,战争一结束,很多暴虐的纳粹党卫队员就被枪毙了。这种做法极端而粗鄙。只要没收他们的靴子就够了。不过要永远没收!没有靴子,就不再有施暴者了!最邪恶的纳粹施暴者,脱掉他的靴子,让他穿拖鞋,带挂钩的方格莫列顿呢毛毡拖鞋。你会把他变成一只绵羊。就像一只老虎被拔了牙齿和指甲:那它的爪子只能用来抚摩,嘴巴只能用来亲吻。不仅只有纳粹党卫队员和他们的靴子如此。所有人都在他的靴子里。比如,举一个走私犯的例子。有时候,人们会说巴斯克人[1]血液里流淌着走私犯的基因。我要说的是,走私也好,巴斯克人也罢,关键不在他们的血液里,而在他们的鞋里,在他们的草底帆布鞋里。拿走一个巴斯克人的草底帆布鞋,逼他穿上山里人那种笨重的带钉子的粗制皮鞋,他们就不会再有走私了!

"被关押的那段日子很难熬,因为缺女人。哦,当然,当我们去当地居民家里干活的时候,有时也有机会见到。伙伴们就会利用这些机会。我从来不会这么做。因为对我来说,女人,不是……怎么说呢……是应该带回去慢慢品味而不是当场就吃掉的,如果你们明白我想说的意思的话。女人,是一种氛围,她散发的气场。战俘营之所以可怕就是因为里面只有男人,除了男人还是男人。后来我才明白男人也

---

[1] 自称尤斯卡耳杜纳克,欧洲比利牛斯山西部的古老民族。主要分布在西班牙,另有部分人在法国、拉丁美洲及美国。

能派上用场，也能有意义。但在我被关押期间，我还没有明白。男人，我真不知道他们为什么而存在。因此当一个逃跑计划出现时，我是最先感兴趣的人之一。

"每个月一辆卡车会来棚屋区收脏衣服，将它们送去五公里外的一家小工厂去洗。我们想着可以有两个人藏在这辆卡车上离开战俘营。在三公里处卡车会穿过一片茂密的森林，道路很偏僻。必须在那里跳下卡车。之后，就是步行、找东西吃和运气的问题了。我和另一个同志抽签抽到做首次逃跑尝试。当卡车装满我们棚屋区的脏衣服后，我们就躲在最里面。就这样，我们偷偷溜出了战俘营。一切顺利。五分钟后，车子开进森林。在那里，我的同伴跳下卡车，冲进树林里等我。我没有跳。我晕倒了。我受不了脏衣服发出来的臭味。男人的污秽，雄性的臭味。外加一种冰冷的味道。或许这才是最糟糕的。比如烟斗，哪怕是结满烟垢的烟斗，只要是热的，味道还能忍受。冷烟斗是没有生气的烟斗，味道很难闻。如果说身体需要衣服来保暖，衣服同样需要身体来焐热它。一件太久不穿的衣服最终会变得死气沉沉。卡车里运的就是一堆死气沉沉的衣服，带着死亡气息的衣服。

"我受不了了。安托瓦内特的小短裤让我高兴得昏过去，摔在地上。运囚犯脏衣服的卡车让我恐惧、恶心得昏了过去。当人们在工厂给卡车卸货时，我一动不动的身体从一堆衣服里滚了出来。幸好没把我一道塞进烘干炉里！警报立刻就响了。我的同伴被抓了回来。运衣车这个办法已经不能用了。都是我的错。同志们都埋怨我。我很羞愧。但不管怎么说这不是我的错,是我天生体质的原因。完全不是我的错!是命运使然。因为跟你们说话的我,我有我的宿命,是的,宿命是可怕的!你自以为和大家都一样,看上去好像什么事也没有,但实际上你不是自由的。你不过听从了命运的安排。我,我的宿命,就是……就是……(用一种听不清的声音:)荷叶边……荷叶边……

"事实证明,1945年我从战俘营回来的时候,等在阿朗松火车站迎接我的是安托瓦内特。她和我的家人一起在那里,我的战争时期的守护神。我第一眼看到的是她的裙子。而且现在回想起来还仿佛在眼前,一条白色的蝉翼纱裙,外面罩了一条满是花鸟交织图案的小围裙。肩上还搭着一条黑色的羊毛披巾,轻薄得像蕾丝花边一样。我很遗憾她没有戴帽子。在我被囚的艰难岁月,我总是梦想那些戴着有些夸张的帽子的女人,毡帽或草帽,饰有羽毛、花朵和缎带,尤其是,啊,尤其是要有小面纱!透过小面纱淡淡的微颤的影子看到的女人的脸庞是多么美丽、多么撩人!不过这一切都结束了。战争让帽子一去不复,随之而去的还有小面纱。女人们顶着头发就上街了,就像人们说的,头上没遮没挡,脸上也没遮没挡。一览无遗真令人忧伤!但我的宿命,还是这个没有小面纱也没有帽子的安托瓦内特。三个月后,我娶了她。

"有时候,我对自己说:我当初真不应该。一个背负宿命的男人不应该结婚,应该单身,应该孤独终老,不然就应该当本堂神父,独自和一个老女仆生活在教堂的宅院里。而且,得先说明一下本堂神父是何许人,从荷叶边之类的装饰来看，他们可是应有尽有。本堂神父，他们真是来者不拒。有一天——我获释后不久——我路过圣苏尔皮斯广场的一家商店。店名叫'神职雅士'。在那里，有像尼龙长袍之类的东西，还有白色、石榴红色、紫红色、蓝紫色的丝绸长袜……还有带花边的宽袖白色法衣，还有绣了金线的祭披，还有淡紫色、红色或黑色的披肩。简直一流！我忍不住走进去，摸摸这些不可思议的服饰。但说到底，这让我感到有点不舒服。因为所有这一切，都是男人的衣服。哦，漂亮的衣服，华美的衣服，主教、大主教的衣服！跟囚犯的破衣烂衫完全不能比，一个天一个地，但还是男人的衣服，散发出父亲、厚重的毛发、胡子的气息的衣服。因为我已经说过了，我是后来才明白当男人是怎么回事。不管怎么说，我对神职雅士不感兴趣。所以当修士一路不通。我的未来还是跟安托瓦内特结婚……

"新婚之夜。大吃一惊。因为我以前显然从来没有碰过女人。战前我还太年轻、太腼腆。被俘期间我们有时候可以看到……或碰到女人……我的战友，是的，他们被派到外面劳作的时候会乘机找女人。那一时期德国城市和乡村都缺男人。所以有可乘之机。但我从来没有。有机会看到女人的时候，她们都穿得太难看了。可以说一点也不讲究！我呢，很简单，穿得不好看的女人让我看了心烦。波美拉尼亚的乡下女人，当她们撅着屁股拔土豆的时候露出她们的内衣！

"所以我们结婚了，我和安托瓦内特我们两个。婚礼当天，我们开着岳父的汽车出发去蜜月旅行。一路向南。是我开的车。我们得在路上住一晚，因为当天已经开了不少路。就这样我们到了奥弗涅山区的贝斯昂尚德斯小村庄。住在宇宙旅馆。简陋，但整洁，乡村风格。天花板很高的一个大房间，一张很大的铜床。这张床，一碰就发出牛铃般的声响，就像一架带着铃铛的三套车。在房间的一个角落，有一道帘子，挂在一根长方形的窗帘杆上，帘子后面是一个洗脸池和一个铁皮浴盆。新婚之夜本可以有更好的期待。但我们这是自找的，不是吗？我们往床上一坐就发出三套车一样的巨大声响。我们相视一笑。这时，安托瓦内特对我说：'你出去逛一圈，我准备准备。'我出去了。我点了一支烟，漫无目的地在村里的路上溜达。我有点不舒服。我感觉发生了什么严重的事情。在这之前，我一直是在'缓刑期'。而现在，我已经在墙边了，确切地说是在床边了，已经无处可退了。说到底，让我担心的，是安托瓦内特小脑袋里想的事情。安托瓦内特，是虔诚的乖乖女，谦逊，有教养。哦，跟她在一起，应该本本分分，不能大声说话，不能毛手毛脚，不能多看一眼。只是现在，她结婚了。而丈夫是我。这时候，她心里会想，腼腆害羞该结束了，该翻篇了，我现在有丈夫了……

"当我腼腆地敲了敲门后走进房间，安托瓦内特已经躺在'三套车'上了。光溜溜的！她微笑地看着我，但还是有点儿脸红。而我，我没有认出她。没错，是那张我深爱的脸和微笑，但躺在我眼前的这具洁白高大的身躯，让人感觉就像……就像……就像走进了一家肉店！那一刻我为她，为我自己，为我们俩感到羞耻。我脸红了，红得不得了！而她一直在微笑，并朝我伸出双臂！最终我把目光移开，我感觉自己非常不幸，最后我看到了椅子。椅子，是的，我松了一口气。你们要问我是什么椅子？瞧，就是她放衣服的椅子！它就像是沼泽地里一个不会陷落的小岛。于是我朝椅子走过去，踩着坚定、缓慢、机械的脚步，像梦游一样，像机器人一样，知道自己要去哪儿，没有一丝犹豫。我在椅子前面停下来，最后，我跪在地上，把脸埋在那堆衣服里。一堆暖暖的、柔柔的、香香的衣服，就像夏日阳光下的干草。我就这样待了好长时间，跪在那里，脸埋在衣服里。安托瓦内特心想我是在祈祷呢还是已经睡着了。随后，我把衣服拢成一堆捂在脸上，站起身，这样捂在脸上就什么也看不见了。我朝床走去，然后随手把衣服丢在安托瓦内特的身上。我对她说：'穿上！'然后我像疯子一样走了出去。

"我发烧了，我很不幸。我围着村子狂奔了至少三圈。最后我在一家小酒馆前停下脚步。我以前从不喝酒，但那天我喝了。红葡萄酒，一杯接一杯。安托瓦内特在那里找到我。我喝醉了。据说我还傻乎乎地看着我的酒杯对她说：'当我的杯子满了，我就干了它。当我的杯子空了，我就埋怨它。'该受埋怨的人是我。啊，我醉得一塌糊涂！但说到底，或许这就是在婚礼上花天酒地吧？安托瓦内特在桌上留了一张纸币，就带我回去了，又拖又拉地把我弄回去，是的。直到宇宙旅馆，直到我们的房间，我们的婚房，直到'三套车'。在那里，她吻了我。于是我把她推倒在'三套车'上，在一阵叮当作响中，她成了我的女人。穿着衣服，这一次，一件没脱！

"之后，之后……是的，我们要相互磨合。一开始，有过摸索，有过犹疑，在所难免。要互相了解，她要知道丈夫在乎的是什么。哦，而我，我也要学习。因为说到底，我也不太清楚我的问题是什么。而我的问题并不是腼腆。不是因为这个！要比腼腆厉害多了。我的问题很简单。对我而言，一个没穿衣服的身体，就像……一棵无叶、无花、无果之树。一棵冬天的树！只是木头！你或许会对我说：那没有身体的衣服呢？啊，那就不同了！衣服还是新的时候，就像在商店的橱窗里，它还没有活力。但让人浮想联翩！说到底，如果要你在一个没穿衣服的身体和一堆没穿在身上的衣服之间做选择，你更喜欢哪个？呃……事实上，出于礼貌我会先犹豫一下，为了让自己显得不是太唐突。但老实说，在这个问题上我可以毫不犹豫地回答，对我而言，身体嘛，不过就是……用来展示衣服的，就是一个衣架子。荷叶边万岁！

"那么安托瓦内特呢，你肯定会问，她怎么样？啊，我妻子，她并没有觉得自己倒霉！有一个像我这样的丈夫未尝不是好事。安托瓦内特，她是阿朗松最会穿衣服的女人。这就好像我们之间的一个约定，一种平衡，老实说是一种奇怪的平衡。首先，我们说好了她永远不在我面前光身子。永远不！光身子只是为了洗澡。不是为了我。那与我无关。隐私。女人的秘密。说不出口的秘密。这方面，我们互不干涉。但她很善解人意，她总会选一些有趣的、好玩的内衣，如果你知道我想说的意思的话。只是,要知道,安托瓦内特,她是在修女的教导下长大的。所以,她再大胆也有限。而且我们住在阿朗松,阿朗松虽说是座迷人的小城,甚至还生产漂亮的花边,但那也只是用来做荷叶边用的,阿朗松,呢?

"一天,我从口袋里掏出一个小包。里面是给安托瓦内特准备的惊喜。她打开一看:一个胸罩,黑色绸缎质地的。可惜,我买大了。想象显然会把一切都美化。于是安托瓦内特的两个奶子在里面直晃,就像在笼中乱撞的梅花雀一样。我只好拿去换。不过吃一堑长一智。我于是记下了安托瓦内特的各种尺寸和尺码,包括三围,我先是把这些数据都写下来,之后全部背下来。二十年后,我还能把这些数据给你报出来。安托瓦内特,一个用数字标记的女人,量过,测过……且每两个月一次,数据要更新。显然,女人是有变化的。及时更新就永远不会出错。而且这也用得上,因为我很少会空着手回家。我根本就停不下来,买的东西越来越时髦,越来越精致,越来越匪夷所思……这成了一种狂热的爱好。我会到巴黎逛街,逛精品店,带着满脑子想法一个人逛。而且我对周边城市的服装店都很了解,莫尔塔涅、马梅尔、莱格尔、沙特尔、德勒,甚至是勒芒!因为你知道,抽屉里的、架子上的、挂在衣架上的衣服,都是一些渴望生命、呼唤生命的东西。这些小小的灵魂想要一个身体好让自己真正存在。当我在货架中间穿行的时候,我感觉这些小小的灵魂在呼唤我。它们冲我喊:我想活过来,我也是,我也是,带我走!于是我温柔地看着它们,深情地用手抚摩它们，这令我心动，尤其是当我想想它们被穿在安托瓦内特的身上、被安托瓦内特的身子焐热、有了生气时我就心动不已，我感到幸福，非常幸福……我挑选它们中间最好看、最让我心动、最撩人的几件，我跑回家把它们送给安托瓦内特，让安托瓦内特的身体赋予它们生命。看着这些精美轻薄的小东西从一开始干瘪瘪的慢慢鼓胀，像鲜花一样盛开，像果子一样成熟，真是太美妙了……"

"显然，这也会带来一些问题。从经济方面，如果你明白我的意思的话。当时我在银行工作：三号出纳员。干这份工作我并不开心，因为我没有看到这个小小的柜台和世上我唯一感兴趣的东西之间有什么联系。的确我每天经手大笔大笔的钱。但是一个子儿也进不了自己的口袋。银行收纳员都为人可靠、一丝不苟。这不奇怪，他们只能如此。这是少数严禁偷盗的职业之一。而且也不可能偷盗。每个环节都数了又数，核了又核，都有监控。所以也不需要品德高尚。在这里，再混蛋的人都得变得规规矩矩。因为只能如此。而且还有另一个原因。就是我对银行的钱丝毫不感兴趣。它总让我感觉冷冰冰的。人们拿给我的时候都是像一摞摞砖头一样打了封条的。要把打了铅封的封条扯掉，纸币才会一张张分开。冰冷、挺括、光滑、簇新。我几乎没有感觉。人体的温热！没有人体的温热，我是不会有兴趣的。但是去焚化房的那天，我第一次改变了看法。焚烧旧残币，通常是会计主任（头号出纳员）负责的，在一个执达员的见证下完成。会计主任度假去了。本应该由二号出纳员接替他焚烧。在一个执达员的见证下完成。但二号出纳员病了。于是由我来焚烧。在一个执达员的见证下完成。撕破的、弄脏的、残缺不全，尤其是变得柔软的旧纸币。哦，柔软，柔软得就像绢纸，就像丝绸。这些大家不要了的丝滑的纸币，每个月都要把它们烧掉。在一个执达员的眼皮底下，他会记下所有纸币的号码。然后把它们放进一个金属盒子里。浇上汽油。扔一根火柴进去。啊，很快就完事了！我看到大把大把的钞票就这样化成了青烟！第一次，我有了一种奇怪的感觉。是的。我发誓，真的是满含热泪。于是我请求每次都由我焚烧旧残币。有何不可？除了我反正没人对此感兴趣。至于安全问题，反正一直有执达员在一边做记录。于是我成了银行的旧残币焚烧员。后来执达员走了，而我留下了。我拍拍盒子的侧面。还是热的，几乎是烫手的。我用铲子搅了搅灰烬。跳出几颗火星。很快我就可以把手伸进去。多么温存！珍珠灰色的灰烬温热得像一个乳房，我用铲子把灰铲起来，小心翼翼地装到一个袋子里。然后把袋子带回家。我的地窖里放了一堆装灰烬的小袋子，每一袋上都写了焚烧的日期和烧掉的纸币的数额。很快我就成了"亿万富翁"。我若无其事地在街上晃荡，手里拎着装了千万纸币灰烬的袋子。我看着橱窗、珠宝、豪华汽车，尤其是漂亮的服饰。上面标的价格低得让我觉得好笑。但我不敢走近商店。拎着一袋灰烬，他们肯定会把我当成一个疯子。疯子，我吗？我看起来健康极了！

"有一次我就这样在一家古董店前面流连。漂亮的家具，是的，有些年头了，褪色发白的旧挂毯，就像丝滑的旧纸币。我走过来，走过去，古董店老板就坐在门口的安乐椅上盯着我看。那是一个大胡子的老犹太人，头上顶着一顶奇怪的帽子，一双狡黠的小眼睛。他跟我搭话。我不记得他问我什么了，我回答了他。总之我们聊了起来，最后我挨着他在安乐椅上坐了下来。突然，他问我小袋子里的是什么。我没忍住。我打开我的袋子，告诉他这些灰是什么，写在袋子上的数字是什么意思，我把一切都告诉了他。老头眯着他的小眼睛看着我，然后他开始开玩笑。他不停地开玩笑。而我，我已经开始觉得他烦人了。是的，的确如此，我不喜欢莫名其妙笑个没完的人。

"'有一个时间差。'最后他对我说。

"'时间差？什么时间差？时间差是什么意思？'

"'你的财富和你之间有一个时间差。'

"'不明白。'

"'是这样！你拥有一堆已逝的财富，可你还好端端地活着。有个时间差。'

"'那要怎么办？'

"'没什么好做的，等呗。'

"'等什么？'

"'等你和你的财富团聚。'

"'怎么团聚？'

"'死了就团聚了。变成灰的亿万纸币，那得配化成灰的亿万富翁。'

"这话说得不错！我明白了。要想和这一大笔巨额财富团聚,我只要把自己也火化了就可以。于是,我把我的地下室改造成了一个骨灰存放处。一排排架子上放着一袋袋灰烬,上面标着焚烧日期和对应的数额。在架子中间有一个壁龛,里面放着一个骨灰盒。骨灰盒上写着我的姓名和……没有日期。还没有。然后我就开始等。一直等到我发现银行的另一种钱:焐热的钱。

"焐热的钱!激动人心的发现!焐热的钱,可以说它改变了我的生活。我记得。那是四月的一个早上。一个顾客来银行取钱。很多很多钱。多到他的钱包都装不下了。他试了试,然后就放弃了。他把钱直接塞进口袋,而没有放到钱包里。然后他就走了。就在这时我发现了钱包。落在柜台的小木板上。我把它捡起来,想着要还给它的主人。但我一碰到钱包,我就打了一个激灵。我感觉到旧的皮革柔软的质地,钱包鼓鼓的,就像一个软软的大肚子。我打开钱包,充满人情味的东西散落出来:照片、信、一张身份证,甚至还有一绺头发。所有这一切都是温热的。可以明显感觉到这些东西之前几小时都挨着一个血肉之躯跳动的心脏。也就是,胸口的温热。当然,还有钱。一些柔软温热的旧钞票。充满生气的纸币。还没有旧到要被送去焚烧,但也快了。焐热的钱。碰到它们,就跟碰到一件女式无袖胸衣或一件睡衣一样让我心头一震,但这种内心的波澜不一样。我刚刚发现了男人存在的理由。我一直都讨厌男人。是真的,男人有什么用?但这一次我理解男人了。女人是漂亮、柔软、芬芳的衣服。男人是一个鼓鼓的钱包,里面装着秘密的东西、丝滑和有气味的钞票。因为钱是有味道的，只要它是有生气的、温热的，它就会很好闻。女士们，先生们！也正因为这个原因，我之前一点也不理解和我一起关在战俘营的那群同伴！囚犯没有钱。他们贫穷，一无所有，脏兮兮的，不能自保。当我藏在囚犯的那堆脏衣服里面的时候，我就是试着把男人当成女人：把他们的衣服想象成女人的衣服。简直就是男同性恋的意淫！错了，太离谱了，年少轻狂！男人的象征应该是钱包！第一个捡到的、偷来的钱包，捡到或偷来，就像一个陌生人和我之间的一种私人联系。虽说是陌生人，但其实我知道他的姓名、出生年月、地址、职业。我有他的照片，他妻子的照片，还有他两个孩子的照片，雷蒙德五岁，贝尔纳三岁半。还有一封情意绵绵的信，落款不是他妻子……总之：一边是女人的漂亮衣服，一边是男人焐热的钱。你一定会问，两者有什么关系？其实答案很简单：用焐热的钱买漂亮衣服。因为要知道，我很快就明白了焐热的钱和漂亮衣服之间，有一种……怎么说呢，一种暗合，一种默契！是的，一种默契。男人天生的职责就是把钱焐热，然后把焐热的钱变成女人的美衣靓衫。

所以，我自然不会只满足于这第一个钱包。我继续伺机弄到焐热的钱。就像一种奇怪的捕猎，激动人心，危险，充满快感。啊，焐热的钱，这跟斑尾林鸽和松鸡可不一样！光靠早起还不够。是的，我成了一个偷钱包的扒手。人们就是这么说的。我扒别人的口袋。上衣和裤子口袋。但不是落在一个椅背上的上衣！不，我是偷人们身上的钱包。因为猎物，它必须还是热的。我捕猎的对象是温热的钱包。就像一个捕猎兔子的猎人。他捡起来的兔子，必须还是能动弹的。如果是一具冰冷僵硬的动物尸体，那是会让猎人厌恶的。所以，必须是人穿在身上的衣服和裤子。是的，裤子也是，因为有些男人会把钱包放在裤子的后袋里。显然，这比偷上衣内袋里的钱包容易多了。但相反，里面的钱也不能相提并论，如果你明白我说的意思的话。上衣内袋里的钱，那是心窝窝里的钱，是人们最在乎的钱。那是被胳肢窝焐热的钞票，就像春天鸟窝里孵的蛋一样。裤子后袋里的钱，的确，更容易弄到手，但这是屁股焐热的钞票，档次不高。但如果有大好的机会……一个大钱包从裤子口袋里露出来……

"安托瓦内特，一开始，她很高兴各式各样的漂亮衣服接二连三地掉进她的抽屉里，多到她都不知道要拿它们怎么办了。但慢慢地，她开始担心。就算我跟她说了银行给我加薪了也无济于事，她不傻，她会算账。对我而言，这就像是一个恶习，就跟吸毒上瘾一样，我根本就停不下来。之后发生了弗朗西娜小姐的胸罩事件，把一切都搞砸了。

"弗朗西娜小姐是一个收银员，总之是一个同行，只不过她是在美琪电影院上班。只是通常影院的收银员都坐得很高，居高临下的。但美琪电影院是在地下室，可以说是在一个地窖里。收银台在楼梯的半道上。这样一来，人们到了电影院，下几级台阶，然后就会在低一点的收银台前停下。付钱，然后继续往下走。只是，已经没这个必要了，因为真正的电影，在下台阶的时候就已经看过了。至少，对我而言是这样。因为弗朗西娜小姐总是穿特别低胸的衣服。所以当人们下台阶朝收银台走去的时候,显然瞟一眼就能看到收银员低胸的衣服。还能看到什么呢?让你猜一千次也猜不到:一个胸罩,一个让人心动的带蕾丝花边的紫色绸缎胸罩。看到这个之后,不管银幕上放什么,西部片、侦探片还是间谍片,对我而言银幕上就只有一样东西:一个绸缎胸罩,而且还是紫色的,因为我的想象一直都是彩色的。要命的是,安托瓦内特喜欢看电影。她每周至少要拖我去美琪看两次电影,这对我而言简直就是坦塔罗斯[1]的酷刑。我简直是陷入情网了!一定要有个了断。

"我做了小小的调查。我打听到弗朗西娜是美琪电影院经理的女朋友,他让她住在放映厅楼上的一个单间里。在两者之间——放映厅和单间——有一个小小的螺旋式楼梯。这一切应该说对我的计划颇为有利。一天晚上,我在临近午夜的时候出去了,我对安托瓦内特说我活动活动腿脚晚上会睡得更好。其实我只是去了一趟电影院。我知道电影散场前的一刻钟,人们可以自由出入。不再卖票,也没人检票。显然,没有人会有兴趣在散场前几分钟进电影院。我藏身在螺旋式楼梯上,我等着。放映厅的灯亮起,所有人都出去了。放映员把大门关上。我在黑暗中待了好一会儿。随后我小心翼翼地一级一级地上楼梯。我在门口听了很久。什么也没听

---

[1] 坦塔罗斯(Tantalos):希腊神话中宙斯之子,因泄露天机被罚永世站在水中,水深及颈,头上有果树。口渴欲饮,水却流往他处,腹饥欲食,果子则被风吹走,比喻可望而不可即的煎熬之苦。

见。没有一点动静。弗朗西娜在家吗？我试着开门。但门锁上了。我不知道该怎么办了。突然从下面的门缝里透出一点亮光，我听到一个声音在问："是你吗，比盖？"里面有了动静。我赶紧躲在角落里。门开了。弗朗西娜穿着睡衣出现了。她没有看到我。她走下楼梯。我赶紧走进房间。我只看到一样东西，在一堆乱七八糟当中真的只看到一样东西：在一张小桌子上等着我的那个紫色胸罩。我拿起让我心心念念的东西，又躲到楼梯平台的阴暗处。真是及时。楼下传来马桶抽水的声音，接着弗朗西娜就上楼了。她回到房间，锁上门。我又尽量小心翼翼地下楼。我知道应急门是从来不会从里面锁上的。只有一个防止有人从外面打开的装置。我带着心爱之物溜之大吉。我把它塞到胸口。我幸福得路都走不稳了。安托瓦内特显然是有所怀疑。但那一刻她什么也没说。只是这个胸罩有点麻烦。不可能拿给安托瓦内特穿。首先一看就不是新的。一闻准露馅儿！它让我痴迷，但安托瓦内特是绝对不可能喜欢它的。而且，主要是我也不愿意。我一直都不喜欢混淆。重婚、三角恋，我都深恶痛绝。这是弗朗西娜的胸罩，在我看来，可以说这是她的精华，她的立身之本。没有任何一个别的女人可以穿它。尽管我把它藏在书房我的那堆书后面，但它还是被安托瓦内特找到了。一天我俩吵架了，她把它扔到我的脸上。"而且，你还对我不忠！"她叫道。显然，你想，这也是一种说话的方式。按照我们的逻辑，这完全说得通。是的，通过弗朗西娜的胸罩，我精神上出轨了。尤其是这证实了她的担忧。她发火了，我的安托瓦内特。她早就怀疑我偷东西。但我之前偷东西都是为了她。虽然危险，虽然行为不检，但都是为了她。而现在……这个谎圆不了了，直到地铁事件发生的那一天。那一次我真没想到谁会把我逮个正着！这件事把一切都搞砸了。我真是一个傻子！

"那一天，她陪我去巴黎买圣诞礼物。我们开始逛商店。但我显然只对漂亮服饰感兴趣。我没想到的是看到安托瓦内特在这堆衣服中间产生的效果。安托瓦内特站在一堆美衣靓衫中间。就像在一个堆满了很干很干的麦秸和干草的仓库，而仓库正中央是一堆熊熊燃烧的火堆，如果你明白我说的意思的话。你能想到是什么结果！安托瓦内特站在商店中央，让那些服饰的魅力增加了十倍、百倍。这让我热血沸腾，心潮澎湃。我陶醉了。当她看到自己原本打算买其他东西的钱都花在买女式外套和内衣上时，安托瓦内特不由得开始担心起来。但最让她惶惶不安的是我兴奋的状态。说到底，这多少都是她的错。她活生生站在那里把所有陈列的商品都照亮了。连衣睡裙、丝袜、长筒袜、短裤、短袖内衣，所有这些小东西像孤儿一样呼唤着她。我听到了它们的呼唤，我耳朵里只听到这些。应该听从这些呼唤。我听从了。我买买买，不到两小时，一分钱都不剩，我们成了穷光蛋，但买的东西大包小包像金字塔一样堆了一堆。我的安托瓦内特很不高兴。而我还沉浸在美梦中飘飘然。就这样，她发着牢骚，我欢天喜地，我们朝地铁走去。我们走下楼梯，但拿着大包小包的我们被弹簧门卡住了。我们往前挪挪，往后动动,希望能通过。就在这时,一个娇小的女人一边从我们中间擦身而过,一边说"对不起!谢谢!"她嗖地一下就过去了。只是有一阵穿堂风。从半开的门里吹来一阵猛烈的穿堂风。那个娇小的女人的超短裙突然被风掀了起来,虽然她用双手按住大腿,但裙子还是有一刹那被掀了起来。尽管只是电光石火的一刹那,我看到了吊袜裤带,但那是让我热血沸腾的吊袜裤带,击中了我,简直要了我的命,是的。深黑色尼龙吊袜裤带,长长的吊袜带一道道清晰地勒在肤色白皙的大腿上,底部镀铬的小夹子夹着长筒袜。让我联想到夺彩竿[1],更确切地说是夺彩竿顶上的那个挂了香肠和火腿的圆环。我必须用这个吊袜裤带来加冕这个值得纪念的日子!我把手上所有的大包小包往安托瓦内特身上一放。我对她说:"等我,我马上回来!"我就让她一个人戳在那里吹着穿堂风,她太吃惊了,都没顾得上反对。我冲过去!我去追那个娇小的女人。我追到了,我把她堵在一个拐角。幸好只有我们两个人。我结结巴巴地说:"吊袜裤带,吊袜裤带,快,快!"一开始,她完全没弄明白是怎么回事儿。于是我擅自掀起她的裙子。她大叫。我重复道:"快,吊袜裤带,给我我就走!"最终她顺从了。转手之间,事情就搞定了。我拿到了我的战利品。我说了声'谢谢'就跑去找安托瓦内特了,她还在穿堂风中继续和那一堆金字塔般的大包小包作斗争。我兴高采烈。我挥舞着吊袜裤带就像印第安人挥舞着惨白的头皮。我

---

[1] 节庆期间的一种民间游戏,竿顶挂有奖品,爬上去取下奖品者可以获得此奖。

对她说:"摸摸!还热的呢!"因为她两只手都拿着东西,我把吊袜裤带贴在她的脸颊上。不过这会儿还是走为上策,因为受害者可能会大吵大闹。我们飞快地出了地铁口,钻进一辆出租车。出租车、火车站、火车、阿朗松。安托瓦内特一路上都咬紧牙关。第二天,她离开了我。再也没有回来。她回她母亲家了。一场灾难。自作自受,哦,是的,我是自作自受!但这还是一场灾难……

"对我而言,一切都结束了。我没有再回银行。我看了巴黎的报纸。大家都在谈论地铁变态狂。大家在换乘的过道上搜寻怪人。我的受害者先告了X先生,之后又去告巴黎地铁公交公司,因为巴黎地铁公交公司应该确保乘客的安全。这是写在它的责任书上的。看报纸还真是能知道不少事情!之后打了一场官司,原告,也就是我的受害者,输了。是的,就像人们说的,被驳回了!地铁的律师强调在她受到攻击的时候,她还没有轧票。因此交通契约还没有达成,地铁公交公司并不承担任何义务!

这都无所谓,我已心如死灰。安托瓦内特的离开让一切都崩溃了。因为我,我的生命很脆弱,你明白吗?我的幸福,要去创造,要去建构。我啊,我不像其他人。其他人,他们一出生就发现现成的人生已经摆在他们的摇篮前面。而我,我什么也没找到。所以需要我独自一个人去建造,去摸索,去试错,去从头再来。焐热的钱不再让我感兴趣。漂亮衣服也没了吸引力。我生命最大的光亮已经熄灭了。出于习惯,我又去了一个大商店,到了针织品柜台。我重操旧业,又开始在货架上偷东西。我的确偷了，是的，但是为了别的。就在一个警察当场抓住我在偷一件睡衣的时候我就知道自己在找什么了。我已经厌倦了。我要做个了断。

"我去了监狱。但在被起诉之前我被放了。啊，我可不想这样！我在同一家商店又被当场抓个现行！于是法官把我交给一个心理医生。本来可以判我半年徒刑缓期执行。因为是轻罪，又是初犯，所以会被自动缓期执行。然后人们就不会再来烦你了！你以为呢！多亏了我的心理医生，我被认定是无能力承担法律责任的人。宣告无罪释放……但被关进了一个精神病院。关了整整二十年！啊，精神病院，那可不是好玩的地方！冷水澡、束缚床、紧身衣、胰岛素、休克、电击。不是好玩的地方，才不是。但也有一些小小的安慰。如果我们听话的话，有时候护士会带我们出去逛一逛。我会和两个我最喜欢的护士一起出去散步。我们看橱窗。甚至当他们心情好的时候，他们会去喝一杯，让我去买东西。今天，就是千载难逢的机会。一家大商店打折。货架上全是漂亮的衣服。"

（说话间，他从口袋里掏出一根绳子，把绳子从舞台这一头系到舞台另一头。接着他又从他的各个口袋里掏出一堆女性内衣，数量多到让人难以置信，把它们挂在绳子上，用晾衣夹夹住。）

"只要弯腰就可以把它们偷到手。丝袜也好，宽宽大大的运动短裤也罢。（他挥舞着一双丝袜和一件睡衣。）我一直问自己，哪一个更有魅力。有两种说法。一种认为当然是丝袜，因为既贴身又塑形。但少了想象的空间。不会让人浮想联翩。简单粗暴，一目了然。而另一种认为是宽宽大大的运动短裤，隐隐约约，令人遐想，妙趣横生，让人忍不住想伸手去摸。"

（现在绳子上已经挂满了。他后退几步，为了欣赏他的作品。而此时两个护士——外套下面穿着白大褂，头上戴着白帽子——走进大厅，从中间的过道上走来。）

"当这一切迎风飘扬，多美啊！"

（幕后一台风扇把晾在绳子上的内衣吹得鼓了起来。）

"这时候，我要立正。要站直了，跟一个木桩似的。敬礼。欲望。"

（他立正站好。）

"每个人都有自己的旗帜。有的人是三色旗。我呢，就是荷叶边。"

（他看到护士了。）

"瞧，有人来看我了。该来的总会来。"

（他赶紧朝一溜内衣跑去，开始把它们取下来塞进口袋。这时两个护士走上舞台。他们朝他走去，慢慢地，无情地。）

"等一下，等一下！你们也不想我丢下我的这堆小宝贝吧！"

（他们押着他，把他拖走。他无力地挣扎。）

"等一下，不要这么快。瞧，看啊，那条粉红色的连衣睡裙！"

（他从他们手中挣脱，去收连衣睡裙。他趁机又飞快地取下一件衬衫。护士又回来了，再次把他拖走。）

"别这么快！好了，好了，就再拿一下这个小胸衣。一个一点儿也不占地方的小胸衣！"

（他从他们手中挣脱，去收小胸衣。还拿了另外两三样东西。当护士再次押住他时，绳子上只剩下一件黑色的短裤。）

"啊，好了，走吧，走吧，既然要走了！但电击，今晚不要！说好了，嗯？不要电击！"

（他回过头，用哀怨的眼神看了一眼短裤。他跳起来再次挣脱两个护士，跑上舞台，挥舞着短裤回来。）

"好了，好了，我回来了。带着我的旗帜。海盗的黑色旗帜。死亡万岁！"

（两个护士拽着他。人们最后一次听见他说：）

"但电击，今晚不要，嗯？说好了。明天，如果你们愿意，可以，但今晚不要，电击……"

附录

《阿芒迪娜或两个花园》初版为儿童绘本，若埃尔·布歇（Joëlle Boucher）画了插图，由G.P.红与金出版社出版。绘本出版之际，《世界报》在1977年12月9日那一期上发表了一篇作家访谈。

女孩之血

《世界报》：您发表了一个短篇，主人公是一个十岁的小女孩，甚至叙述者也是她，因为这是一个用第一人称讲述的故事。当然，人们期待你揭示文本隐含的意义。《阿芒迪娜或两个花园》是否有另一种维度的解读？

图尼埃：可以说有也可以说没有。老实说，另一种维度的解读是那么透明，它跟天真的故事融为一体。这个短篇的主题，是启蒙。这是一个启蒙故事。阿芒迪娜和父母一起住在一个干净整洁、井井有条的屋子和花园里。一天，因为她的母猫，她猜想生活中应该还存在别的东西。所以她爬上花园的墙，她发现……

《世界报》：还是给读者留点悬念吧。

图尼埃：可以说她自己发现了前青春期的烦恼。童年清澈宁静的世界第一次开裂了，失去了光泽。这是关于懵懂青春初体验的故事。

《世界报》：阿芒迪娜受母猫的启发了解了性爱。

图尼埃：关于家里的宠物扮演启蒙者的角色这个话题有很多东西可谈，但我并不认为像人们有时说的那么直截了当。我们在书上随处都可以读到的经典的说法是在农村长大的孩子通过对动物的观察了解了生命的秘密，但这种说法很值得商榷。我注意到很多农村的孩子，看到猫啊，狗啊，鸡啊，兔子啊，奶牛啊等动物各阶段的生长繁衍，却对人类的性爱和繁衍一无所知。原因很简单，他们看不到其中的联系。对一个七八岁的孩子而言，想象爸爸和妈妈摆出公牛和母牛、公鸡和母鸡一样的姿势，这并不容易。在性爱问题上把人当作动物的一种去看待就更难，因为这个问题首先是从社会学、传统和神话的角度呈现在孩子面前的，通过故事、杂志、歌曲、电影和电视这些媒介，很晚才揭示这种赤裸裸的肉体关系。因此我让阿芒迪娜的猫扮演了更多引导她理解情感之爱而不是肉体之爱的角色。最后，和知道何谓性爱比起来，小女孩在情感方面的感悟更多，更加困惑也更加成熟了。这是启蒙和被告知真相之间巨大的差别[1]。

---

[1] 这个话题参见法文版《圣灵之风》（*Le Vent Paraclet*，1977年）第54页。

《世界报》：但她流血了……

图尼埃：是的，她在偷跑出去回来后在腿上发现了这道血痕，而她没有做任何解释，这会让批评家们议论纷纷。不过这也有它的道理。因为所有的启蒙多多少少都有一点残酷和血腥。

《世界报》：但这种对女孩进行启蒙的观点是不是和所有人种生物学上的说法是相悖的呢？

图尼埃：这恰恰是最值得讨论也是最有意思的点。的确，在很多种人类社会形态中，男孩有一个成人礼，但女孩没有。为什么？或许是因为男孩一出生并不属于男人的圈子。他们由母亲抚养，在青春期之前他们都生活在女人堆里。启蒙意味着男孩从女人的圈子过渡到男人的圈子。它通常伴随着肉体上的考验和摧残，证明他配得上男子汉的称号，那是成人的代价。罗贝尔·琼（Robert Jaulin）在《撒拉之死》（*La Mort Sara*）中描述了中非一个部落的成人礼。在由扮演母亲的男巫师主持的仪式上，要求男孩死去，然后重生。这显然是他和亲生母亲之间关系最彻底的决裂，这种关系被他和男性群体之间类似的亲子关系所替代。

《世界报》：这给我们的现代社会留下了什么影响？

图尼埃：比我们想象的要多得多。在我们的习俗里，男孩的成人礼并不少见。只不过宗教信仰和仪式如今只是以无意识的形式残存在我们的脑海里，不再以它原始、野蛮的形式呈现。在学校，"老生"会捉弄"新生"。新兵会被老兵"整蛊"。父亲要儿子行割礼，像包皮环切术或扁桃体摘除术，并非是出于医学的考量。自然，还有学校里大大小小的考试，中学毕业会考，是资产阶级的成人礼。

《世界报》：这些强加给男孩的考验是他们进入男性社会的代价，他们在此前都要先忍受这一团体对他们的排斥？

图尼埃：当然。今天的青少年受到了男性社会的双重排斥。首先是在性方面。我们标榜"宽容"的社会或许在道德层面是有史以来最刻板的。青少年做爱的机会要比一百年前多得多。但在职业生涯上这种排挤更加厉害。在这个领域，最看重的是资历。当下的失业现象，主要是年轻人失业。单身和失业，是古老传统的成人仪式需要思考补救的两大难题。

《世界报》：那女孩呢？

图尼埃：女孩的成人礼跟男孩的成人礼不能同日而语。和兄弟一起被母亲抚养长大，她们显然不用像男孩一样和这个圈子决裂加入另一个群体。通常她们注定会留在女人堆里。同样，在我们这个社会中，大多数捉弄男孩的招数都不会用在女孩身上。更别提对女孩行割礼了，我们的社会没有任何形式的阴蒂切除术。而且男孩子遭受的扁桃体摘除术也比女孩多得多。事实上，女性可以很好地融入社会，因为她们从一出生就能自我认同。巴尔扎克很好地展示了女人的这一功能。他作品中的男主人公们通过女人被引荐到上流社会，她们掌握着进入上流社会的钥匙（也就是著名的"沙龙"）。相反，伏脱冷[1]既与社会为敌，也与女人为敌。这都是一回事儿。

《世界报》：这么说女孩没有成人礼。

图尼埃：不，她们也有成人礼，不过这种启蒙是相反的，是一种离心的而不是向心的运动。我解释一下。少年要离开女性群体加入男性群体。成人礼对他而言意味着要得到认可。而对女孩意味着什么呢？一直困在女人堆里，她想方设法要逃出去。去哪儿？这是女性解放的全部问题。在女人堆和男人的世界之间，还没有一个同性别的社会去接纳她们。因此留给她的只有启蒙和反抗，尤其会让我联想到阿拉伯女孩反对强制戴面纱的斗争。对少女而言，启蒙只能是不断地逃离。阿芒迪娜翻墙出去。去看另一个花园里发生的事情。

---

[1] 巴尔扎克的《人间喜剧》中一个重要的资产阶级野心家形象。

译后记
在万事万物深处,有一条鱼在游

黄荭

一

米歇尔·图尼埃是一位很容易被贴上标签的法国当代作家:德国、哲学、神话、寓言。从某种意义上说,是他所受的教育、他的阅读和交友圈决定了他日后创作的路径。1924年12月19日,图尼埃出生在巴黎一个有着浓厚德语语言环境和德国文化氛围的知识分子家庭,从小酷爱哲学和文学。在巴斯德中学,他和罗歇·尼米埃[1]在一个班里学哲学,当时给他们上课的是莫里斯·德·冈迪拉克[2]。报考巴黎高师失利后,他在索邦大学获得哲学学士学位,1945—1949年在德国图宾

---

[1] 罗歇·尼米埃(Roger Nimier, 1925—1962):法国"轻骑兵派"代表作家,著有《剑》《蓝色的轻骑兵》《坠入情网的火枪手》等小说。
[2] 莫里斯·德·冈迪拉克(Maurice de Gandillac, 1906—2006):法国哲学家。

根大学继续攻读哲学，并在那里结识了吉尔·德勒兹[1]。

　　图尼埃把让-保尔·萨特当作自己的"精神之父"，他从德国回来后两次参加哲学教师资格考试失利，从此断了当哲学教师的念想，转而进入电台和电视台工作，再后来到布隆出版社当德语审稿人和译者，翻译了埃里希·玛丽亚·雷马克的作品。或许正是雷马克的《西线无战事》让图尼埃有了创作《桤木王》的灵感，让他用一种迥异的方式去反思战争和人性。20世纪60年代初，痴迷摄影的他主持了一档名为《暗室》的电视节目，并于1970年与人合办了阿尔勒摄影艺术节，也是全球首个摄影艺术节。

　　与此同时，他进入文学圈，从狂热的读者慢慢变成晚熟的作者，在写实和魔幻中找到了一条重写民间故事和神话传说的金线。德国文学对他影响深远，歌德的诗歌，尤其是君特·格拉斯的小说《铁皮鼓》《狗年月》《比目鱼》给了他启发，让他能用历史理性的棱镜折射出人类生存状况传奇、荒诞、恐怖的一面。这种手法和薄伽丘、拉伯雷、塞万提斯、塞利纳属于同一文学序列，而文学外衣包裹着的依旧是他心心念念的哲学内核：柏拉图、斯宾诺莎、康德、萨特、弗洛伊德、荣格……

1　吉尔·德勒兹（Gilles Deleuze，1925—1995）：法国作家、哲学家，后现代主义的主要代表之一。

二

虽然图尼埃出道晚，作品数量也不算多（五六部小说，几本短篇故事集），但他一出手就非同凡响。1967年，伽利玛出版社推出他的处女作——《礼拜五：太平洋上的灵薄狱》，这本逆写笛福的《鲁滨孙漂流记》的作品一举夺得当年的法兰西学院小说大奖，鲁滨孙和礼拜五作为教育者和被教育者的身份被调了个个儿：和笛福的主人公相反，鲁滨孙放弃了把荒岛改造成英伦文明袖珍模型的野心，开始欣赏荒岛的原始之美；故事的最后，礼拜五选择离开荒岛，而鲁滨孙则决定留下。在1971年青少年版的《礼拜五或原始生活》中，这种回归自然的倾向变得越发直白。

在1978年出版的短篇小说集《大松鸡》中，图尼埃还构思了另一种尾声——"鲁滨孙·克鲁索的结局"：在海上失踪了22年后，鲁滨孙蓬头垢面、胡子拉碴、活蹦乱跳地回到了家乡，还带回了一个黑人。他做生意赚了钱，娶了年轻漂亮的太太，回到了正常生活的轨道，但一年年过去，确实有什么东西无声无息地从内部腐蚀着鲁滨孙的家庭生活。首先是礼拜五开始酗酒闹事，之后搞大了两个姑娘的肚子，最后大家以为他偷了邻居家的钱财跑路了。鲁滨孙认定礼拜五回荒岛了，而他也越来越怀念那段青枝绿叶、鸟鸣啁啾、不见人烟却阳光灿烂的日子。他租了一条帆船出海去找他的乐土，但乐土仿佛被海水吞没了，再也找寻不到。一个老舵手说，荒岛一直都在，只是它变了，变得让鲁滨孙不认识它了,而鲁滨孙也老了,老得连他的荒岛也不认识他了。这个故事的寓意或许在于:离开大陆,你可能会被文明抛弃;离开荒岛,你可能会被自然抛弃。在两难中,是双重的弃绝,是现代人精神无处栖居的虚无缥缈境(灵薄狱)。这个结局显然受到了法国诗人圣·琼·佩斯在1904年十七岁时写的组诗《鲁滨孙的画像》的影响,回到城市的鲁滨孙再也无法重新融入所谓的文明生活,他看到的只是"疮脓"般的城市,朝思暮想的都是"岛上的净云,那时碧色的黎明愈加澄清,在奥秘的水心"。

值得一提的是,改编后的青少年版《礼拜五或原始生活》被纳入法国中学语文的必读书目,发行量高达几百万册,用作家自己的话来说,"是一笔足以让他养老的'年金'"。他心目中的文学典范是福楼拜的《三故事》,纯粹的现实主义手法,却弥散出令人难以抗拒的魔力。自称"哲学走私贩子"的图尼埃,最擅长的就是在小说和故事中"变卖"柏拉图、亚里士多德、斯宾诺莎和康德的哲学思想。他用神话、传说、民间故事做蓝本,通过新的(常常是颠覆性的)演绎,让它们呈现出不同的面貌,熟悉的故事于是有了陌生的距离,让我们重新看到镜子中或扭曲变形或真实还原的历史,还有自己。

三

图尼埃在1970年出版的第二本小说《桤木王》借用的是歌德于1782年发表的那首神秘的同名叙事诗：

> 是谁在风中迟迟骑行？
> 是父亲与他的孩子。
> 他把孩子抱在怀中，
> 紧紧地搂着他，温暖着他。
> "我的儿子，为什么害怕，为什么你要把脸藏起来？"
> "父亲，你难道没有看见桤木王，头戴王冠、长发飘飘的桤木王？"

这部以二战为背景的警世小说讲述了汽车修理库老板阿贝尔·迪弗热一段带着宿命般诡异色彩的经历：他在二战中应征入伍，嗜血的魔鬼本性得以淋漓发挥，这种魔力使他最后成为纳粹政训学校卡尔滕堡的"吃人魔鬼"。主人公阿贝尔曾经见到一具古尸，由于埋在泥潭里而没有腐烂，那具古尸被命名为"桤木王"。当二战接近尾声，苏军攻入德国本土，希特勒穷途末路，卡尔滕堡的陷落指日可待。阿贝尔在尸横遍野的普鲁士土地上救下一名从奥斯维辛集中营逃出来的犹太男孩，他将这名弃儿背在肩头，逃进长满黑桤木的沼泽。和传说中的桤木王一样，阿贝尔也沉入了泥炭沼，沉入了永恒的黑暗。当他最后一次仰起头,"只看见一颗六角的金星在黑暗的夜空中悠悠地转动"。这部小说以评委全票通过摘得1970年的龚古尔奖,两年后,图尼埃自己也进入了龚古尔学院,成了该奖的评委,一直到2010年才退出(理由是年事已高、疲惫、没有胃口,不想辜负好书和美食)。

2006年,当乔纳森·利特尔的大部头《复仇女神》横空出世时,米歇尔·图尼埃和达尼埃尔·布朗热曾半开玩笑半认真地说龚古尔奖颁给一部写纳粹的小说(《桤木王》)就够了,后来有人在拍卖的名人手稿中发现了图尼埃的一封信:"我劝您不要选《复仇女神》,这本书很沉重,令人悲痛。我投票给了史岱凡·奥德纪的《独生子》,这是一部杰作。"或许《桤木王》的作者担心的是"长江后浪推前浪,前浪死在沙滩上",而他的假想敌利特尔则摆出一副"书记员巴特尔比"[1]的高冷腔调,说自己不喜欢文学奖,"这个奖,我千方百计想逃避,不幸的是,他们还是把它颁给了我……我不想要这个奖……我不认为文学奖可以和文学相提并论。文学奖可以和广告、营销相比,但和文学不可同日而语"。

四

出版于1978年的《大松鸡》是图尼埃的首部短篇小说

---

[1] 美国作家赫尔曼·梅尔维尔所著的短篇小说中的人物。

集，全书共收录了十四篇短篇小说，写作这本书的同时，作家也在创作《流星》和《皮埃尔或夜的秘密》，这些作品都有一个共性：小说家摇身一变成了"讲故事的人"，从神秘的自然主义小说转向对童话、民间故事和神话传说的改写与反讽，风格简短、梦幻，寓意深远。神话故事、童话和民间传说，那是童年的文学，也是文学的童年。图尼埃非常推崇口头文学传统，在1994年出版的《思想之镜》中，他这样形容言语和文字（写作）的关系："先有言语。上帝通过命名创造了世界。言语即创造。文字是在言语存在了几千年后才出现的，而且它需要言语的滋养。所有文学史都是通过文字不断回归口语这一鲜活生动的源泉而得以实现的。一个伟大的作家就是打开他写的书，读者可以听到并识别出他的声音。他成功地把言语和文字融为一体。"在创作过程中他也遵循了民间口头文学的金科玉律——"重复即创造"："在写一个故事之前，我会将它跟我身边的人重复说上十几遍，当我去学校的时候，当我做讲座的时候，我都会抓住机会讲故事。"这就是为什么他在《圣灵之风》中把童话置于世界文学的巅峰，"我不会把任何作品置于佩罗的《穿靴子的猫》和《小拇指》之上"。和童话一样，民间故事和神话传说也可以"上溯到最古老的文学传统，《一千零一夜》和福音书中的寓言揭示了这种简短、意蕴丰富、神秘且符码化的体裁"。

《大松鸡》因此呈现出一种体裁杂糅的特点，一半是童话、神话传说和民间故事；另一半是有现实主义底色的短篇小说。这本书的题词选用了意大利哲学家、诗人、艺术家、圣雄甘地的追随者、致力于在全球传播智慧与和平的方舟团体创始人兰查·德尔·瓦斯托（Lanza del Vasto，1901—1981）的三句诗：

在万事万物深处，有一条鱼在游。
鱼啊，我担心你赤裸裸地跳出来，
于是给你披上我五光十色的大氅。

图尼埃在第十封《说给德国友人海尔姆特·沃勒的信》中也说过："我很喜欢这三行诗，因为它们定义了一种美学，讲故事的人不希望水底的鱼就这么可怕地、不可理喻地、赤裸裸地呈现。于是给它披上五光十色的大氅，也就是说给它披上讲故事的人自己的主观真理，这也是形而上学家所热衷之事。"鱼象征了哲学所探究的世界本原，而文学就是图尼埃给它披上的一件五光十色的外衣。奇妙的是，这件外衣还有夹层，每个故事都隐含了另一个或几个故事的影子，勾起人们一些模糊的、久远悠长的文学（童年）记忆。"或许艺术的最高境界就是在似曾相识的故事中创造出新意，激起读者内心一种遥远的回声。"

比如开篇的《亚当家族》，短短几页纸，两三千字，图尼埃就用戏仿的方式重（改）写了《圣经》的《创世记》故事，同时也借鉴了柏拉图在《会饮篇》中提出的"人本来是雌雄同体"的观点。故事的颠覆性在于情节的逆转：耶和华把亚当和夏娃逐出天堂,并派了几个拿着燃烧的剑的基路伯守在伊甸园门口,而他的孙子该隐"沉浸在母亲对天堂的思念和回忆中,用自己的劳动和智慧重建了亚当因为愚蠢而失却的家园!该隐在种不出东西的荒原上复制了一个伊甸园"。但好景不长,该隐失手杀死了向来讨人嫌的弟弟亚伯,耶和华罚他一家流离失所。但该隐再次发挥了他景观设计和建筑师的天分,建造了人类历史上第一座城——"以诺是一座桉树成荫的梦幻之城,处处繁花似锦,泉水汩汩,斑鸠咕咕"。他还在城市中央造了一座宏伟的神庙,等待有朝一日,那个风尘仆仆、疲惫不堪的老人到来:

> 孙子拥抱了爷爷。接着他跪下来请求原谅和祝福。然后耶和华——仍是一副有点儿不情不愿的样子——被庄严地引到以诺城神殿的宝座上,从此再也没有离开。

在图尼埃的版本里,该隐(人类)不仅情有可原,而且通过劳动和智慧逆袭成了创造者,他做了自己和世界的主人,不再受命运的摆布,再造了人间天堂,并把苍老的耶和华安顿在神殿的宝座上。图尼埃提供了对《圣经》的另一种解读:失去乐园并不是一场无可挽回的灾难,它激发了人类的创造力,实现了精神和物质双重的独立自主。

图尼埃要做的,就是在"传统和僭越之间"推陈出新,书写某种"现实化"的与时俱进的童(神)话。《小布塞出走》借用了佩罗的小拇指的故事,但时空被挪到了1970年代的巴黎,小布塞的父亲是伐木工工头,负责率领手下砍伐树木,推进巴黎的市政建设(这也是如假包换的时代背景,图尼埃要批判的正是这种破坏大自然的城市化,人沦为现代生活的牺牲品)。在新的故事里,小布塞不是被父母抛弃,而是他不堪忍受暴力专制的父亲,不想和他搬去不接地气的高楼大厦里住,于是留了一张字条离家出走。他在森林里碰到的也不是食人魔,而是素食主义者罗格尔(虽然法语中和食人魔谐音却完全是它的反义词)和他七个可爱的女儿。罗格尔是个嬉皮士、家庭妇男,美得像一个女人,雌雄同体的主题再次出现,他在被捕前说的话让人联想到《最后的晚餐》中的耶稣。

《特里斯丹·沃克斯》《愿欢乐常在》《红色侏儒》都隐含着德国浪漫主义文学的"替身"母题;《少女与死亡》中的梅拉尼·布朗夏尔是一个萨特式的人物,她像罗冈丹一样在无聊平静的生活面前感到恶心;《大松鸡》带着莫泊桑短篇小说的影子;《阿芒迪娜或两个花园》是一个启蒙故事,小女孩在一只小猫的带领下发现了另一个世界、另一种性别……我们不妨将这些故事视作米歇尔·图尼埃的文学试笔,一种风格练习,有的故事荒诞不经,有的故事则更加现实,甚至残酷血腥,万花筒般折射出他一直关心的"存在"的根本问题:边缘化、身份、性别差异、成长……

五

图尼埃的其他作品《流星》(1975)、《皮埃尔或夜的秘密》(1979)、《加斯帕、梅尔基奥尔与巴尔塔扎尔》(1980)、《吉尔和贞德》(1983)、《金滴》(1985)、《七故事集》(1998),或多或少都带着重(改)写的痕迹:圣经故事(摩西、三王)、贞德、蓝胡子……没做成哲学教授的小说家一辈子都在用"新寓言"的方式去思索存在与虚无:"我们越往时间迈进,过去将离我们越近。"他最不能忍受的是那"像潮水一般突然在世界上汹涌澎湃、似乎要淹没世界的庸俗以及平淡",或许还有年老。2010年5月19日,他回答《快报》记者玛利亚娜·巴约时说:"我不会自杀,但我觉得我已经活得太久了。我深受年迈之苦:什么事都不做,不再旅行,我感到无聊。"

2016年1月18日,当图尼埃去世的消息传开后,贝尔纳·毕沃在社交媒体推特上发了一条消息:"从明天开始,当别人问我'谁是法国在世的最伟大的作家?'我再也不能回答'米歇尔·图尼埃'了。"

而我之所以喜欢图尼埃,很重要的一点或许是因为他并不专门为儿童写作,但他写出了可以被儿童理解的作品,让我在寂寥的冬日,无限怀念那个听故事的夏天。

马上扫二维码，关注"**熊猫君**"

和千万读者一起成长吧！

读客
彩条文库
外国文学读彩条,大师经典任你挑。

扫一扫,立即查看彩条文库全书目,
收集下一本文学好书!